AX

악스

이사카 고타로

김해용 옮김

RHK
알에이치코리아

풍뎅이

현관문에 열쇠를 끼워 넣는다. 천천히 넣었는데도 딸칵 하고 소리가 나는 것이 풍뎅이에게는 더할 나위 없이 불길하게 느껴진다. 소리 나지 않는 열쇠가 발명되는 날은 오지 않으려나. 신경을 곤두세우고 손을 신중하게 돌린다. 걸쇠 풀리는 소리에 위가 따끔거린다. 문을 연다. 불을 모두 끈 집 안은 조용하다.

신발을 조용히 벗는다. 발바닥 전체를 사용해 미끄러지듯 복도를 걷는다. 거실은 어둡다. 이 집 사람들은 모두, 그래 봤자 두 사람이지만 이미 잠들어 있을 것이다.

숨을 죽이고 자신의 움직임에 주의하면서 2층으로 올라간다. 올라가 오른쪽 방으로 들어간다. 불을 켜고 귀를 쫑긋 세운다. 천천히 숨을 내뱉는다. 안도의 한숨이 나오는 순간이었다.

"어이, 풍뎅이, 넌 가정이 있으니까 지금 집에 돌아가면 몰래 컵라면이라도 먹을 수 있겠지."

예전에 동업자였던 남자가 이렇게 말한 적이 있다. 어린이용 텔레비전 프로그램 〈꼬마 기관차 토마스〉에 푹 빠져 있던 기묘한 남자였는데, 레몬이라는 이름으로 유명했다. 난폭하고 경박한 언동을 하는 자였지만 실력은 있었다. 그때는 다른 의뢰인으로부터 같은 표적의 살해를 의뢰받아 공동으로 일을 처리한 후였다. 한숨 돌리고 있던 풍뎅이 일행에게 레몬은 득의양양하게 "소도어섬 건설 책임자의 이름은 뭘까요?" 하고 꼬마 기관차 토마스와 관련된 퀴즈를 냈다. 하지만 아무도 대답하려 들지 않자 어쩔 수 없다고 생각했는지, 풍뎅이를 화제로 삼았던 것이다.

"풍뎅이, 가족은 네가 무슨 일을 하는지 알고 있나?" 하고 물어 온 것은 레몬의 작업 동료, 밀감이었다. 두 사람은 키와 몸집은 비슷했지만 성격은 정반대로, 그래서 더욱 함께 일을 할 수 있는 건지도 모른다. 그들은 처자식이 딸린 동업자가 드물기 때문인지 풍뎅이에게 거리낌 없이 질문을 던졌다.

"가족은 당연히 모르지." 풍뎅이는 즉시 대답했다. "한 집안의 가장이 이런 위험하고 무시무시한 일을 한다는 걸 알면 가족은 절망할걸. 평소에는 그냥 문방구 제조업체의 영업 사원이야."

"가족에게는 그렇게 거짓말하고 있군."

"그렇지, 뭐." 솔직히 말하면 풍뎅이는 실제로 문방구 제조업체에서 일하고 있었다. 아들이 태어났을 무렵, 20대 중반에 중도 입사하여 그때부터 계속 정규직이었다. 40대 중반이 된 지금은 영업부에서도 베테랑 가운데 한 명이다.

"하지만 한 집안의 가장이 목숨을 걸고 일하다가 집에 돌아와서는 야식으로 컵라면이라니, 왠지 한심한데." 레몬이 놀려댔다.

"바보 같은 소리 하지 마." 하고 풍뎅이는 화를 냈다. "컵라면 같은 걸 어떻게 먹는다고."

말투가 너무 완강해서였는지, 레몬은 반사적으로 몸을 젖히며 수비 자세를 취했다. "화내지 마."

"화낸 거 아니야." 풍뎅이는 목소리를 낮추며 다시 말을 이었다. "컵라면은 말이지, 의외로 시끄러워."

"그게 무슨 말이야?"

"포장되어 있는 비닐을 벗기는 소리, 뚜껑을 여는 소리, 끓는 물을 붓는 소리, 늦은 밤에 먹기에는 너무 시끄럽다고."

"그런 걸 누가 신경 쓴다고."

"우리 집사람은 알아." 풍뎅이는 대답했다. "그 소리가 시끄러워서 깬 적이 있었어. 우리 집사람은 말이야, 성실한 회사원이라 아침에도 일찍 일어나. 출퇴근 시간이 제법 걸리거든. 그래서 늦은 밤 그런 소리에 깨기라도 해 봐, 큰일 난다고."

"큰일? 무슨 큰일?"

"다음 날 아침 일어나 마주쳤을 때의 그 숨 막힘이 장난 아니야. 집사람이 내뱉는 한숨이 쌓여서 바닥이 보이지 않을 정도지. 비유가 아니라 정말 숨 쉬기가 힘들어. '시끄러워서 한숨도 못 잤어' 하고 딱 꼬집어 말할 때는 정말 위를 잡아 비트는 것 같은 느낌이라고. 그런 기분, 도저히 모를걸."

"풍뎅이, 농담하지 마. 자네가 긴장을 하다니, 상상이 안 되는데."

"그건 그래. 일할 때는 긴장하지 않아. 그저 해야 할 일을 할 뿐이지."

"아내분한테는 그게 안 되는 건가?"

당연하지, 하고 풍뎅이는 고개를 끄덕였다.

"하지만, 그럼 어떡해? 컵라면이 안 된다면 말이야. 과자도 소리가 날 텐데." 밀감이 그 우수를 담은 듯한 쌍꺼풀눈으로 쳐다보았다. "배가 고프면 어떡하냐고."

"바나나나 주먹밥." 풍뎅이는 진지한 표정으로 말했다.

그렇군, 하고 동업자 두 사람이 감탄했다. "예리한데." 하면서. 하지만 풍뎅이는 곧바로 "이렇게 생각하는 놈들은 아직 멀었어." 하고 단호하게 잘라 말했다.

"아직 먼 건가?"

"바나나도 그렇고 주먹밥도 소리가 안 나는데."

"들어 봐. 늦은 밤이라고 해도 가끔은 집사람이 잠을 안 자고 기다려 주는 경우도 있다고. 그래서 저녁밥이나 야식을 만들어 주는 일도 있고."

"정말?"

"평균적으로 보자면 1년에 세 번 정도는 될 거야."

"제법 많군." 밀감은 노골적으로 빈정대는 말투였다.

"그럴 경우 집사람이 손수 해 준 요리를 먹게 되지. 의외로 양이 많기도 하고. 당연히 주먹밥이나 바나나는 먹고 싶어도 먹을 수가 없어."

"그런 경우도 있겠는걸."

"알겠나, 편의점 주먹밥은 유통기한이 짧아. 다음 날 아침이면 끝이야. 바나나도 의외로 오래 두고 먹을 수 없어."

"그렇다면?"

"최종적인 귀착점은."

"귀착점은?" 밀감이 반문했다.

"소시지야. 어육 소시지. 그건 소리도 나지 않고 오래가기도 해. 배도 불러. 최고의 선택이지."

레몬과 밀감이 순간 침묵했다.

"이따금 늦은 밤 편의점에서 나와 너무도 비슷해 보이는, 일을 마치고 귀가하는 남자가 주먹밥이나 바나나를 사려는 모습을 목격하기도 하는데, 그걸 보면 늘 아직 멀었구나 하고 뼈저리게 느끼지." 풍뎅이는 이어 말했다. "최후의 귀착점은 어육 소시지야."

단언하는 풍뎅이를 멍하니 바라보던 레몬은 이윽고 천천히 박수를 치기 시작했다. 처음에는 간헐적이었던 것이 점점 빨라진다. 기립 박수를 앉아서 치는 분위기였지만 얼굴만은 진지했다. "풍뎅이, 자네는 지금 너무도 한심한 이야기를 더할 나위 없을 만큼 멋지게 이야기했어. 감동했네." 하며 계속 박수를 쳐댔다.

옆에 있던 밀감은 무슨 바보 같은 소리를, 하며 벌레 씹은 듯한 표정을 짓고 있었다. "우리 업계에서 풍뎅이라고 하면 다들 한 수 더 쳐 주지. 아니, 두 수까지도. 그런데 이런 공처가인 줄 알면 몹시 실망하는 녀석들도 있겠는걸."

그 두 사람과는 최근 그다지 만나지 못했네, 하고 풍뎅이는 생각했다. "소도어섬 건설의 책임자는 제니 패커드 씨였어!" 하고 자랑스럽게 말하던 레몬의 얼굴이 떠올랐다.

양복 호주머니에 찔러 넣어 두었던 어육 소시지를 꺼낸다. 조용히 비닐을 벗기고 한 입 베어 문다. 허기진 배를 소시지가 위로해 준다. 의자가 삐걱거려 위험해, 위험, 하며 초조해한다. 아내가 깨지나 않았는지 귀를 기울인다.

풍뎅이

아침에 일어나자 풍뎅이의 아내는 이미 막 집을 나서려는 참이었다. "미안. 식탁에 아침 차려 뒀으니까 그거 먹어." 하며 현관문을 열고 뛰쳐나간다. "아침에 회의가 있는데 깜박했어."

"그래, 그래, 어서 가." 하는 말로 배웅한 풍뎅이는 세수를 하고 화장실에서 볼일을 마친 후 식탁으로 향했다. 벽시계를 보니 아침 일곱 시 반이었다.

아내가 없는 집은 마음이 편하다. 물론 아내가 거북하다거나 싫다거나 그런 것은 아니다. 오히려 애정은 오랜 결혼 생활을 통해 더욱 깊어졌으면 깊어졌지, 줄어들지는 않았다고 단언할 수 있었지만 평소 아내의 눈치를 살피는 것은 사실이었다. 호랑이 꼬리 못지않은 아내의 꼬리는 집 구석구석을 기어 다니고 있고, 게다가 보이지 않는다. 언제 밟을지 모른다.

텔레비전이 켜져 있었다. 아침 정보 프로그램이 흘러나오고 일기예보를 하는 여자가 서서 간토 지방의 주간 날씨에 대해 설명하고 있다.

"이 사람, 엄마 닮았는데." 풍뎅이가 말했다. 아들인 가쓰미는 이미 깨어 토스트를 먹고 있었다. 콧날이 오뚝하고 검은 눈동자가 크다. 고등학생치고는 어른스러워 보인다. 억센 분위기와 유약함이 혼재된 외모는 부모의 눈이 아니더라도 매력적인 것 같다. 제 엄마를 닮았을 것이다.

"엄마하고? 아니, 전혀 아닌데. 이 사람 20대야."

"앞으로 20년만 지나면 엄마 같아질걸."

"그 말은." 가쓰미는 식탁 위의 유서 깊은 해외 명품 찻잔을 가리켰다. "이것도 천 년쯤 지나면 토기가 될 거라는 말이나 마찬가지야."

"토기를 우습게 보는 거냐? 찻잔보다 더 귀중한 거야. 게다가 그건 토기가 아니야. 알겠니, 이 일기예보 여자는 엄마와 닮았어."

"아버지는 착각이 심해."

"내가? 착각이 심하다고?"

"그래. 아, 이건 이렇다, 하고 생각하면 그게 진실이라고 믿잖아."

"그랬나?"

"예전에도, 그래, 길 가다가 건물 앞에 사람들이 몰려 있고 멀리에서 소방차 사이렌 소리가 들리니까 '그렇군, 저기에서 불이 났어' 하고 자신만만하게 말했었어."

"그랬지."

"결국 세일하는 물건을 사기 위해 사람들이 줄을 서 있었을 뿐인데."

그 전날 풍뎅이는 같은 업계 사람에게서 방화 사건을 일으키는 집단이 있다는 말을 들었던 까닭에 그것이 선입관으로 작용했었다. 하지만 아들에게는 설명할 수 없었다. 착각한 것은 사실이었다. "그랬던가."

"택배 배달하는 누나가 오지 않으니까 '그렇군, 운전면허증이 없는 게 들통난 거야' 하고 진지한 표정으로 말했었고."

"그땐 뉴스에서 화제가 됐었어. 무면허 택배 기사가 있다고."

"봐, 아버지는 그렇게 금방 정보를 이리저리 짜 맞추고 결론을 내 버려. 뭐든 다 결부시키고 싶은 거지. 아버지의 '그렇군'은 주의할 필요가 있어."

자각이 없었기 때문에 의도한 것은 아니었지만 풍뎅이는 반박하지 못했다. "그런 측면도 있을지 모르겠구나." 하고 애매하게 대답했다.

가쓰미는 이미 풍뎅이의 말을 듣고 있지 않은 듯, 텔레비전을 가만히 바라보고 있었다. "그나저나, 바람피운다는 거 사실인가?" 하고 불쑥 내뱉는다. 풍뎅이는 그 자리에 주저앉으며 뒤로 자빠질 뻔했다. 온몸에 소름이 돋는다. "무슨 소리야!"

무서운 소리 하지 마, 하고 소리치고 말았다.

"어, 이 일기예보 누나 말인데. 지난번 인터넷 뉴스에 나왔어. 이 프로그램 프로듀서와 불륜이라고 말이야."

"아아, 그쪽 말이었구나."

"그쪽이라니, 무슨 뜻이야?"

"아니." 풍뎅이는 그렇게 말한 후, 애매하게 대답하면 좋지 않은 오해를 살 수 있겠다 싶어서 "나는 바람피우지 않아." 하고 설명을 추가했지만, 그건 그것대로 더욱 수상했다.

"역시 예쁜 여자는 대단해." 가쓰미가 갑자기 이렇게 말했다. 한쪽 팔을 괴고 손에 턱을 올려놓아 볼이 금방이라도 뭉개질 듯한 표정으로 시선만은 텔레비전을 향하고 있었기 때문에 거의 혼잣말인 것 같았지만, 아무리 사소한 말이라도 흘려듣지 않는 풍뎅이는 "대단하다는 게 무슨 뜻이야?" 하고 물었다.

"남자들은 미인 앞에서는 꼼짝도 못하잖아."

"고등학생이 뭘 안다고 그런 소리를!"

"학교에서 배웠어."

"학교에서? 무슨 과목인데?"

가쓰미는 그제야 아버지가 있다는 걸 깨달은 듯이 깜짝 놀라며 자세를 바르게 했다. "요즘 우리 학교에 출산휴가 간 선생님 대신 미인 교사가 와 있거든, 한 달 전부터."

"미인은 주관적인 거야."

"국어 선생인데, 아주 엉터리야. 한자도 못 쓰고 다자이 오사무 이름도 못 읽었어."

"그런데도 용케 선생이 됐네."

"미인이니까 다 용서된 거겠지."

"그럴 리가!"

"아재 선생들은 모두 표정이 노골적으로 헤벌어지고, 교장은 아예 맥을 못 춰."

"너희도 그럴 텐데?"

"부정은 못 하지."

그 후 가쓰미는 입을 다물었고 풍뎅이도 토스트를 먹으며 텔레비전을 보았다. 잠시 후 "지난번에, 실은 목격해 버렸어." 하고 가쓰미가 말해서, 아까 그 대화가 끝난 게 아니었음을 눈치챘다. 동시에, 목격했다는 게 혹시나 자신의 위험한 일을 보았다는 게 아닐까 지레짐작하여 "무슨 말이야?" 하고 말투가 다시 딱딱해졌다.

"수업 다 끝나고 제법 어두워졌을 때 시청각실 앞을 지나가는데, 거기에 그 선생이 있었어."

"미인 교사 말이지?"

"그리고 또 한 사람, 젊은 남자 선생도 같이. 옆 반 담임인데 의욕이 넘치는 진지한 사람이야. 이름은 야마다이고. 아무튼 둘이 뭔가 이야기를 하고 있었어."

"파이팅, 야마다 선생! 가슴 콩닥거리는 상황인데!"

"그런 태평스러운 말 좀 하지 마. 야마다 선생은 이미 결혼한 몸이라고."

"뭐야?" 풍뎅이는 몸을 두 팔로 감싸며 얼굴을 찌푸렸다. "좀 다른 의미에서 가슴이 콩닥거리는데. 조심해, 야마다 선생!"

"무슨 소리야, 아버지."

"그 야마다 선생과 미인 교사, 알 사람은 다 아는 사이야?"

"아마 우리뿐일걸, 알고 있는 건. 아무튼 우리가 시청각실에 있는데 선생 두 명이 들어와서 숨을 수밖에 없었어."

"우리? 혼자 시청각실 앞을 지나가다가 불륜인 두 사람을 목격한 게 아니었어? 너 말고 또 누가 있었어?"

큰일 났다, 쓸데없는 소리를 하고 말았다, 하고 가쓰미가 노골적으로 후회하는 모습이어서, 풍뎅이는 곧바로 어차피 같은 학년 여학생과 노닥거리고 있었으리라 짐작했다.

"우리라는 건, 나하고." 가쓰미는 얼굴을 돌리며 뚱하게 대답했다. "아버지야. 봐, 지금 나한테 들어서 알았잖아. 이 일에 대해 아는 건 나하고 아버지 둘뿐이라는 뜻이야."

"그렇다고 해 두자."

"그런 사람을 마성의 여자라고 하는 건가. 진지하고 정열적인 야마다 선생을 홀린 걸 보면."

"남자가 먼저 마수를 뻗친 건지도 모르지."

"하지만 야마다 선생은 진지한 사람이라 죄의식 같은 것 때문에 안절부절못하는 게 아닐까."

"안절부절못한다고?"

"요즘 쉬고 있거든. 등교 거부지. 다른 선생들은 병 때문에 요양이 필요하다고 하지만, 아마 등교 거부 같은 게 아닐까 싶어."

AX

"선생이 무슨 등교 거부를."

"여자는 무서워."

"무서운 여자도 있고, 무섭지 않은 여자도 있어. 남자든 여자든 각양각색이라고."

"그래도, 아, 그러고 보니 암컷 사마귀는 한창 교미 중인 수컷을 잡아먹는다고 하던데, 그거 정말이야?" 가쓰미가 묻는다.

"아아, 그건."

"역시 수컷은 교미에 이용당하는 것뿐이잖아."

"그건 아니야." 풍뎅이는 설명했다. 예전에 동업자 가운데 누군가로부터 배운 것이었다. "사마귀의 시야는 넓어. 게다가 움직임도 재빨라서 뒤에 있는 수컷을 적이라고 착각하고 공격하는 것뿐이지. 사고라고."

"아무리 그래도 무서워."

"당랑지부螳螂之斧라는 말을 아니?" 이것도 그 업자한테 배운 지식이다. 당시에 풍뎅이는 당랑이 사마귀라는 것도 몰라서 등롱 띠우기(음력 7월 15일인 백중 마지막 날에 대로 만든 등롱에 불을 켜 강에 띠우는 행사─옮긴이) 같은 거냐고 되물었다가 한바탕 비웃음을 샀었다.

"등롱 띠우기 같은 거야?" 하고 가쓰미가 묻는다.

풍뎅이는 한숨을 내쉬었다. "사마귀를 말하는 거야. 사마귀가 도끼 같은 앞다리를 치켜드는 모습을 떠올려 봐. 용감해 보이기는 하지만 그래 봐야 어차피 사마귀지."

"꼬랑지 내린 개가 멀리서 짖는다는 뜻이야?"

"비슷하기는 하지만 좀 달라. 사마귀는 이길 작정으로 덤벼 드는 걸 테니까. 약한데도 필사적으로 맞서는 모습을 당랑지부 라고 해."

"아버지도 엄마한테 만날 혼만 나니까 가끔은 버럭 대들어 보면 어때?"

"도끼 들고 버럭."

"하지만 그 속담은 사마귀도 마음만 먹으면 한 방 먹일 수 있 다는 뜻은 아닐 거야."

"굳이 말하자면 헛된 저항이라는 의미지."

풍뎅이의 도끼가 어이없이 부러지는 장면을 상상한 건지 가 쓰미가 동정하듯 바라본다.

"아무튼 사마귀의 도끼를 우습게 보지 않았으면 좋겠어." 풍 뎅이가 말했다.

"언젠가 덜컥."

"그래. 그나저나 교사가 등교 거부라니."

"최근에는 그런 일이 많은가 봐. 아버지 때보다 세상 살기가 참 힘들어졌어."

"언제든 사는 건 힘들어."

"예를 들면?" 도전하는 듯한, 시험하는 듯한 강한 말투로 말 을 던진다. 아들에게 아버지란 아군일까 적일까 라이벌일까,

하고 생각하지 않을 수 없다.

"예를 들면, 그래. 피라미드를 만드는 데 쓸 거대한 돌을 가져오라고 한다면 힘들겠지. 3천 년쯤 전에는 그런 인생도 있었을 거야, 옛날에는. 청동기나 채문토기 같은 걸 만드는 것도."

"메소포타미아까지 거슬러 올라가는 건가. 아무튼 아버지는 토기를 좋아한다니까."

"어떤 의미에서는."

"아, 그러고 보니 아버지, 이번 진학 상담 때 올 거야?" 가쓰미가 시선은 텔레비전을 향한 채 말했다.

"진학 상담?" 풍뎅이는 눈살을 찌푸렸다. "그거, 부모가 가는 거야?"

"난 엄마가 오면 좋겠는데."

"아니, 나도 당연히 가야지." 풍뎅이는 바로 대답했다.

"어, 괜찮아. 평일이라 회사 가야 하잖아."

"저기 말이야, 내가 제일 하고 싶은 게 뭔지 아니?"

"몰라."

"아들의 진로를 걱정하는 거야. 학교에서든 어디에서든, 저것도 아니고 이것도 아닌데 하면서 네 인생 문제로 골머리를 썩이는 게 내가 하고 싶은 일이야."

아들이 불쾌한 표정을 얼굴에 떠올린다. 풍뎅이는 개의치 않았다. 실제로 그게 본심이었다.

풍뎅이

"당신에게는 이 수술을 추천합니다."

풍뎅이 앞에 앉아 있는, 하얀 옷을 걸치고 둥근 안경을 쓴 남자가 말했다. 감정이 담겨 있지 않은 밋밋한 표정이라, 이 의사 자체가 스캔이나 뢴트겐 기능을 갖춘 의료 기구 중 하나가 아닐까 싶어진다.

도내의 오피스 거리 한 귀퉁이에 있는 건물 중간층, 거기에 있는 내과 진료소였다. 대기실에는 드문드문 환자가 기다리고 있다. 진찰 솜씨나 잘 듣는 약을 처방하는 실력으로 보자면 좀 더 붐벼도 이상할 게 없다. 하지만 의사의 냉담한 태도와 온기가 결여된 병원 안의 분위기가 그 장점들을 상쇄하고 있을 것이다. 살짝 인기 있을까 말까 한 정도였다.

"아니, 사양할래요. 어차피 악성이겠죠, 뭐." 풍뎅이는 의사가 펼쳐 놓은 진료 기록 카드를 가리켰다.

의사는 고개를 끄덕였다.

"나는 더 이상 악성 수술은 하지 않겠다고 했을 텐데요. 악성을 상대로 수술하다가 죽을 수도 있고 말이죠."

"그럴 정도로 나이를 먹지는 않았습니다."

무표정한 의사는 윤기 나는 피부도 그렇고 주름도 거의 없어 나이를 가늠할 수 없다. 다만 풍뎅이가 20대일 때부터 일을 중개했고, 그때도 이미 지금과 비슷한 풍모였던 걸 생각하면 상당히 고령일 가능성도 있었다. 정중한 말투로, 당시부터 업계 소식에 정통한 관록을 드러내고 있었다.

"아니, 이젠 무리할 수 없어요." 풍뎅이는 대답했다.

"어떤 수술도 냉정하게, 솜씨 좋게 당신처럼 대응할 수 있는 사람은 많지 않습니다."

의사는 공치사는 하지 않는다. 차의 내비게이션이 '괜찮습니다. 잠깐 길을 헤매었지만 지시대로 잘 운전했습니다.' 하고 공치사를 늘어놓지 않는 것과 마찬가지다. 따라서 그 평가도 거짓은 아니었다.

"가능한 한 빨리 업계에서 발을 빼고 싶어요."

"퇴원하려면 돈이 필요합니다."

이 남자는 정말 나를 업계에서 은퇴시킬 생각이 있기는 한 걸까. 풍뎅이는 생각에 빠진다. 지난 20년 가까운 세월 동안, 일은 모두 의사가 중개해 주었다. 저 남자를 살해하라, 이 남자를 처치하라, 하고 지시를 내렸다. 아마도 의사는 풍뎅이뿐만 아니라 달리 몇 명의 업자를 '환자'로 끌어안고 있을 것이다.

펼쳐 놓은 진료 기록 카드에는 표적에 대한 정보가 적혀 있다. '수술'해야 할 상대의 이름과 주소, 그것을 모른다면 상대를 알아보기 위한 정보, 의뢰인이 원하는 조건이 일반인은 알 수 없도록 의료 전문 용어라고도 독일어라고도 할 수 없는 말로 적혀 있다. 표적의 얼굴 사진도 붙어 있지만 전용 필터를 씌우지 않으면 음영투성이의 뢴트겐 사진으로밖에 보이지 않는다.

이 진료소에는 환자의 진료 기록 카드와 그가 중개한 일의 자료를 위장한 진료 기록 카드가 뒤섞인 채 보관되고 있다. 정보를 숨기는 데 진료 기록 카드는 가장 적합하다. 개인 정보이기 때문에 제삼자도 쉽게는 열람할 수 없다.

일하고 있는 간호사들 가운데 베테랑인, 이쪽 역시 나이를 알 수 없는 여성은 분명 의사의 중개업에 대해 알고 있는 듯했지만 다른 젊은 간호사들은 아마 전혀 모를 것이다. 그래서인지 대화는 대개 의료 용어로 위장한 암호거나 진찰 자료에 섞인 서류의 형태로 오간다. '수술'이란 살해하는 행위를 가리키고, '악성'은 표적이 프로인 경우를 의미한다.

풍뎅이가 일을 그만두고 싶다고 생각하기 시작한 것은 가쓰미가 태어난 무렵부터이고, 실제로 의사에게 이야기한 것은 5년 전이다. 의사는 놀라지도, 환영하지도 않은 채 "그러려면 돈이 필요합니다." 하고 육법전서의 내용을 읽듯이 말했다. 어디에 쓸 돈인지 어디에 들어갈 돈인지는 알 수 없었지만 단독 주택 한 채 정도 살 수 있는 돈은 아무리 풍뎅이라 해도 당장 지불할 수가 없어서, 결과적으로 일을 그만두기 위해 그 일로 돈을 버는 부득의한 상황을 지속할 수밖에 없었다.

"아실 테지만 악성 수술 쪽이 수술비는 비쌉니다. 게다가 예전에 말씀하셨잖습니까. 어차피 수술을 하더라도 마음이 아프지 않은 편이 좋다고."

"그랬죠. 옛날에는 그런 생각은 하지 않았지만."

가쓰미가 어렸을 때, 옛날이야기를 읽어 주었던 것과 관계가 있을지도 모른다.

풍뎅이는 반쯤 진심으로 그렇게 생각했다.

착한 할아버지는 고생한 보답을 얻고, 못된 할아버지는 힘든 처지에 놓인다. 착한 사람은 마지막에 가면 승리한다. 그런 이야기를 읽으며 풍뎅이도 비로소 '나쁘지도 않은 인간이 함부로 살해당하는 건 좋지 않다'고 느끼게 되었다. 덧붙여 말하자면 자신이 살해할 상대에게도 아버지나 어머니가 있고, 이렇게 옛날이야기를 읽어 주었을지도 모른다는 데까지 생각이 미치게 되고 만 것이다.

이상과 현실이 다르다는 것도 잘 알고 있었지만 가능하다면 무해한 인간을 살해하는 사태만큼은 피하고 싶었다.

"그렇다면 필연적으로 악성을 수술하는 일이 됩니다."

그도 그렇다. 위법이고 흉흉한 일을 생업으로 하는 동업자를 표적으로 삼는다면 죄의식은 줄어든다. 못된 할아버지가 못된 할아버지에게 퇴치당하는 것이나 다름없는 것이다.

"아무튼 다른 괜찮은 수술이 있으면 다시 연락 주시겠어요?"

"그렇게 하겠습니다. 다만 조금 지나면 일을 하기 어려워질지도 모릅니다."

"그런가요?"

의사는 바로 앞의 하얀 종이에 기호 비슷한 것을 적으면서 병의 상태를 설명하듯 두런두런 암호를 섞어 가며 다음과 같은 이야기를 했다.

이 지역 안에서 커다란 소동을 일으키려는 무리가 있다. 아마도 폭발물 설치 사건을 계획하는 듯하며 어딘가에서 농성할 것이라는 소문도 있다. 만약 그게 실행되면 잠시 동안 도내 경찰의 감시가 삼엄해질 거라고.

"우리 쪽 장사가 통 안될 거다, 이건가요?" 풍뎅이가 속삭이듯 말하자 그렇습니다, 하며 고개를 끄덕였다.

"차라리 그 폭파 사건을 일으키려는 놈들을 처치하는 일을 맡고 싶군요." 풍뎅이가 농담처럼 말했지만 의사는 웃지도 않고, 대신 "약은 충분하십니까?" 하고 물어 왔다.

무기의 보충을 확인하는 것이다.

"조금 더 받아 둘게요." 풍뎅이는 대답했다. 총알을 보충해 두고 싶었다. 업자들이 독자적으로 무기를 구입할 수 있는 가게도 몇 군데 있지만, 그것들은 이를테면 표면적으로는 낚시 가게거나 비디오 대여점이기도 한데, 의사가 준비해 준다면 수고는 줄어든다.

의사가 처방전을 써 준다. 그것을 들고 옆의 약국으로 가면 카드를 준다. 다음 날 이후 정해진 코인로커로 가서 그 카드와 비밀번호로 열면 요청한 무기를 손에 넣을 수 있다.

풍뎅이

역에서 집으로 가던 도중 가쓰미가 다니는 고등학교 앞을 지나게 되었다. 며칠 전 아침에 가쓰미가 진학 상담 때 올 거냐고 물었던 게 머릿속에 남아 있었기 때문인지도 모른다. 평소와는 다른 길을 지나고 있었던 것이다.

"저기, 가쓰미가 걱정되지 않아?" 풍뎅이는 예전에 아내로부터 그런 비난을 받은 적이 있었다. 4년쯤 전이었을까.

늦은 밤 거실에서 텔레비전을 보는데 학교 급식에 대한 사회문제가 도마 위에 올랐고 풍뎅이가 문득, 그야말로 문득이라고밖에 표현할 수 없는 사소한 것이었지만 "가쓰미네 학교는 급식이었던가?" 하고 물었던 것이다. 별다른 의도는 없었다. 거기에는 그저 부부 간의 대화를 나누며, 소위 언어의 캐치볼에 의한 교류를 꾀하고 싶다는 목적만이 있을 뿐이었다. 좀 더 부연하자면 풍뎅이의 머릿속에는 가쓰미네 학교는 도시락 지참일 거라는 의식도 있기는 있었다. 그렇더라도 그 텔레비전을 보고 있던 때에 한에서는 상당히 자연스러운 대화의 흐름일 것이었고, 대화의 처음 공으로는 가장 적절하리라 생각했었다.

하지만 자신이 살며시 던진 그 공을 아내가 강속구로 되던진 바람에 풍뎅이는 새파랗게 질렸다. 캐치볼이라고 생각했던 것이 사실은 이미 시합 중인 상태였고, 아내는 배트를 들고 치기 좋은 공이 왔다는 듯 풀스윙으로 때려 버렸다. 아들의 중학교가 도시락을 싸 가야 한다는 사실도 몰랐나. 매일 아침 자신이 일찍 일어나 도시락을 싸지 않았던가. 아내는 봇물 터지듯 한바탕 퍼붓고는 "당신은 아침에 늦게 일어나니까."라든가, "당신네 회사는 한가해서 좋겠어."라든가, 다른 영역으로까지 이야기를 넓혀 가기 시작했다. 그 시점에서 풍뎅이는 머리의 회로가 끊겼다. 고스란히 다 받아 주기에는 마음이 여렸고, 그렇다고 반박이라도 한다면 말싸움할 시간만 늘어날 뿐이다. 마음속 톱니바퀴를 정지시키고 아무 생각도 하지 않은 채 "확실히, 나는 아들 문제에 별로 신경을 쓰지 않았던 것 같아." 하고 상대방의 비판을 수용할 수밖에 없었다. 결점을 인정하고 반성하며 개선을 약속한다. 그것이 가장 원만하게 해결하는 지름길이었다. 마지막에 가서는 "나도 나름대로 우리 아들을 걱정하고 있다고 생각했는데, 당신 지적을 듣고 보니 참 모자랐구나 하고 뼈저리게 느꼈어. 당신 덕분에 또 성장할 수 있겠네." 하고 상대방에 대한 감사를 너무 겸손 떠는 모습으로 비치지 않도록 전하는 것 역시 중요한 포인트라고 할 수 있다.

아무튼 그때의 괴로웠던 기억과 이번 '진학 상담' 이벤트가 머릿속에서 뒤섞여, 이번 기회에 요즘 고등학교가 어떤지 알아 둬야겠다고 풍뎅이는 생각했던 것이다.

학교 앞 인도를 걸어가며 부지를 바라보았다. 낡은 학교 건물과 널찍한 운동장이 있었다. 주택이 밀집해 있는 토지 안에서 제법 넉넉하게 공간을 확보하고 있다. 전쟁이 끝나고 이곳의 땅 주인이 '아이들 학업을 위해' 가지고 있던 토지를 모두 제공했다고 하는데, 진위는 확실하지 않다. 학생 수가 줄어들면 금방이라도 학교를 허물고 고급 주택가를 조성하지 않을까.

부동산 가치가 높은 이 일대에서는 과분하리만치 운동장이 넓어서 풍뎅이는 어느샌가 걸음을 멈추고 멍하니 안을 바라보고 있었다.

축구부나 육상부인 듯한 학생들이 달리고 있다. 그러고 보니 가쓰미는 동아리 활동을 하고 있었던가. 기억에 없다. 아내에게 물어볼 수도 없다.

그런 생각을 하고 있는데, 울타리 맞은편의 그냥 넓기만 한 운동장 트랙 근처에 있던 여자가 눈에 들어왔다. 검은 바지 정장 차림으로, 분명 고등학생과는 다른 성인의 분위기를 풍기고 있었다. 그래 봤자 20대 후반 정도일 테지만.

아아, 저 사람이 가쓰미가 말했던 출산휴가 교사 대신 온 미인 교사구나, 하고 풍뎅이는 곧바로 이해했다.

그 교사는 물건이라도 떨어뜨렸는지 아니면 소중한 것이라도 땅에 묻고 있었는지 진지한 표정으로 땅바닥을 만지고 있었는데, 얼굴을 들었을 때 풍뎅이와 시선이 마주치자 약간 놀란 표정을 지었다.

풍뎅이는 그냥 자리를 뜨려고 했지만 그러는 것도 좀 부자연스러울 것 같아 인사를 했다. 상대방도 자연스럽게 고개를 숙였다. 학교 학생들을 관찰하는 수상쩍은 남자라고 생각했을지도 모른다.

학부모입니다, 하고 말하고 싶었지만 그럴 수도 없었다. 제법 거리가 됐다. 크게 소리쳐 말할 수도 없다.

그때 미인 교사가 이유는 알 수 없지만 문득 미소를 지었다.

풍뎅이는 주위를 둘러보았다. 이 장면을 아내가 보면 성가실 것 같다고 생각했기 때문이다.

풍뎅이

"저기, 좀 들어 봐, 우리 집에서 한 블록쯤 서쪽으로 떨어져 있는 동네에서 쓰레기 버리는 날을 전혀 지키지 않는 집이 있었잖아."

밤이 되어 가쓰미가 2층 자기 방에서 잠든 후 풍뎅이는 거실

AX

에서 케이크를 먹고 있었다. 아내가 퇴근하고 돌아오는 길에 가게가 새로 오픈해서 사 온 것이다. 게다가 전부 다 맛을 보고 싶다며, 그때 가게 진열대에 남아 있던 여섯 종류를 하나씩 다 사 왔다.

"가쓰미는 안 먹을 것 같으니까 우리 둘이 나눠 먹자." 아내 는 신나게 말했지만 풍뎅이는 원래 단것을 좋아하는 편은 아니 었다. 그 점에 대해서는 결혼 전부터 기회가 있을 때마다 주장 해 왔던 것 같은데 아내의 기억 속에는 자리 잡지 못한 듯하다. "그래도 단걸 싫어하지는 않지?" "단걸 죽을 만큼 못 견디는 건 아니지?" 하고 닦달하면, 확실히 "싫어하기는 하지만 죽을 만 큼은 아니야." 하고 인정할 수밖에 없어서 억지로 단맛 취향에 맞춰 줘야 하는 처지가 되었다. 그리고 그 행위가 기정사실이 되어 "전에도 그렇게 먹었으니 이번에도 먹을 수 있겠지." 하는 말을 듣곤 했다.

여섯 개의 케이크를 둘이서 나눠 먹는 것은 고통 이외에 아 무것도 아니었다. 게다가 아내는 "나는 한 입씩 맛만 보면 되니 까 당신이 실컷 먹어도 돼." 하고 선언했다. 말만 들으면 아내 가 남편을 위해 양보하고 자신의 즐거움을 인내하는 듯 보이므 로, 무시무시하다.

아무튼 주방 식탁에서 케이크를 조금씩 입에 넣고 있는데, 아내가 '쓰레기 버리는 날을 지키지 않는 집'에 대해 이야기하기 시작했다.

"아아, 그 집이구나!" 풍뎅이는 크게 대답했다.

"그래, 맞아. 연립주택에 여섯 가구 정도가 있는 거기."

"그랬지, 그랬어."

"그중 두 집이 정말 매너가 안 좋아."

"아아, 그래서 그건 어떻게 됐는데?"

물론 풍뎅이는 그런 이야기를 기억하지 못했다. 아마도 한참 전, 아침 무렵에 아내가 말했을지도 모른다. 그리고 풍뎅이는 늦은 밤에 일을 처리하고 난 후였거나 졸려서 거의 이야기를 들을 수 없는 상황이 아니었을까. 자주 있는 상황이다. 다만, 졸리다고 해서 멍하니 아내의 이야기를 듣고만 있어서는 안 된다. "당신, 듣고 싶지 않으면 그냥 안 들어도 돼." 하고 과거에 타박 맞은 적이 있었다. 그 결과 풍뎅이는 아무리 피곤해도, 아무리 졸려도 요란하게 반응하게 되었다. 제스처는 크게, 아내가 하는 말 하나하나에 "어, 그랬나!" "믿을 수가 없군." 하고 요란한 리액션을 한다. 스스로도 약간 지나친 게 아닐까 두려워지는 순간도 있었지만 아내 입장에서 보면 도가 지나친 반응은 신경 쓰지 않는 건지, 그것에 대해 타박을 준 적은 없었다.

"그래서 말이야, 요즘에는 수거일 아닌 날에 쓰레기가 나와 있는 일이 없어서 앞으로는 규칙을 잘 지키려는 건가 하고 다들 생각했는데 글쎄, 이사를 가 버렸대."

"뭐야! 이사 간 거였어?" 강한 어조로 대꾸했지만 그리 놀랄 만한 일은 아닌 것 같았다. 이사 가는 집이 있어도 이상할 건 없다. 이제는 정말, 요란한 리액션이 버릇이 되고 말았다.

"지은 지 얼마 안 된 새 연립인데. 그것도 두 집이 한꺼번에 말이야."

"두 집 다? 동시에 이사 가다니!" 그건 좀 묘하다고 생각했다.

"옆집 사람이 초인종을 눌러도 전혀 반응이 없나 봐."

"장기 휴가 중인 거 아니야? 두 집이 같이."

"그런 것 같지는 않은데."

"안 좋은 일이라도 생긴 거 아냐?" 풍뎅이가 말했다. 집 안에서 숨이 끊어진 사람의 모습이 떠올랐다.

"어머, 당신, 무서운 소리 하지 마." 아내가 화를 냈다. "그런 무서운 일이 우리 집 근처에서 생길 리 없잖아."

설마 가장 가까운 남편이 그 무서운 일을 생업으로 하고 있으리라고는 상상도 하지 못할 것이다.

"어쩌면 이웃집과 말썽이 생겨 나간 건지도 모르지. 그래, 소음 문제 같은 걸로."

"아아, 하지만 그보다도." 아내가 눈을 휘둥그레 뜨며 손뼉을 쳤다.

"문제는 이 남은 케이크야." 풍뎅이는 처치 곤란한 그릇을 바라보며 한탄했다. 이미 배는 가득 찬 데다 생크림이 혈액 속

을 통과해 가는 듯한 과도한 당분 섭취 때문에 더욱 곤혹스러
웠다.

하지만 아내는 풍뎅이의 말은 귓등으로도 듣지 않는 듯, 아
마도 그녀에게는 남편의 불만이나 호소를 여과하는 필터가 장
착되어 있으리라. 어쨌거나 전혀 반응을 보이지 않는다. 시험
삼아 "문제라면, 우리 부부의 밤의 애정 행각 빈도 말인데." 하
고 슬쩍 말해 보았다. "좀 더 늘려도 괜찮지 않을까?"

다행인지 불행인지, 아내는 듣지 못했다. "아, 맞다, 맞다. 요
즘엔 왠지 고등학교 선생님도 대단한 것 같아."

"대단하다고?"

"어디까지나 소문이긴 한데, 가쓰미네 학교 선생님이."

"등교 거부 말이야?"

"어머!" 아내가 약간 놀라며 풍뎅이를 쳐다보았다. 의표를 찔
린 듯한 모습이기도 했다.

"야마다 선생 맞지?"

"어떻게 알았어?"

"그야." 풍뎅이는 여기서 감정을 듬뿍 실었다. "아들 학교 문
제인걸. 나름대로 촉각을 곤두세우고 있다고."

아내는 다시 봤다는 듯한 기색을 띤다. "그런데 야마다 선생
님, 집에도 안 오나 보던데. 부인과 아이도 있는데."

"무슨 소리야?"

"틀림없이 학교 일 때문에 골머리를 썩이느라 집에도 돌아가지 못하는 거 아닐까."

"그럼 혹시, 그 미인 교사와 동거라도 시작한 거 아냐?" 풍뎅이는 그렇게 말하면서, 낮에 운동장에서 본 그 교사를 떠올리고 말았다. 아내의 날카로운 목소리가 귀를 파고든다. "미인 교사라니, 그게 무슨 소리야?"

멱살을 잡힌 기분이었다.

"아아, 그거, 가쓰미가 그렇게 말했어. 그게, 야마다 선생이 그 미인 교사와 사이가 좋았다나 봐. 하긴, 그래도 그 미인이니 뭐니 하는 건 주관적인 문제니까."

"야마다 선생님은 유부남이잖아."

풍뎅이는 이 시점에서 크게 한숨을 내쉬며 정말 믿을 수가 없다고 말하듯 머리를 좌우로 흔들었다. "설마 유부남이 다른 여자와 사이가 좋다니. 그런 일은 그야말로 도시괴담 같은 거라고 생각했는데."

"하지만 아무도 그런 말은 하지 않던데. 야마다 선생님은 그냥 단순히 일 때문에 힘든 게 아닐까?"

"글쎄." 풍뎅이는 이런 종류의 화제를 너무 깊이 파고들어 가다 보면 틀림없이 자신에게로 화살 끝이 향할 거라는 걸 눈치챘다. 애매하게 대답한다.

"아, 맞다, 맞다, 당신." 그때 아내가 목소리를 높였다. "다다음 주 금요일, 무슨 약속 있어?"

"금요일?"

"가쓰미 진학 상담이 있는데, 가능하면 당신도 같이 갔으면 해서."

"물론 나도 갈 생각이었어." 풍뎅이는 고개를 끄덕였다. 지체 없이, 망설이는 기색도 보이지 않고 바로 대답하는 게 최고다.

"어머!" 아내가 약간 놀란다. "하지만 어차피 급한 일이 생겨서 못 갈 것 같다고 할 거잖아?"

"자랑은 아니지만, 회사에서 난 별로 바쁘지 않아. 급한 일 같은 거 좀 생겼으면 좋겠다 싶을 정도야."

"하지만 전에도 몇 번인가, 우리 가족 문제가 있을 때 급한 일로 오지 못한 적이 있었는데."

"그때는 정말 미안했어. 지금 생각해도 괴로워." 풍뎅이는 요란하게 자신의 죄에 전율하는 듯이 말했지만, 실제로 그런 옛날 일 같은 건 전혀 기억나지 않는다. 아마도 회사 일이 아니라, 위험한 일 쪽의 의뢰가 들어와 가족 문제에 시간을 맞출 수 없었던 때가 있었을 것이다.

"괜찮아." 풍뎅이는 고개를 끄덕였다. "급한 일 같은 거, 거의 없을 테니까."

풍뎅이

"급하게 수술을 하게 되었습니다." 진찰실에서 마주한 의사는 풍뎅이를 보며 단호하게 말했다. "다다음 주 금요일밖에 기회가 없습니다."

컴퓨터의 알림창처럼 체온을 느낄 수 없는 목소리였다. 게다가 '네'와 '아니오'의 선택 버튼이 있는 게 아니라 '프로그램을 갱신합니다' 같은 알림창에 'OK' 버튼밖에 표시되어 있지 않은 듯한 막무가내인 구석이 있었다. 수락하지 않으려면 컴퓨터를 강제로 종료시키는 수밖에 없다.

"급하든 아니든 그날은 안 돼요." 풍뎅이는 컴퓨터가 발산하는 위압감을 저지하고 싶어서 두 손을 앞으로 살짝 내밀었다. "약속이 있어요. 생각해 봐요. 난 회사원이에요. 평일은 대부분 그쪽 일을 한다고요."

아들의 진학 상담이 있다고 말할 생각은 없었다.

의사와는 오랫동안 알고 지냈다. 풍뎅이가 결혼하기 전부터, 즉 업계에 발을 담그고 얼마 지나지 않았을 때부터 의사에게 일을 받아 왔지만, 그때부터 자신의 본명과 주거지는 정확히 알려 주지 않았다. 의사에게 그의 이름은 이 업계에서 불리는 칭호인 '풍뎅이'에 불과하다. 물론 의사가 마음만 먹으면, 풍뎅이의 정보에 대해서도 조사하려고만 하면 얼마든지 알아낼 수 있다. 풍뎅이 쪽에서 먼저 가족 구성에 대해 대충 이야기한 적도 있었지만, 쓸데없는 정보까지 알려 줄 필요는 없었다.

"회사를 쉴 수는 없습니까?"

"그날은 무리예요." 하고 말했다. "다른 날이어도 괜찮지 않을까요?"

의사 앞에 놓인 진료 기록 카드를 보았다. 대체 어디 사는 누가 표적인지, 이 시점에서는 알 수 없다.

"다른 날은 안 됩니다. 이번 수술은 제법 괜찮은 조건입니다. 이걸 놓치면 상당히 아까울 겁니다."

"괜찮은 조건? 예를 들면요?"

"수술비가 비쌉니다." 의사는 그렇게 말하고 나서 진료 기록 카드에 적힌 숫자를, 그것은 얼핏 보면 혈액 검사의 결과로밖에는 보이지 않는 것이었지만 풍뎅이에게 보여 주었다.

고액이군, 하고 인정하지 않을 수 없을 만큼 고액이었다. "참, 지난번에 말씀하신 거. 머지않아 폭파 사건이 생길지도 모르고, 그렇게 되면 경비 등이 삼엄해질 거라고. 그건 이제 괜찮나요?"

의사가 "바로 그 건입니다." 하고 곧바로 말했다.

"바로 그 건이라고요?"

"지난번에 당신이 말씀하지 않으셨습니까. 그것 때문에 장사가 통 안될 것 같으니."

차라리 그 폭파 사건의 범인을 처치하는 의뢰를 받고 싶다고 했던 것 같다. "그랬었나?"

의사는 고개를 끄덕였다.

"확실히 그거라면 마음은 약간 편할지도 모르죠." 상대가 악성, 즉 프로 청부업자고, 폭파 사건을 미연에 방지하는 것으로 연결된다면 죄의식은 제법 경감될 것이다.

의사가 말한 대로 이만한 조건을 갖춘 일은 좀처럼 없을 테니, 이 기회를 놓치는 건 아깝다.

수술을 받아들이겠다고 대답했다.

"현명하십니다." 의사는 그렇게 말하고 그제야 비로소 자세한 정보를 건네주었다. 필요한 사항이 인쇄된 종이를 가지고 갈 수는 없으므로 의사의 책상 위 컴퓨터 화면에 표시된 내용을 기억한다.

표적이 된 상대의 얼굴 사진이 있었다. 힘은 없어 보이는 나약한 얼굴의 남자였기 때문에 "간단할 것 같네요." 하고 자신도 모르게 말했다. 의사는 무표정한 채로 "이 얼굴만 보면 약해 보입니다." 하고 동의했다.

남자는 가벼운 폭탄을 개발하는 게 장기인지라 폭탄 장인이라고도 불리는 모양으로, 최근 몇 개월은 해외에 머무르고 있었다. 그런데 모이라는 동료들의 연락을 받고 일본으로 돌아온다.

공항에 도착한 때라면 접촉하기 쉽다. 요컨대 다다음 주 금요일이다. 반대로 그때를 놓치면 은둔처를 발견하기가 힘든 상황인 듯했다.

"그래서 그날밖에 없습니다. 긴급하고 중요한 수술입니다."

이 남자에게 또 어떤 동료들이 있느냐고 묻자 동료는 다방면에 걸쳐 있을 것이라고 의사는 대답했다. 농성 사건이 되면 그 장소를 조사하는 자도 있을 테고, 탈출 경로를 확보하는 자도 있을 것이며, 탈출 수단에 따라서는 전문 조종사도 필요할 것이라고.

"옛날에 다양한 분야의 장기를 가진 학생들을 모아 야구팀을 만드는 만화가 있었는데, 그것과 비슷한 것 같군요."

"팀이라고 하면 팀이죠."

풍뎅이는 어깨를 으쓱였다. "아무튼 그자가 탄 비행기가 악천후 등의 문제로 운항이 중단되면 고맙겠군요. 그래서 일정이 하루쯤 늦춰진다면 좋겠는데."

그렇게 되면 아들의 진학 상담에 갈 수 있다.

의사는 무표정하게, 가만히 풍뎅이를 바라볼 뿐이었다.

그날 저녁, 풍뎅이는 집 거실의 소파에 앉아 텔레비전을 보았지만 프로그램 내용은 전혀 머릿속에 들어오지 않았다.

타이밍이다, 타이밍, 하고 자신에게 말하듯 속으로 중얼거렸다. 모든 일에서 가장 중요한 것은 타이밍이다. 가쓰미나 아내에게 들키지 않도록 심호흡을 몇 번 정도 했다.

그러는 가운데 아들인 가쓰미는 만지작거리던 스마트폰을 호주머니에 집어넣으며 '저기'도 '이만'도 아닌, 하지만 아무리 애를 써도 '안녕히 주무세요'의 축약인 것처럼은 들리지 않는 소리를 낸 후 2층으로 올라갔다. 아내는 "잘 자." 하고 말했지만. 그제야 풍뎅이는 귀를 쫑긋 세웠다. 그녀의 말투에서 기분이 좋은지 어떤지를 판단하기 위해서였다.

아내에게 어떤 사실을 전할 때, 특히 그것이 그녀를 불쾌하게 만드는 유형의 것이라면 아내의 기분 상태에 따라 반응은 꽤 다르다.

이를테면 그녀에게 좋은 소식이 막 들어온 참이고, 그게 미용실에서 커트가 잘되었다는 것이든 길거리에서 어려 보인다는 식의 말을 들었다는 것이든 그 어느 것이든 상관없지만, 그래서 그녀가 기분이 좋다면 풍뎅이가 하는 말에 대해서도 너그럽게 넘어가 줄 가능성이 커진다. 그와 반대로 명확히 불쾌감이나 불만을 품고 있는 상태라면 집 안이 소리도 없이 얼어붙을 것 같은 조용한 눈보라가 발생하는 사태가 된다.

목소리의 톤과 얼굴 표정을 관찰하며 풍뎅이는 좋아, 하고 각오를 다졌다. 일단 화장실에 가서 소변을 본 후 할 말이 있다고 털어놓기로 했다. 위험한 상대를 습격해 목을 조르기 전에는 이러한 긴박감을 느껴본 적이 없다. 어떻게 그토록 재빨리,

냉정하게 타인에게 타격을 가할 수 있느냐고 모두들 감탄할 정도였다. 그런 판국에 집에서 더 신경을 쓴다는 건 어딘지 좀 이상하다 싶어 풍뎅이는 진지하게 고민스러워진다.

왜 그래, 하고 아내가 물어 왔다. 그 시점에서 그녀의 기분은 좋다고도 나쁘다고도 할 수 없었다. 하지만 여기서 겁을 집어먹으면 안 된다. 언젠가는 말해야만 하는 것이다.

실은 진학 상담 날에 내가 꼭 참석해야 할 일이 생겨 버렸어.

풍뎅이는 가급적 숨 막히는 분위기가 되지 않도록, 그렇다고 너무 자신을 낮추지도 뻔뻔하지도 않은 그 중간 정도의 어투로 말했다.

길이 나올지 흉이 나올지. 풍뎅이는 눈을 감고 싶어졌다. 아내에게서 어떤 반응이 나올 것인가, 하고 두근거리는 가슴으로 기다렸다.

"농담이지?" 놀라면서도 명백히 가시 돋친 말투였다. "작작 좀 해."

아니, 상당히 공들여, 정말 작작 하고 있는데, 하고 풍뎅이는 머릿속으로 반박하고 싶어진다. "어, 하지만." 하고 결심 표명과도 비슷한 발언을 한다. "진학 상담은 정확히 오후 두 시부터잖아. 일이 빨리 끝나면 달려갈 수 있을 거야."

폭탄 장인이 공항에 도착하는 건 열두 시니까 전철만 재깍재깍 탈 수 있다면 시간을 맞추지 못할 것도 없다.

AX

"그래, 그래." 아내는 어이없다는 목소리로 말했다. 불가능한 소리는 하지도 말라고, 가볍게 무시하고 있다는 걸 알았다.

풍뎅이

"난 가족을 위해 일하고 있는데 말이지."

"가족이 있었나?"

풍뎅이는 순간 자신이 본심을 털어놓았다는 걸 깨닫고 깜짝 놀랐다. "너하고는 관계없는 일이야." 낮은 목소리로 말하며 비튼 상대방의 팔에 힘을 실었다.

공항에서 차로 약간 떨어진 곳에 있는 풀밭이었다. 한없이 넓은 흙빛의 밭과 잡목림이 있다. 키 작은 잡초가 무성한 그 토지 위에서 뒤엉켜 있었다.

풍뎅이는 공항 청소부 제복 차림이다.

"제길, 너 체격이 제법 좋잖아!" 풍뎅이는 한탄했다. 의사가 사전에 보여 준 사진대로 남자의 얼굴은 허약해 보였지만 그 아래 딸린 몸은 상당한 근육질에 튼튼해 보였다. 들은 이야기와는 전혀 다르다.

"게다가 왜 시간 맞춰 도착하지 않은 거야?"

"불평은 조종사한테 해. 아니면 기류한테 하든지."

빨리 일을 마치면 학교 상담 시간에 맞출 수 있다. 그렇게 기대했는데, 정작 비행기는 예상 도착 시간보다 20분 늦게 왔다. 로비에서 기다리고 있는데 폭탄 장인이 어슬렁어슬렁 등장하여 풍뎅이를 더욱 화나게 했다.

그때부터 풍뎅이는 제복 차림 그대로 폭탄 장인이 에스컬레이터로 내려가는 것을 거리를 두고 쫓았다. 택시 승강장을 향해 걸어가는 그를 뒤따라갔다. 이윽고 "아, 실례합니다만." 하며 등 뒤에서 말을 걸었다. 남자는 멈춰 서서 청소부 복장을 한 풍뎅이를 보았다. "이걸 떨어뜨리셨어요." 하며 땅바닥에서 작은 플라스틱 판을 주웠다. 각도기 같은 것이었다. 물론 남자는 그것을 본 적이 없었지만 반사적으로 그것을 받아 들었다. 그와 동시에 풍뎅이는 손을 놓으며 호주머니에 넣어 둔 리모컨 스위치를 눌렀다.

남자가 몸을 부르르 떨며 쓰러졌으므로 그를 껴안듯 받쳐 주었다. 전류가 흐르도록 장치되어 있었다. 가령 그 광경이 감시 카메라에 찍혔다 해도 갑자기 쓰러진 사람을 보고 놀라서 부축해 주는 듯 보였을 것이다.

풍뎅이는 남자를 안고 세워 둔 위장 택시에 태운 후 공항을 떠났다. 잡목림에 도착하고는 차에서 끌어 내린 폭탄 장인의 얼굴을 때려 정신을 차리게 했다.

상대가 의식을 되찾자 풍뎅이는 "따라와." 하고 말했다. 처음에는 상황을 파악하지 못하고 어리둥절해하던 남자도 이윽고 자신이 해야 할 일을 눈치챘는지 날카로운 눈빛으로 맞섰다.

대결의 형태가 되었다. 요란한 주먹 다툼이나 발차기로는 발전하지 못한 채 몇 번인가 뒤엉켰다가는 떨어지는 상태가 계속되었다. 풍뎅이는 가급적 빨리 상대방의 움직임을 저지하기 위해 쇄골이며 옆구리, 명치, 목과 손가락에까지도 예리하게 파고들어 타격을 주어 갔다.

상대의 움직임은 우려했던 것보다 빠르지 않았다. 여기를 때리면 이렇게 움직일 것이고 여기에 타격을 주면 관절이 꼼짝 못할 것이라고, 자신이 예상한 대로 격투는 전개되어 갔다. 집에서 아내와 나누는 대화도 이만큼 알기 쉽다면 얼마나 좋을까. 그런 생각이 머리를 스쳤다.

"난 가족을 위해 일하고 있는데 말이지."

지체 없이 남자가 "왜?" 하고 겨우 묻는다. 주먹을 휘둘러 와서 풍뎅이는 몸을 뒤로 젖히며 그것을 피했다. "이것도 일이야." 하고 대답했다.

"그걸 물은 게 아니야." 하며 남자가 온몸을 이용해 덮쳐 왔기 때문에 풍뎅이는 투우사처럼 옆으로 피했다. 남자는 그대로 지나쳤다가 멈춰 서며 돌아섰다. "왜, 내가 아까 감전되어 쓰러져 있는 동안 해치우지 않은 건가?"

"아아!" 풍뎅이는 숨을 몰아쉬면서 상대의 움직임으로부터 눈을 떼지 않은 채 앞을 노려보았다. "무방비한 상대의 숨통을 끊는 건 썩 내키는 일이 아니야. 되도록 공정한 편이 좋지."

"공정한 게 무슨 의미가 있다고!" 폭탄 장인이 굵은 눈썹을 찌푸렸다.

공정한 것. 그것은 풍뎅이가 아들에게 하는 대사이기도 했다. '옳은 일을 해라'라거나, '노력을 게을리 하지 마라'라거나, '실패를 두려워하지 마라'라거나, 그런 훌륭한 것을 요구할 마음은 없다. 유일하게 풍뎅이가 전해 줄 수 있는 것은 '되도록 공정해라'라는 그 말뿐이었다. 누군가를 비난할 때도 누군가를 옹호할 때도 공정하자고 생각하라고.

"아버지, 너무 애매해." 가쓰미는 최근 들어 그 가르침에, 가르침이라고 할 만큼 대단한 것은 아니었지만 불평을 늘어놓았다. "구체적으로 어떻게 하면 되는 건지 모르겠어."

"뭐, 여러 가지가 있겠지. 이를테면 누군가를 욕할 때."

"말싸움이라니, 내가 초등학생도 아니고."

"어디까지나 예를 든 거야. 알겠니, 상대의 이름이 이상하다고 우습게 여기거나, 얼굴이나 몸이 이상하다고 업신여기는 짓은 하지 마."

"왜?"

"그 친구의 노력만으로는 바꿀 수 없는 거니까. 도저히 안되는 부분을 공격해 봤자 공정하다는 말은 못 들어. 안 그래?"

"그럼 뭘 가지고 욕하면 되는데?"

"그래. 이를테면." 풍뎅이는 잠시 생각했다. "간식 같은 거. 그런 건 그 친구의 노력에 달린 문제야. 야, 야, 넌 밤에 먹는 간식도 못 끊냐, 하고 말이지."

"도저히 와닿지 않는 욕인데." 가쓰미가 어이없어한다. "그럼 만약 내가, 너네 아버지 무능한 회사원이지, 하는 욕을 들으면 어떡해?"

"정말 그렇다고 생각해?"

"예를 들어서 말이야."

"뭐, 그럴 경우는, 신경 쓰지 마."

"신경 쓰지 말라고?"

"알겠니, 그 욕을 한 상대는 그 시점에서 과연 포인트를 따냈을까? 아버지가 무능한 회사원인 게 그 친구의 실적일까? 아니야. 그 친구는 그저 단순히 사실을 지적했을 뿐이지. 사실조차 아닐지 모르고. 사실을 말로 옮긴다. 그건 누구나 할 수 있어. 하지만 아무도 그러지 않지. 분별과 상식이 있기 때문이야. 굳이 말하자면 그 친구는 감정에 자신을 맡겨 사리분별을 잃은 채 말도 되지 않는 사실을 입으로 내뱉었을 뿐이야. 그와 관련해 넌 그 친구에게 아무런 점수도 빼앗기지 않았어. 오히려 말로 갚아 주면 돼. 너네 조상은 원숭이 아니냐, 하고 말이야. 이것도 사실이지."

"그게 공정하다는 건가?"

"그래. 그리고 '내가 하면 괜찮지만 내가 당하는 건 안 된다'고 주장하는 게 불공정한 거야."

"나는 괜찮지만 상대는 안 된다. 그럼 이건 어때? 밤늦게 들어오는 아버지 발소리가 시끄럽다고 엄마가 자주 화내잖아. 신경에 거슬려 잘 수가 없다고. 그런데 휴일에 아버지가 자고 있을 때, 엄마가 청소기를 시끄럽게 돌리는 경우 있잖아. 그거야말로 불공정한 거네."

풍뎅이는 그 순간 자신의 마음을 이해해 주는 사람을 발견한 감격에 눈가가 촉촉이 젖을 뻔했다. 하지만 꼭 안아 줄 수는 없다. 무엇보다 '내 마음을 알아주는구나' 하고 털어놓아 버리면 그 사실이 아내에게 전해질 가능성도 제로는 아니었다. 아버지와 어머니, 양쪽을 오가는 이중 스파이라고는 생각하지 않았지만 결코 방심할 수 없는 상대였다.

풍뎅이는 남자의 목을 뒤에서 팔꿈치로 졸랐다. 이윽고 남자는 숨을 쉬지 않게 되었다. 그 몸뚱이는 근처 잡목림 속에 묻었다. 의사에게서 "수술 흔적은 남겨도 상관없을 것 같습니다."라는 말을 들었기 때문에 꼼꼼히 처리할 필요는 없었다. 폭탄 장인의 정체는 아마 본인이 필사적으로 숨기고 살았을 테니 사체가 발견된다 해도 신원이 금방 밝혀지는 일은 없을 것이다.

흙을 남자의 몸 위로 뿌릴 때 남자의 재킷에서 휴대전화를 꺼냈다. 소리가 울려 땅속에서 사체가 발견되는 경우도 있다. 전화기에 작은 다이너마이트 모양을 한 휴대전화 장식이 달려 있는 걸 보고, 그렇게나 폭탄이 좋았을까 싶어서 풍뎅이는 쓰게 웃었다.

손목시계를 보았다. 풍뎅이는 입고 있던 제복을 벗고 양복으로 갈아입었다. 타고 온 택시를 이용해 공항으로 돌아갔다. 차로 가는 것보다 전철을 타는 게 더 빠를 테니까.

풍뎅이

학교 교문에 도착했을 때 손목시계는 두 시 10분을 가리키고 있었다. 거우 맞췄다고 풍뎅이는 생각했지만 아내의 감각에 따르면 이건 '맞추지 못한 것'으로 분류되리라는 걸 알고 있었다. 교실로 달려가야 할지 말지 고민하면서 학교 부지 안으로 들어갔다. 그 직후 가쓰미가 몇 반이었는지 알아 두지 않았다는 사실을 깨닫고 등줄기가 오싹해졌다. '집사람한테 죽었다!' 하는 생각이 순간 치솟았다.

풍뎅이는 출입구 앞에서 신발을 벗으며 슬리퍼가 어딘가 있지 않을까 살피다가 신발장 끝에 거의 쓰레기나 다름없이 놓여 있는 것을 발견했다. 발을 끼워 넣고는 계단을 달려 올라갔다. 학년이 올라갈수록 위층에 있을 것이라고 추측했다. 3층 복도로 나가 시선을 던졌지만 아무도 보이지 않는다. 학생도 없었다. 시계를 확인한다. 학교가 마치 문을 닫은 가게처럼 한산했다. 진학 상담 때문에 학생들은 일찍 집으로 돌아간 것일까.

늦은 것일지도 모른다. 아내의 분노 게이지가 붉게 물들어 가는 것이 머릿속에 떠오른다.

종종걸음으로 복도를 걸어가는데 시청각실이라는 팻말이 걸린 방이 있었다. 문이 반쯤 열려 있다. 여기가 미인 교사가 밀회에 사용하던 방인가 하고 가쓰미의 이야기를 떠올렸고, 그때는 이미 안을 들여다보고 있었다. 그러자 거기에 당사자인 미인 교사가 있어서 풍뎅이는 흠칫 놀랐다.

"무슨 일이신가요?" 하며 미인 교사가 문 있는 곳까지 다가왔다.

"저, 가쓰미의 아버지 됩니다만." 풍뎅이는 켕기는 것도 없는데 공연히 쭈뼛쭈뼛 대답했다. 이름만으로는 알지 못할 것 같아서 서둘러 성까지 말했다. "진학 상담으로."

"아아, 여기가 아니고요." 미인 교사는 복도의 막다른 곳을 가리키고는 거기서 다시 오른쪽으로 가야 한다고 일러 주었다. "안쪽 건물입니다."

풍뎅이는 자신 앞에서 움직이는 가늘고 하얀 손가락을 바라보고 말았다. 우아하게 움직이는 뱀의 머리처럼 홀리는 힘을 가지고 있다고 생각했다.

그때 두 가지 일이 벌어졌다.

우선, 풍뎅이의 휴대전화가 울렸다. 화면을 보자 아내의 이름이 있어서 귀에 갖다 댔다.

동시에 호주머니에 넣어 두었던 다른 휴대전화가 바닥에 떨어졌다. 대체 뭐지 하고 생각하고 보니, 그것은 한 시간쯤 전에 풍뎅이와 격투를 벌였던 남자의 호주머니에 들어 있던 휴대전화였다. 낙하했다가 튕겨 오른 후 뒤집힌다. 휴대전화 장식이 팔락 하고 흔들렸다. 미인 교사는 천천히 주워 풍뎅이에게 건네주는 시늉을 하면서 "저기, 이거." 하고 말했다.

잠깐만 기다려 주세요, 하고 손짓을 하며 풍뎅이는 전화기를 통해 들려오는 아내의 목소리에 귀를 기울였다. "당신 지금 어디야? 역시 늦는 거지?"

"아니, 이미 도착했어. 지금 금방."

"저기, 이거 어디서 났어요?" 미인 교사가 말을 건넨다.

"잠깐만요, 지금 그게 문제가 아니라." 풍뎅이는 미인 교사에게 대꾸했지만, 그 말을 들은 아내가 "그게 문제가 아니라니, 무슨 말이야?" 하고 목소리의 톤을 올린다.

"아니, 그게 아니라."

"이거 어디에서 주운 거죠?" 미인 교사는 자연스러운 동작으로 휴대전화를 열고 몇 개의 버튼을 눌렀다. 남의 휴대전화에 마음대로 손대지 말아 줘요, 하고 말하고 싶었지만 풍뎅이에게 도 그것은 남의 전화기였다.

"이거."

풍뎅이가 얼굴을 들었다. 방금 전까지의 미소가 사라진 미인 교사의 눈빛은 진지했다.

"잠깐, 여자 목소리가 들리는데? 저기, 누구 있어?"

"아니, 그런 게 아니고." 풍뎅이의 머리가 뜨거워진다. 여기 저기에서 화재가 발생하여 우왕좌왕하는 꼴이나 다름없다. 빨 리 끄지 않으면 계속 피해가 확산된다. 차분히 생각해 하나씩 정리하며 대응해 가다 보면 별 문제 없을지도 모른다. 하지만 아내의 성난 목소리와 미인 교사가 옆에 있다는 꺼림칙함 때 문인지 평정심을 잃고 있었다. 정신 차리고 보니 의식하기보다 먼저 눈앞에 있는 미인 교사의 입을 손으로 막고 있었다. "잠깐 조용히 해 주실 수 없을까요."

"조용히 하라니, 무슨 소리야?" 전화 저편에서 아내가 화를 낸다.

"아니." 하고 말하며 미인 교사를 보았다. 입에 댄 손을 그녀 가 노려보고 있다. 풍뎅이의 손에는 피가 묻어 있었다. 손목과 주먹에 폭탄 장인이 흘린 것으로 보이는, 아마도 코나 입에서 나왔을 그것이 달라붙어 있었다. 말라 있다.

아, 하고 생각했을 때는 귀에 대고 있던 휴대전화가 밑으로 떨어지고 있었다. 미인 교사가 후려갈긴 것이다. 어, 하며 풍뎅이가 전화기를 눈으로 좇는다. 으, 하고 소리친 시점에는 왼팔이 비틀려 등 뒤로 돌아가 있었다.

무슨 일이 벌어진 건지 생각할 틈도 없었다. 풍뎅이는 그 자리에서 몸을 회전시켜 팔을 뿌리쳐 냈다. 이미 미인 교사는 교사로서의 태도를 내동댕이치고, 발로 공중에 원을 그리고 있었다. 풍뎅이는 그것을 피하며 시청각실 안으로 들어갔다. 복도에서 누가 보기라도 하면 그보다 흉한 꼴도 없을 것이다.

미인 교사가 덤벼든다. 풍뎅이는 너덜너덜한 슬리퍼를 신고 있다는 사실을 잊었다. 평소처럼 움직이려다가 미끄러져 뒤로 넘어졌다. 그 위로 그녀가 덮쳐 왔다. "저 휴대전화, 어디서 났지?" 하고 묻는다.

"그건." 풍뎅이는 벌렁 넘어진 채 대답하려 했지만 바로 옆에 자신의 휴대전화가 떨어져 있다는 걸 깨달았다. 아직 통화 중인 상태라면 아내가 듣게 된다. 마치 말이라도 타고 있는 듯한 여자를 떨쳐 내려고 몸을 흔들었지만 누르기 요령이라도 터득했는지 좀처럼 꼼짝도 하지 않는다. 풍뎅이는 이 시점에 이르러서야 겨우 이 미인 교사가 평범한 사람이 아니라는 사실을 깨달았다.

몸을 좌우로 흔들며 어깨를 움직였다. 상대는 이쪽의 반격을 허용하지 않기 위해서인지 더욱 강하게 눌러 왔다. 호흡이 거칠어진다.

풍뎅이는 혀를 차고 싶어졌다. 지금 자신과 여자의 씩씩, 헉헉 하는 거친 숨소리가 만에 하나 휴대전화를 통해 저쪽에 전해지기라도 하면, 그야말로 남녀가 한창 음란한 행위를 하고 있는 것으로 오해하지 않을까. 여자와 격투를 벌였다고 설명해 봤자 이해해 줄 가능성은 낮았다.

여자가 다시 뭐라고 말을 건넸기 때문에 풍뎅이는 온 힘을 다해 자세를 뒤집었다. 상대가 단순한 교사가 아니라 위험한 상대임을 안 이상 봐줄 수는 없다. 마음먹고 싸운다면 업계 내에서도 풍뎅이의 움직임을 따라잡을 자는 거의 없다.

등 뒤로 돌아가 목에 팔을 감고 팔꿈치로 목울대를 강하게 압박했다. 힘을 한껏 가한다.

움직일 수 없게 된 미인 교사를 안고 우선은 시청각실 뒤편, 기자재가 놓여 있는 장소로 이동했다. 좀처럼 사람이 드나들지 않는 장소다. 그러고 나서 휴대전화를 주웠다. 아내와의 통화는 끊겨 있었으므로 안심했다. 그리고 숨을 가다듬으며 외우고 있던 번호로 전화를 걸었다. 접수대의 여자가 진료소 이름을 댄다. "갑자기 발작이 일어나서 그러는데, 선생님 좀 급히 바꿔 주시겠어요?" 하고 말하며 숨을 크게 내뱉었다. 갑작스러운 발작이란, 의논할 게 생겼다는 의미이다.

풍뎅이

겨우 가쓰미 반에 도착하자 마침 아내와 가쓰미가 나오고 다음 차례의 부모와 학생이 막 안으로 들어가는 중이었다.

"아아, 아버지." 가쓰미가 얼굴을 들었다. 살짝 부끄러워하면서도 활짝 웃고 있다.

왜 웃는지 풍뎅이는 이해할 수 없었지만 우선은 "늦어서 미안해." 하며 고개를 숙였다.

"아냐, 일 때문에 그런 거잖아." 가쓰미는 어른스러운 말투로 퉁명스러우면서도 친밀함을 담아 말했다.

"그래, 맞아. 일 때문에."

"무리하지 않아도 됐는데." 가쓰미는 풍뎅이를 가리키며 "뭐야, 양복이 엉망이잖아." 하고 말했다.

문득 자신의 몸을 보니 넥타이는 구겨져 있고, 옷깃도 비뚤어져 있는 데다가 양복에도 먼지가 묻어 있다. 서둘러 옷매무새를 바로 했다.

"그래도 애써 와 줬으니까." 그 목소리를 듣고서야 비로소 풍뎅이는 아내의 표정을 살필 수 있었다. 당연히 이 시점에서 싫은 소리 한 마디나 두 마디 또는 세 마디, 혹은 말없이 얼어붙을 듯한 시선을 보내 올 것이라고만 예상했기 때문에 의외라고 생각했다. 어라, 하고 보니 평소와 다른 온화한 표정으로 말을 잇는다. "진학 상담도 별 문제 없이 잘 끝났어."

풍뎅이는 그 여신 같은 분위기에 오히려 경계하며 당혹스러
움을 느꼈다. "어, 아아, 그랬구나."

하지만 그 수수께끼도 가쓰미의 말로 눈 녹듯 풀렸다. "엄마
는 우리 담임한테 30대 초반으로 보인다는 말을 들어서 기분이
좋아."

"아아!"

"열 살 가까이 젊어 보인다는 거잖아."

"그런 거였구나!" 풍뎅이는 아내가 보이는 온화한 태도의 이
유에 납득하면서도 "30대 초반에 고3 아들이 있다는 건 계산이
좀 안 맞는데." 하고 지적하지 않을 수 없었다.

순간 아내의 눈빛이 날카롭게 빛났다. '입은 모든 재앙의 근
원이야!' 하고 스스로 소리치며 위기관리 능력이 모자란 자신
을 꾸짖고 싶어졌다. 풍뎅이는 곧바로 "하지만 그런 계산을 잊
어버릴 만큼 젊어 보인다는 거겠지." 하고 변명이 되었을지는
알 수 없었지만 그렇게 말했다.

"우리 담임, 수학 가르치는데."

"그 수학 교사가 계산을 틀릴 만큼 놀라웠을 거야."

"하긴, 그런 걸지도 모르겠네." 하며 아내는 그리 싫지 않은
듯 말했다.

어쨌든 다행이다, 여러 모로 다행이야, 하고 풍뎅이는 가까

스로 가슴을 쓸어내렸다.

그러고 나서 그 미인 교사에 대해 생각해 보았다.

방금 전 시청각실에서 진료소로 연락한 풍뎅이는 전화를 받은 의사에게 물었다. "폭탄 장인을 처치한 후 다른 장소에서 여자의 습격을 받았어요. 폭탄 장인이 가지고 있던 휴대전화를 보고 공격해 왔는데, 어떻게 된 거죠?"

의사의 대답은 냉담했다. "아마 둘 다 같은 종류의 종양이었을 겁니다."

"폭파 사건을 꾸미던 팀의 일원이었다는 건가요?" 풍뎅이는 한숨을 내쉬었다.

휴대전화 장식 때문이었는지, 전화 기종 때문이었는지, 여교사는 그 휴대전화가 폭탄 장인의 것임을 알았을 것이다. 생각해 보니 전화기를 이리저리 살펴보기도 했다. 착신 이력이나 발신 이력 등 어느 쪽인가를 확인했을지도 모른다. 그녀는 풍뎅이의 반응과 손에 묻은 피로 그가 적이라고 확신했다. 그랬던 게 아닐까.

가쓰미에 따르면 그 여자는 한 달 전 이 고등학교에 왔다고 했다. 게다가 국어 교사인데 한자도 제대로 읽지 못한다는 이야기도 있었다.

원래 오기로 한 교사를 다른 곳에 보내 놓고 바꿔치기했다고 생각할 수는 없을까?

진짜 교사는 지금 어디에 있을까. 그다지 유쾌한 상상은 떠오르지 않는다.

그럼 왜, 그 여자는 이 학교에 잠입한 것일까.

운동장이다! 이 학교의 특징이라고 한다면, 바로 그 널찍한 운동장밖에 없다.

"헬리포트(헬리콥터의 발착을 위한 비행장 - 옮긴이)인가?" 하고 풍뎅이는 통화 중인데도 혼잣말을 한다. "그거야."

"그거라니요?" 의사가 알 수 없다는 듯 묻는다.

"그 폭파 사건 그룹은 헬기를 사용할 가능성도 있다고 했죠?"

"헬기라고는 하지 않았지만 큰 규모의 농성 사건을 일으킬 작정이었으니 탈출용으로 준비해 뒀다고 해도 이상할 건 없습니다."

지난번에 만났을 때, 의사는 농성 사건을 일으킬 계획이라면 그 장소를 조사하는 담당자도 있을 거라고 했었다. 풍뎅이가 떠올린 것은 아내가 이야기했던 '연립주택에서 얼마 안 살고 이사 간 두 집'이었다.

팀의 일원이 거기에 살며 지역을 조사하거나 작전을 수립할 거점으로 사용했다면 어떨까. 그렇다면 쓰레기 분리수거도 지키지 않는 비상식적인 사람들이 있는 것도 이상하지 않다. 계획이 실행 단계에 들어가 집에서 나간 게 아닐까. 아니, 그래도 역시 억지스러운가. 만약 그렇다면 사람들 눈에 수상하게 보이지 않기 위해서라도 철저히 쓰레기 분리수거를 했을지도 모른다.

과연, 과연, 하며 풍뎅이는 스스로도 눈치채지 못하는 가운데 세차게 고개를 끄덕였다.

미인 교사에 대해 생각했다.

농성 사건 때 이 학교를 헬리포트 대신 사용할 계획이었던 건 아닐까. 그 준비를 하기 위해 학교에 잠입했다. 그렇게 생각한다면 그 열혈 교사의 태도도 다르게 이해할 수 있을 것 같다. 두 사람은 불륜 관계에 있었던 게 아니라 남자 교사가 미인 교사의 행동, 이를테면 운동장에 뭔가 장치를 하고 있었다거나, 아니면 시청각실의 연극용 조명 장치를 부자연스럽게 만지작거리고 있었다거나 하는 일들에 의문을 품고 추궁했던 것은 아닐까. 그리고 남자 교사는 행방을 알 수 없게 되었다. 입막음을 당한 것이다.

"여자 사체를 어떻게 할지 곤란한데요." 하고 의논하자 의사는 "의료 폐기물은 이쪽에서 처리할 겁니다." 하고 대답했다. 밤이 되면 지정된 장소까지 수송해 주십시오, 하고.

성가시게도 밤이 되면 다시 이 학교로 잠입하여 사체를 끌어낸 후 의사가 지정한 장소까지 운반해야 하는 신세가 되었다. 늦은 밤에 왜 나가는지 아내에게 말할 수는 없다. 그것을 생각하자 우울한 기분이 들었지만 속 편한 소리를 할 때가 아니다. "처리해 주면 나야 고맙죠." 하고 대답했다.

어쩌면 의사는 그 미인 교사에 대해서도 알고 있지 않을까? 전화를 끊을 때 그런 생각이 잠깐 스쳤다. 이 학교에 폭파범의 일당이 잠입해 있고, 거기에는 풍뎅이의 아들이 다니고 있다는 사실조차 파악하고 있었던 것은 아닐까. '내가 이렇게 하리라고 예상하고 있었던 거 아뇨?' 하고 질문을 던지고 싶어진다. 의사의 대응에 아무런 감정도 실리지 않았던 만큼 더욱 의심하고 싶어진다.

"어, 아버지, 왜 그래?"

이것저것 생각하느라 풍뎅이의 걸음이 느려진 모양인지 아내와 가쓰미는 복도 끝에 있었다. 일에 대해 생각할 게 좀 있어서, 하고 변명을 하며 서둘러 뒤따라갔다. 물론 거짓말은 아니었지만.

"그 미인 선생을 찾고 있었던 거 아냐?" 가쓰미가 놀린다.

맞다고 대답할 수도 없어서 "엄마보다 미인은 아니었는데." 하고 대답했다.

"잠깐, 뭐야 그 말. 벌써 만난 거야?" 아내가 추궁해 온다.

풍뎅이는 마치 전화라도 온 듯한 몸짓으로 휴대전화를 꺼내며 "아, 전화 왔다." 하고 종종걸음으로 계단을 내려갔다.

그러고 보니 아버지가 엄마는 토끼 같다고 말했어. 가쓰미가 아내에게 그렇게 말하는 소리가 들려왔다.

풍뎅이

풍뎅이는 역에서 나오자마자 거의 뛰다시피 하고 있다. 어느 남자를 '수술'하고 온 후다. 의사의 설명은 없었지만 바에서 발견한 그 남자는 헬리콥터 조종 면허를 가지고 있다고 바텐더에게 떠들어 댔던 모양이니 어쩌면 그 폭파 사건 그룹의 일당이리라 풍뎅이는 생각했다.

폭파 사건은 아직 일어나지 않았다. 앞으로 일어날 예정인지, 아니면 실행으로 옮기기 전에 폭탄 장인이며 조종사 같은 담당자가 하나둘 사라져서 공중분해 직전인 상태로, 기획 자체가 엎어진 것일까.

의사에게 넌지시 자신의 추리를 이야기해 보았지만 "단순한 감기인데도 약간의 정보만 생기면 큰 병일 게 틀림없다고만 생각되죠. 그런 일은 자주 있습니다." 하고 조용히 타이를 뿐이었다. "당신은 착각이 약간 심할 때가 있습니다."

"아들한테도 그런 말을 들은 적이 있어요." 착각이 아니다. 풍뎅이가 발끈하고 싶어 할 만한 부분도 있었다. 그리고 만약 그 학교를 이용할 예정이었다면 근처에서 폭발 사고가 일어나고 농성에 들어갔을 가능성이 있다. 미인 교사를 그대로 방치해 두었다면 학생인 가쓰미에게 아무런 피해도 없었을 것이라고는 단언할 수 없다.

즉, 자신의 활동에 의해 동네의 평화에, 적어도 가쓰미에게 미칠 수도 있었던 위험이 사라진 게 아닐까. 늘 아내 눈치를 살피며 겁에 질려 있던 자신이 크게 활약한 것 같아서 풍뎅이는 반드시 싫지만은 않은 기분이 들었다.

당랑지부를 우습게 보지 말라고도 생각했다.

손목시계를 보니 거의 자정을 지나고 있었다. 배에서 벌레 우는 소리가 들린다. 풍뎅이는 편의점으로 들어갔다. 창가의 잡지 코너를 지나 안쪽의 주스가 늘어선 곳을 빠져나온다.

소시지가 놓인 선반 앞에 도착해서 그중 하나를 집어 들었다. 그러자 옆에서 쑤욱 하고 다른 손이 뻗어 왔다. 양복을 입은 낯선 남자였는데, 나이는 풍뎅이보다 띠동갑 이상으로 많아 보였지만 그런 그도 익숙한 동작으로 소시지를 손에 쥐었다. 다른 상품에는 눈길 한 번 주지 않은 채, 한 점 망설임도 없이 확고한 의지를 가지고 소시지를 선택했다는 걸 알 수 있었다.

얼굴을 한 번 마주 본 후 각자 상대의 손에 들린 소시지로 시선을 옮긴다. '용사는 용사를 알아본다.' '일류는 일류를 알아본다.' 그야말로 그런 생각이 두 사람의 가슴속을 스쳤을 것이다. 적어도 풍뎅이는 그랬다. 궁극의 야식, 소시지에 이른 자만이 알 수 있는 마음을 담아 말없이, 건투를 빈다고 성원을 보낸다. 지갑을 꺼내 계산대 앞에 나란히 선다.

AX

풍뎅이

풍뎅이는 남자가 쓰러지는 모습을 상상했다. 장소는 화장실 개인 칸 안이 좋을지도 모른다. 목에 팔을 감고 숨통을 끊는 장면을 떠올려 본다.

일의 사전 조사를 위해 와 있었다.

왜 그 남자가 표적이 되었는지는 모른다. 풍뎅이는 일로서 중개업자로부터 청부를 맡았을 뿐이다. 중개업자인 의사는 이 남자의 아내에게 의뢰를 받았을 뿐이다.

일을 처리할 때 사전 조사를 하는 경우도 있고, 하지 않는 경우도 있다. 케이스 바이 케이스였지만 이번에는 사전 조사를 해야 하는 경우였다.

남자의 회사 건물로 들어가 몰래 관찰한 결과, 남자는 체격도 좋고 보기에 따라서는 사나운 얼굴이기도 했다. 동료를 무시하는 태도로 보아 틀림없이 아내를 학대하는 남자일 거라고, 잠깐 본 것만으로도 풍뎅이는 확신했다. 풍뎅이에게는 가장 먼 존재인, 바로 폭군 같은 남편이 아닐까 하고.

이 남자는 폭력 남편이고, 그래서 아내는 생명의 위협을 느낀 것이다. 자신처럼 아내의 눈치를 본 적이 한 번도 없을 게 틀림없다. 그렇다, 분명 그렇다. 죽어도 어쩔 수 없는 남자였던 것이다. 그런 상상을 해 본다.

대충 사전 조사를 마치고 건물에서 나와 끼고 있던 장갑을 벗었다. 쓰고 있던 헌팅캡을 벗으며 안경도 벗었다. 입 주변의 접착제 가공이 된 가짜 수염도 떼어 냈다.

손목시계를 보니 오후 세 시가 지났다. 휴대전화를 꺼냈을 때 부재 중 전화 기록이 남아 있다는 걸 깨달았다. 확인해 보니 아내에게서 10분 걸러 몇 차례 전화가 와 있었다.

아내에게 뭔가 위험한 일이라도 생긴 건가? 풍뎅이는 당황하여 아내에게 급히 전화를 걸었다. 벨소리가 꽤 오랫동안 울리고 있는 것 같아서 안절부절못한다.

지난번에 의사가 했던 말이 머릿속을 스친다. "당신을 수술하려는 사람이 있는 것 같습니다." 하고 평소와 다름없이 감정이 실리지 않은 말투로 이야기했었다. 수술이란, 목숨을 빼앗는다는 의미이다.

"말벌이라고 아십니까?"

"곤충 쪽을 말하는 건가요?"

말벌이라 불리는 업자가 있다. 독침을 사용하여 표적을 살해한다. 제법 오래전에 업계 내에서 강력한 파워를 자랑하던 남자를 살해하여 명성을 떨쳤다. 풍뎅이는 그 무렵 의사를 통해 그 유력자의 하청 일을 하는 경우가 많았는데 덕분에 일의 양이 줄었었다.

"말벌은 예전에 죽었다고 들었는데. 틀림없이 그 E2였던가, 거기에서."

도호쿠 신칸센 '하야테' 차량은 E2 계열이라고 불린다. 그리고 예전에 도쿄를 출발하는 하야테 차량 안에서 여러 업자가 충돌하여 몇 명인가 죽은 사건이 있었다. 업계 내에서는 E2 사건이라고 불린다.

자세한 건 모르고 거기에 관여한 업자가 누구였는지도 밝혀지지는 않았지만, 업계의 소문에 따르면 말벌이 거기에서 죽었다는 것이었다.

"암컷은 죽었지만 수컷은 아직 날고 있는 모양입니다."

업자인 말벌은 남녀 한 쌍으로 일한다는 이야기를 들은 적이 있다. 진위가 불분명한 도시괴담쯤으로 여겼는데 정말이었나. 그중 여자 쪽만 죽었다는 소리인 모양이다.

"참말벌의 수컷에게는 독이 없다는 게 정말일까요?"

"아무튼 주의하는 편이 좋겠습니다." 의사는 그렇게 충고해 주었지만 그때는 별로 귀담아 듣지 않았다. 자신을 노릴 만한 이유가 뭔지 짐작하기 어려웠다.

하지만 아내에게 전화하는 동안 그 사실을 떠올리자 갑자기 공포가 온몸을 관통했다. 이건 그야말로 나를 노리는 누군가가 행동을 개시한 게 틀림없다.

풍뎅이의 사고는 일단 뒤집히자 착각의 계곡을 그 밑바닥에 이를 때까지 거세게 떨어져 갔고, 자신에게 위기가 찾아왔다고 판단했다.

"여보!" 그때 아내의 목소리가 전화기 저편에서 들려왔다.

"아아, 괜찮은 거야?"

"괜찮고 말고가 아니라, 왜 전화를 안 받는 거야? 휴대하지 않는 휴대전화에 무슨 의미가 있다고."

"미안, 미안. 정말 미안해." 풍뎅이는 사과했다. "아니, 그게 실은." 하며 머릿속에서 변명을 필사적으로 찾기 시작했다.

그러나 아내는 전혀 개의치 않는 건지 "큰일 났어! 벌이." 하고 소리쳤다.

역시 온 건가. 업자인 말벌이 집에 접근하는 광경을 떠올리자 등 뒤로 오싹한 것이 흐른다. "집 안으로 들어가서 문을 잠그고 절대 나오지 마."

풍뎅이

"제발 구청에 연락해." 아내는 주방 식탁에서 일어서며 풍뎅이에게 힘주어 말했다. "당신이 쏘이기라도 하면 큰일이잖아."

'걱정'도 '무섭다'도 아닌 '큰일'이라는 표현이 약간 마음에 걸리기는 했지만 풍뎅이는 흘려들었다. "그냥 종이말벌이잖아? 참말벌도 아니고. 그러면 쏘여 봤자야."

"컴퓨터로 조사해 봤는데 종이말벌도 상당히 위험한 것 같아. 아무튼 당신 혼자 퇴치할 생각 마." 주방에서 그렇게 말한다.

"알았어." 풍뎅이는 동의했다. 자신의 몸을 걱정해 주는구나 생각하자 나쁜 기분은 아니었다.

집에 벌이 나타났다고 해서 틀림없이 동업자가 아내를 공격한 줄 알고 입에 거품을 물었지만 자세히 듣고 보니 마당의 나무에 벌이 집을 지었다는 것이었다. 자신도 모르게 전화에 대고 "아아, 그 벌이었구나. 다행이다." 하고 안도하는 말을 해 버려서 아내가 "잠깐, 그 벌이라는 게 무슨 말이야? 왜 벌이 다행인 건데? 내 이야기 제대로 듣기는 했어?" 하고 가시 돋친 목소리로 찔러 왔다. 달고 사는 위통이 풍뎅이를 덮친다.

"당신이 무사해서 다행이라는 의미의, 그 다행이었어."라고 꽤 힘든 변명을 하고는 "그냥, 벌한테는 손대지 마. 내가 어떻게든 할 테니까." 하며 지하철로 뛰어들었다. 집으로 가는 도중

DIY 용품점에 들러 벌 퇴치용 스프레이를 사 왔지만 아내는 그것을 보자마자 "절대, 직접 하지 마." 하고 강력히 말했다.

"내가 해 볼까?" 하고 말한 건 아들인 가쓰미였다. 옥수수를 씹으면서 말이다. 아름다운 노란색 옥수수 알은 보기에도 달아 보였고, 실제로 가쓰미는 방금 전부터 맛있다, 맛있다, 하며 계속 먹고 있었다. "어쩌면, 의외로 재수가 좋을지도 모르고."

"무슨 재수?"

"벌에 쏘여 원하던 학교에 딱 꽂혔습니다, 하고."

대학 시험을 앞두고 여름방학인데도 학원 수강을 하고 있는 가쓰미는 거의 건물 밖으로 나갈 일이 없기 때문인지 예년에 비해 피부색이 상당히 하얗다. 눈이 붉게 충혈된 것은 밤늦게까지 공부하고 있기 때문일 것이다. 풍뎅이가 고등학생일 적엔 이미 진학도 취업도 다 틀려 인생의 뒤안길이라고도 할 수 있는 수상쩍은 생활을 하고 있었기 때문에, 공부에 전념하는 아들을 보면 부러움과 가련함의 감정을 함께 품게 된다. 아니, 정확히 말하자면 거의 대부분은 부러움인지도 모른다. 목숨을 위험에 노출하는 싸움에 끼어들 일 없이 책상 앞에 앉아 종이 시험지의 문제를 풀 수 있는 것은, 즉 그만큼 사회의 치안이 안정되어 있는 것은 한정된 국가의 한정된 시대, 게다가 한정된 젊은이뿐인지도 모르기 때문이다.

"가쓰미, 어지간히 좀 해. 벌의 독 때문에 무슨 일이라도 생기면 어쩌려고." 아내가 주방에서 돌아온다.

"괜찮아. 살충제 뿌리면."

"절대 하지 마. 만약 가쓰미한테 무슨 일 생기면."

"큰일이잖아." 풍뎅이가 끼어들자, 아내가 곧바로 말한다. "큰일이니 뭐니 그런 차원이 아니거든. 나, 걱정돼."

풍뎅이는 '과연!' 하고 생각했다. 과연 나에게 하는 말과는 약간 다르구나, 하고.

"하지만 뭐." 막 삶은 옥수수를 아내가 그릇에 더 올린다. 작게 언덕을 이룬 노란색 옥수수 알에서 김이 피어오르고, 풍뎅이는 그게 왠지 불길한 징조처럼 느껴졌다. "글피 아침, 캠핑 갈 거잖아. 사토 씨네 집이랑 같이."

"응응, 그랬지." 풍뎅이는 당연한 듯, 지극히 냉정함을 가장하며 고개를 끄덕였다. 사실대로 말하자면, 그 캠핑 약속에 대해서는 전혀 기억이 안 났지만 아내의 말투로 짐작컨대 그건 이미 풍뎅이도 알고 있는 정보였을 것이다. 이 시점에서 무슨 소리냐고 반문해서는 안 된다. "당신은 언제나 내 이야기는 잘 듣지 않는구나." 하고 불만을 토로할 게 뻔했다. 아니, 불만으로만 그치면 그나마 낫다. 끝장 날 가능성도 있다. 불쾌한 기분을 고스란히 드러내며 입을 다물어 버릴지도 모르고, 그렇게 되면 집 안 전체가 꽁꽁 얼어붙을 것이다. 늘 위험하고 결코 평온하다고는 말하기 힘든 일을 하는 풍뎅이로서는 모처럼 집에 있는 시간만은 평화로운 상태로 놔두고 싶었다.

그를 위해서라면 "그 캠핑이란 게 대체 뭐야?" 하고 묻지 않고, 자신을 억누르며 "캠핑, 기대되는걸." 하고 분위기를 맞춰 주는 정도는 기꺼이 한다.

산에 가기로 한 걸까. 아니면 강으로 가는 걸까. 어디 캠핑장일까.

기억을 더듬었지만 아무것도 나오지 않는다. 아내가 그 말을 해 준 것은 역시 풍뎅이가 일 때문에 녹초가 되어 당장이라도 잠들고 싶은 때였을 것이다. 그리고 풍뎅이는 평소와 다름없이 요란한 리액션을 하며 이야기를 잘 듣고 있다는 듯 반응했을 게 틀림없다. 이를테면 "산으로 캠핑 가는 건가! 그거 굉장한데!"라거나 "강이 얼마나 좋은데!"라거나. 어느 쪽이든 임시방편의 반사적 행동으로 알았다고 대답했을 것이다. 그래서 머릿속에는 기억이 남아 있지 않다.

애당초, 그 캠핑에는 자신도 참가할 예정이었을까? 풍뎅이는 그것조차 알 수 없었다. 생각하다 못해 "날씨 좋았으면 좋겠다." 하고 말했다. 캠핑이니 옥외인 건 틀림없으리라. 어색하지 않을 정도의 맞장구로는 더할 나위 없다.

"하지만 당신은 집 봐야 하는데, 미안해." 아내가 말했다.

"아니, 별 문제는 없을 거야." 나는 집 당번이었던가. 새로운 정보를 얻었다는 사실에 보람을 느꼈다. 그리고 슬쩍 눈길을 옆으로 주자 주방 카운터가 눈에 들어왔다. 하나같이 읽다 만 듯한 잡지며 책이 쌓여 있고, 그중 하나의 제목이 《산의 사계 ― 들풀과 꽃》이었다.

캠핑 가는 곳은 산이었던 것이다. 그래서 이런 책을 읽고 있었을 것이다. 그리고 보니 늦은 밤 아내에게서 캠핑 이야기를 들었을 때, 아니, 기억은 여전히 어렴풋하지만 아무튼 그때 산에 간다는 말을 들었던 것 같기도 하다. 흐릿하여 상당히 불명확한 감각이기는 하지만 그렇게 생각할 수밖에 없었다.

가족의 대화는 평화롭게 흘러가고 있었다. 그 뒤에는 텔레비전이라도 보며 잠들기 전까지 시간을 보내면 된다. 그런데도 풍뎅이는 "산에서 캠핑하다가 이상한 곤충이라도 발견하면 알려 줘." 하고 말했다. 모처럼 함께하는 시간이었으므로, 가족의 대화에 화룡점정을 하고 싶어졌던 것이다. 풍뎅이의 곤충 사랑은 아내도 아들도 알고 있는지라, 그것을 좋게 생각하는지 안좋게 생각하는지는 별개로 하더라도 특별히 위화감 있는 멘트는 아니었다.

"산? 산이라니, 무슨 소리야?"

아내의 딱딱한 목소리가 돌아온 시점에서 풍뎅이는 실수했구나, 하고 자신의 위가 팽팽히 긴장하는 것을 느꼈다. 중국의 고사에도 나오는 뱀 그림에 다리를 그려 넣었던 남자와 똑같은 실패였다. 후회가 온몸을 휘감는다.

"우리가 캠핑하러 가는 곳은 해변 캠핑장인데. 몇 번이나 말했잖아? 왜 산에 간다고 생각한 건데?" 아내가 창끝을 들이댄다. "내가 그 이야기를 했을 때 여름엔 역시 바다지, 하고 대답했었잖아. 그건 뭐였어? 건성으로 대답한 거야? 아니면 그때 그건 당신이 아니었나?"

풍뎅이는 이런 경우 오직 하나, 어떻게 대답하면 아내의 화가 풀릴까, 어떻게 대답하면 평화롭게 끝날까 그것만을 생각했다. 하지만 그건 건성으로 대답한 거였다고 대답하든 그건 내가 아니었다고 주장하든 모두 아내를 화나게 할 건 틀림없었다.

"늘 내 얘기는 아무것도 듣지 않지." 아내의 말은 계속되었다.

"아니, 그런 건 아니고." 풍뎅이는 애매한 말만 되풀이할 수밖에 없었다. "잠깐 착각한 것뿐이야."

애매하게, 하지만 의연한 태도로 대답하는 것 말고는 달리 방법이 없다.

"아마 아버지는 거래처 손님하고 이야기했던 게 뒤죽박죽이 된 거 아닐까? 산으로 캠핑 가는 사람이라도 있었나 보지." 가쓰미가 구원의 손길을 내밀어 주었다. 옥수수의 심 부분을 그릇에 놓으면서 귀찮다는 듯 말했다.

"아아, 그랬을지도 모르겠다." 풍뎅이는 아들의 말에 온화하게 대답했다. 속으로는 고마운 마음에 울음이라도 터뜨리고 싶을 정도였다. 배가 두 동강 나고 안에 물이 차기 시작하여 내 목숨도 여기까지인가 하고 포기할 즈음, 아들이 탄 헬리콥터에서 사다리가 내려온 것 같은 심정이었다. 가쓰미의 등 뒤로 햇살이 비추고 옥수수에 반사되어 환히 빛나는 것 같았다. 고맙다며 아들에게 안기고 싶은 것을 필사적으로 참으며 오랜만에 가쓰미에게만 보이도록 엄지손가락을 치켜들고 '굿!' 하는 표시를 해 보였지만, 가쓰미는 흥미 없다는 듯 힐끗 쳐다보더니 퉁명스러운 표정으로 금방 시선을 돌려 버렸다.

아내는 가쓰미의 말이 가져온 효과로 인해 목소리가 약간 낮아졌다. "정말 그런 거였어? 하긴, 당신도 일 때문에 바쁘긴 할 테니까." 하고 띄엄띄엄 말한다.

"그래서, 그 캠핑이 어쨌다는 거였지?" 풍뎅이는 이 이야기의 발단을 다시 떠올렸다.

"아, 그 이야기 하다 말았구나. 글피에 아침 일찍 캠핑 갈 건데, 차에 짐을 실어야 하잖아."

"캠핑용품."

"그래. 차 트렁크를 열고."

"닫기도 해야겠지." 한 번 실수한 운동선수가 위축된 플레이밖에 못하는 것처럼, 이제 이런 아무 의미도 없는 맞장구만 치고 싶어지는 심정이 되었다.

"그래. 그런데 말이야, 그 벌이 집을 만든 장소가 바로 뒤에 있는 물푸레나무야."

"아아." 풍뎅이는 겨우 아내가 무슨 말을 하고 싶은지 알 수 있었다. "트렁크를 열고 닫다가 벌을 화나게 해서 덤벼들면 어쩌나 하는 거였구나."

"나는 그나마 낫지만 생각해 봐, 가쓰미가 쏘이기라도 하면."

"그렇지." 풍뎅이는 아내 의견에 동의를 표명하고 싶어 깊이 생각하지 않고 대답했지만, 아내의 눈빛이 날카로워졌기 때문에 서둘러 "아니, 당신이 쏘여도 당연히 큰일이지." 하고 덧붙였다. 당연히 정답인 줄 알고 골랐는데 사실은 함정인, 그런 문제 풀이나 다름없다. "그래서 전화로 들었을 때도 집 안으로 들어가서 꼼짝 말라고 했었잖아."

"캠핑 가기 전까지는 어떻게 했으면 좋겠는데."

"그럼 내일쯤 스프레이로 해치워 버릴까?" 하고 대답한 직후 '아까 혼자 퇴치하지 말라고 했잖아. 못 들었어?' 하고 화낼 것을 예감하여 오싹했지만 다행히 그렇지는 않았다.

"하지만 위험하니까 전문 업자에게 부탁하는 편이 좋을 것 같아. 구청에 문의해 보면 아마 담당 부서가 있을 거야."

풍뎅이는 벽에 걸린 달력으로 눈길을 주었다. 세상은 8월의 오본(御盆, 양력 8월 15일에 지내는 일본의 명절. 정월과 함께 일본 최대의 명절이다 – 옮긴이) 휴가에 돌입해 있다. 관공서는 쉴 게 틀림없고 업자와도 연락이 닿을지 어떨지 알 수 없다. 적어도 글피 아침까지는 힘들 것 같다.

"내가 할까?" 하고 가쓰미가 또 말해서 손으로 제지했다.

"내가 어떤지 한번 살펴볼게." 풍뎅이는 그렇게 말하고 자리에서 일어섰다. "우선은 타깃에 대한 정보를 얻어야만 해."

"타깃이라니, 무슨 살인청부업자가 표적이라도 노리는 것 같네, 아버지."

풍뎅이는 아들을 찬찬히 마주 보았지만 아마도 그냥 농담인 듯하다.

"지금 밖에 나가 봤자 어두워서 잘 안 보일 테니 낮에 하는 게 좋겠어." 아내가 그렇게 말해서 풍뎅이도 동의했다. "확실히 그렇겠네. 당신 의견은 정말 예리해! 감탄스러워." 스스로도 너무 오버했다고 걱정할 만큼 과장되게 감탄했지만, 아내는 별다른 위화감을 느끼지 못한 듯 그리 싫지만은 않은 표정을 하고 주방으로 사라졌다.

밤이 되어 자신의 방 책상 앞에 앉은 풍뎅이는 컴퓨터를 켰다. 아내는 침실로 들어가 자리에 눕자마자 잠들었고, 아들은 자기 방으로 돌아갔다. 공부하고 있을 것이다. 열심히 해, 하고 마음속으로 응원을 보낸다.

인터넷 브라우저를 불러와 벌 퇴치에 대한 정보를 검색했다.

종이말벌, 구제, 퇴치, 방법, 그런 애매한 단어의 조합으로는 막대한 검색 결과가 나오기 때문에 망막한 바다 앞에 선 듯한 기분이 들었다. 우선은 눈에 띄는 페이지를 몇 개 살펴본다. 대부분은 업자 소개 페이지였지만 '참말벌을 발견하면 반드시 업자에게!'라고 강조한 문장을 발견하고 풍뎅이는 자세를 고쳐 앉았다.

종이말벌도 위험하지만 참말벌 정도 되면 그야말로 생명과 관련된 문제다. 절대 스스로 퇴치해서는 안 된다. 그렇다나 보다.

벌집 사진도 실려 있었다.

그중 하나는 구멍이 마구 뚫려 있는 것이었다. 총을 든 인간이 "벌집을 만들어 주지." 하고 기세 좋게 말할 때, 물론 풍뎅이는 동업자들 중에서 그런 대사를 하는 인간과 만난 적은 없었지만, 그럴 때 상상할 만한 벌집이었다. 샤워 헤드와도 비슷한, 구멍이 많은 벌집이었다. 또 다른 사진은 거대한 수박 같은 공 모양을 하고 있었다. 아름다운 도예 작품과도 비슷하여 얼핏 그렇게도 보인다. 구멍은 한 곳에만 뚫려 있는 것 같다. 그리고 그 공 모양 쪽이 참말벌의 집인 듯, 발견한 집이 이럴 경우에는 반드시 업자에게 맡겨야 한다고 적혀 있었다. 처음에는 업자에 의한 과장된 홍보 문구가 아닐까 의심했지만 다른 인터넷 정보에도 그렇게 적혀 있는 경우가 많았다.

참말벌이 그렇게나 벅찬 상대인가 싶어 풍뎅이는 공포를 느끼는 한편으로 우리 집에 있는 게 종이말벌이라 그나마 다행이라고 가슴을 쓸어내렸다.

"적은 틀림없이 말벌인 것 같습니다."

의사가 말했다. 평소처럼 억양 없는, 그 자신이 꼭 의료 기구 중 하나인 듯한 말투였다.

"아니, 아내가 본 바로는 아마도 마당에 있는 건 종이말벌인 것 같아요." 풍뎅이는 그렇게 대답하면서 아침에 집을 나서기 전 마당을 확인하는 걸 잊었다는 사실이 떠올랐다. 빨리 어떻게 대처할지 생각해야만 한다.

"그 곤충 이야기가 아닙니다." 의사가 여전히 무표정하게 안경을 만진다.

도내 오피스 거리의 한 건물에 있는 내과 진료소였다. 앞에 앉은 의사의 진료 기록 카드에는 의뢰인이 의뢰한 내용이 적혀 있었지만, 마구 휘갈겨 써서 들여다보아도 풍뎅이로서는 내용을 알 길이 없다.

예전에 동종 업계의 남자가 "다른 중개업자 말로는, 너희 의사 솜씨가 제법 괜찮다고 하던데." 하고 말한 적이 있다. 이와니시라는 이름의 그 남자는 매사가 귀찮다는 듯 말하고 행동했지만 사실은 신경질적인 남자로, 칼을 쓰는 젊은 업자에게 일을 나눠 주고는 "나는 가마우지에게 고기잡이를 시키는 어부거든." 하며 흡족해했다. 그러고는 득의양양하게 말했다.

"알겠나? 의사는 기본적으로 개인실에서 환자와 면담을 하지. 그래서 일 이야기를 하기에 딱 좋아. 살인 관련 이야기도 은 어를 쓰기 때문에 간호사가 듣는다 해도 그렇게 부자연스럽지 않다고. 안 그래? 중개업에서 뭐가 제일 성가신가 하면 정보의 보관 문제야. 컴퓨터에 입력해 두어도 괜찮겠지만 그걸 들키면 바로 끝장이야. 그런 점에서 진료 기록 카드는 개인 정보거든. 일반 환자의 진료 기록 카드 속에 섞어 놓고 전문 용어로 번역 해 두면 거의 안전해. 덧붙여 뢴트겐 사진처럼 보이게 하고 타 깃의 지도를 끼워 둘 수도 있지."

풍뎅이가 업계에 발을 담그고 사람들 목숨을 빼앗는 일을 시 작하게 되었을 때부터 그의 중개인은 이 의사였으므로 깊이 생 각해 본 적은 없었지만, 듣고 보니 과연 의사만의, 진료소만의 이점은 많았다.

"어디에 사는 누가 나를 수술하고 싶은 걸까요?" 업자인 말 벌이 노리고 있다는 것은, 곧 누군가가 풍뎅이를 살해하길 원 해 말벌에게 일을 의뢰했다는 의미가 된다.

"여름에는 참말벌이 활발하게 활동하는 시기인 것 같습니 다." 의사는 어디까지나 세상 사는 이야기처럼 가장했다. "특히 오본 시기인 이 무렵부터 그 세력을 확장하죠."

"고용한 건 누구일까요?"

"검사 결과가 나오려면 며칠 정도 시간이 더 필요합니다." 의사가 대답했다. 말을 신중하게 고르고 있는 것일 테지만, 꼭 그의 내부에 설치되어 있는 번역 소프트웨어로 언어를 검색하는 것처럼 보인다.

"이를테면 내가 한 수술의 보답을 하고 싶은 걸까요?" 풍뎅이는 일로 살해한 사람 수를 다 알지 못한다. 의사에게 있는 진료 기록 카드를 뒤져 보면 정확한 숫자가 나올지도 모르지만 두 손 두 발을 다 써도 도저히 헤아릴 수 없다. 관계자 가운데 원한을 품은 자가 있다 해도 이상할 건 없었다. "예전에도 한번 있었는데."

어떤 여자가 풍뎅이에게 애인이었던 남자의 살해를 의뢰했는데, 그 남자도 신변의 위협을 느끼기 시작하여 다른 업자에게 지켜 달라고 의뢰했다. 그 결과 그쪽 업자가 먼저 행동하면 반드시 이긴다는 원칙대로 풍뎅이를 공격해 온 적이 있었던 것이다.

"그때는 별 탈 없이 절제할 수 있었습니다."

"선생이 생각하는 것만큼 간단한 수술은 아니었는데요." 풍뎅이는 그 청부업자와의 격투를 떠올리면서 말했지만, 그 직후 번뜩 떠오르는 것이 있었다. "아, 혹시 그건가?"

예전에 풍뎅이는 어느 집단의 계획을 저지했다. 폭파 사건과 농성 사건이라는 위험천만한 계획을 꾸미고 있었던 모양이지만 그 그룹의 주요한 몇 명인가를 풍뎅이가 살해한 것이다.

"그것 때문에 열 받은 놈이 있을지도 몰라요."

"가능성이 아주 없는 것은 아닙니다."

"그 동료들이 나한테 보복을 하려는 건가!" 말로 하고 나자 풍뎅이의 머릿속에 그 생각이 깊이 각인되어 틀림없이 그런 것 같다는 생각이 들었다. "만약 그렇다면 마른하늘에 날벼락인데. 원한을 품으려면 내가 아니라 원래의 환자여야 하니까. 게다가 선생도 관계되어 있죠."

중개인인 의사도 당연히 노려야지, 하고 풍뎅이는 말하고 싶었다.

의사는 표정을 바꾸지 않는다. "그럴지도 모릅니다." 하고 대답한다.

전혀 생각을 읽을 수 없는 남자다. 풍뎅이는 한숨을 내쉬고 싶어졌다. 20년 이상을 알고 지냈지만 이 의사는 그동안 전혀 늙은 것 같지가 않다. 서로의 정신적인 거리가 가까워진 느낌도 없었다.

"집에는 종이말벌이 있고 업계에서는 참말벌이 노리고 있다, 끔찍하군." 이런 걸 게도 구럭도 다 잃었다고 표현할 수는 없나.

"마당의 벌은 어떻게 하시겠습니까. 관공서에는 연락하셨습니까?" 의사치고는 보기 드물게 사적인 문제에 참견해 왔다.

"구청의 인터넷 사이트에는 이메일로 연락하면 관련 업자 명단을 보내 주겠다고 적혀 있었어요. 다만, 문제는 지금 오본 기간 중이잖아요. 그래서 아직 연락 받은 건 없어요. 자치단체에 따라서는 업자를 파견해 주는 곳도 있는 것 같던데."

"그럼 어떻게 할 겁니까?"

"절대 직접 나서지는 말라고 말한 사람이, 한편으로는 이날까지는 어떻게든 해결됐으면 좋겠다고 해요. 대체 어쩌란 건지." 가족에 대해 필요 이상으로 알려 주고 싶지 않아서 뒷말을 흐리면서 이야기했다.

"자신의 힘으로는 퇴치하지 말되, 빨리 어떻게든 해결하라는 건 어려운 문제입니다. 《베니스의 상인》에 그런 이야기가 있습니다만."

"그런가요?" 풍뎅이의 인생에서 독서 경험은 만화를 제외하면 거의 없었지만 아내와 가쓰미의 손에 들린 책을 이따금 몇 권인가는 읽어 본 적이 있었고, 최근 들어서는 오히려 즐겁기도 했다. 《베니스의 상인》도 읽었을 테지만 내용은 거의 기억나지 않는다.

"그 이야기에서는 심성 고약한 상인 샤일록이 '피를 흘리지 말고 살을 베어 내라'는 판결에 패소했습니다. 벌을 직접 퇴치하지 마라, 하지만 내일모레까지는 안전하게 만들라는 지시도 그와 비슷하지 않습니까."

풍뎅이는 잠시 생각했다. 하지만 인상에 남아 있는 것은 마지막 즈음해서 아내들이 "내가 당신에게 선물한 반지를 왜 다른 사람에게 주었는가" 하고 남편들에게 따지는 장면이었다. 솔직하게 변명하면서도 사죄하는 지경에 몰린 남편에게 감정이입하여 위가 말할 수 없이 따끔거렸었다. 게다가 그것도 아내의 책략이었으니까, 아내란 참으로 무섭구나 하고 생각했던 것만 남아 있었다.

풍뎅이

저녁 무렵 집으로 돌아온 풍뎅이는 마당의 물푸레나무를 확인했다. 선명한 초록색 이파리가 무성하고 꽃봉오리도 생겨나 있었다. 꽃향기를 맡기에는 아직 이른가, 하며 코를 가까이 대보는데 희미한 날갯짓 소리가 들려 움찔 놀랐다.

노란색과 검은색 무늬가 있는 벌이 풍뎅이 옆을 지나 나무의 무성한 이파리 속으로 사라진다. 집으로 귀환한 참인가.

죽고 죽이는 순간은 몇 번이나 경험했다.

커다란 구경의 총이며 칼을 든 상대를 앞에 두고 맨손으로 격투를 벌인 적도 이루 셀 수 없다. 인간의 몸은 익숙해서인지, 공포나 긴장으로 심장 박동이 빨라지는 일조차 사라졌다.

그런데 지금 벌의 움직임 하나에도 긴장한다. 풍뎅이는 쓴웃음을 짓지 않을 수 없었다.

누군가 나를 공포로 얼어붙게 만든 건 참 오랜만이야, 하고 벌에게 말하고 싶을 정도였다.

긴장하게 만드는 건 너와 내 아내뿐이야, 하고.

생각을 고쳐먹었다. 곤충이 아니라 동업자와 대치하는 거라고 생각하자 기대했던 대로 차분해질 수 있었다. 호흡을 가다듬는다. 스윽 발을 앞으로 내밀며, 무성한 이파리 쪽으로 얼굴을 가져간다.

인간들끼리 하는 대결의 경우, 상대가 기척을 못 느끼게 하는 것이 중요하다. 기척은 목소리나 그 외의 소리뿐만 아니라 공기의 진동에 의해서도 생겨난다. 내가 만약 벌이라면, 하고 상상했다. 나뭇가지의 흔들림은 물론이고 이파리가 떨리는 것만으로도 반응할 것이다.

그렇다고 나뭇가지나 이파리에 닿지 않을 수는 없다. 몸을 필요한 만큼만 움직이며 나뭇가지를 몇 개쯤 헤쳐 보았다. 줄기가 어디쯤인지 파악할 수 있었다. 굵은 나뭇가지와 나뉘는 부분에 흙색 덩어리가 비대한 피부의 종기처럼 부풀어 있는 게 보인다. 물푸레나무의 열매치고는 거대하다.

벌집이 보인다.

풍뎅이는 전날 인터넷에서 보았던 화면을 떠올렸다.

샤워 헤드와 비슷한 벌집은 종이말벌이고 공 모양은 참말벌이라는 그것 말이다.

풍뎅이의 눈앞에 있는 벌집의 경우엔 나뭇가지의 방해로 전모를 파악할 수는 없었지만 분명 구체였고 우주에 떠 있는 혹성 같은 모습을 하고 있었다.

참말벌이다.

풍뎅이는 얼굴을 찌푸렸다. 동시에 부웅 하고 고무가 소리를 내는 듯한 진동이 느껴졌다. 벌집에서 한 마리가 얼굴을 내민 것이다. 흉포한 마스크를 쓴 강도가 떠오른다. 노란색과 검은색의 배합은 풍뎅이의 마음 깊은 곳을 자극했다. 위험하다고, 의식의 깊은 곳에서 경보가 울려 댔다.

큰일 났다. 두 가지 점에서 성가시게 되었다. 하나는 퇴치할 상대가 참말벌이라는 점, 또 하나는 아내가 이것을 참말벌이 아니라고 단언했다는 점이다. 시의적절한 틈을 노려 종이말벌이 아니라 참말벌이라고 아내에게 알려 주어야만 한다.

이 세상에 진리는 많다. 풍뎅이는 제대로 된 학교 교육을 받지 못하고 살아왔지만 그렇기 때문에 진짜 체험으로 이해한 상식이나 진실이 있었다.

그 가운데 하나. 누가 됐든 잘못을 지적당하면 기분이 좋을 리 없다.

그리고 또 하나. 남편에게 잘못을 지적당하고 기뻐할 아내는 없다.

마음이 무겁다.

집 안으로 들어온 풍뎅이는 곧바로 컴퓨터를 켰다. 관공서의 답변은 아직 오지 않았지만 그것을 나무라는 것도 번지수가 틀렸다. 오본에 쉬는 것은 전통이었고, 사전에 알리기도 했다. 몇 군데 업체에 전화를 걸어 보았지만 연결되지 않았다. 역시 오본이기 때문일 것이다.

잘못된 것은 아니다. 문제는 참말벌에게는 오본 휴가가 없다는 것이다.

정보를 살펴보는 가운데 참말벌에도 몇 가지 종류가 있다는 사실이 판명되었다. 가장 크고 가장 두려운 것은 장수말벌인 듯했지만 설명을 읽어 보니 장수말벌의 집은 보통 땅속에 있고, 도심이나 주택가 나무에서 생활하는 것은 작은말벌이나 노랑말벌일 가능성이 높다고 한다. 둘 다 그다지 공격성은 강하지 않다. 아니, 그렇다기보다 모든 말벌은 자신들이 공격받지 않으면 일부러 인간을 쏘는 일은 없다고 적혀 있었다.

집과 가까워지면 정찰 부대가 몇 마리 비행하며 위협을 시도한다. 대신 자리를 벗어나면 그 이상의 공격은 없는데, 요컨대 위험한 경우라고 하면 반사적으로 그 정찰 부대를 손을 휘둘러 죽일 때 정도일 뿐인 것이다. 당한 벌은 '이놈, 제법인데' 하고 동료에게 위험을 알리는 경보 페로몬을 내보내는 듯하고, 그것을 알아챈 집 안의 벌들이 공격해 오는 것이다.

가만히 놔두면 쏘일 일은 없다. 이 말은 상당히 마음 든든한 정보였다. 하지만 아내가 걱정하는 대로 짐을 옮기는 동안, 특히 캠핑 도구는 큰 것들이 있기 때문에 무심코 벌의 정찰 요원을 후려칠 가능성도 아주 없지는 않다. 그때 '나쁜 마음은 없었어. 사고였어.' 하고 설명할 수 있는 페로몬이 있다면 다행이겠지만, 아마도 없을 것이다.

아내가 귀가한 것은 저녁 다섯 시가 지나서였다. 그녀가 일하는 직장도 오본이라 쉴 테니 친구와 쇼핑을 했을 것이다. 최근 들어 요리 교실 같은 곳에 다니고 있으니 거기에서 알게 된 누군가와 함께 갔을지도 모른다. 고급스러운 식재료를 사용하는, 고도의 조리법이 필요한 요리를 배우는 듯했지만 집에서는 실력 발휘를 할 생각이 전혀 없는 듯, 요컨대 자신들이 그 자리에서 바로바로 먹기 위한 요리만 하는 분위기였다. 딱 한 번 "우리 집에서 만들어 줄 수는 없을까?" 하고 물어본 적이 있다. 물론 이런 대사가 아니라 "나도 먹어 볼 수 있다면 그보다 큰 기쁨은 없을 거야. 틀림없이 무리이긴 할 테지만." 하는 조심스러운 말투로, 게다가 헛들은 게 아닐까 상대방이 착각할 정도로 조용한 말투였지만 아내가 날카로운 눈빛으로 풍뎅이를 노려보았기 때문에 더 이상 요리 교실에 대한 이야기는 꺼내지 않기로 했다. 풍뎅이의 머릿속에는 '금기 상자'라고도 할 수 있는 것이 있었는데, 아내와의 대화에서 화제로 삼아서는 안 되는 것을 거기에 담아 두고 있었다. '요리 교실'도 거기에 처박아 두었다.

돌아온 아내는 언뜻 보기에도 기분이 좋았다. "다녀왔어. 어머, 벌써 왔네." 하고 경쾌하게 말하며 "저녁 아직 못 했는데, 지금 바로 준비할게." 하고 말했다. 풍뎅이는 그 말을 듣고 지체 없이 대답했다. "전에 해 뒀던 냉동 볶음밥 있잖아. 그거 맛있었어, 또 먹고 싶어."

"뭐 먹고 싶어?" 하고 아내가 물었을 때, 어떻게 대답해야 할까. 물론 정답은 없지만 풍뎅이는 경험을 통해 몇 가지 배웠다. 뭐든 괜찮다고 대답하는 것은 논외로 치자. 뭐든 괜찮다는 말을 듣고 좋아할 요리인은 없다. "그럼 배달시키자." "외식할까?" 하고 호기롭게 대답하는 건 나쁘지 않다. 나쁘지는 않지만 좋은 것도 아니다. 상대방의 기분에 따라서는 "그렇게 낭비할 여유가 어디 있어? 당신은 정말 우리 사정을 전혀 몰라." 하고 혼날 위험성이 있다. 지금까지 풍뎅이는 몇 번인가 그런 경험을 했다. 식사 시간을 다 허비할 정도로 긴 푸념이 이어질 가능성도 높다.

그렇다면 아내의 수고가 크지 않을 만한 것을 '바로 그게 내가 원하던 거야.' 하고 말하는 편이 훨씬 좋다. 상대방도 '당신이 그게 먹고 싶다면 그렇게 할게. 마침 만들기도 쉽고.' 하고 호의적으로 받아들인다.

기대한 대로 아내는 "그럼, 그렇게 하지, 뭐." 하고 기분 좋게 대답했다.

"아, 저기 말이야. 마당의 벌집을 살펴봤는데, 어쩌면 종이말벌이 아니라 참말벌인 것 같던데." 풍뎅이는 슬며시 비집고 들어가듯 그 정보를 꺼냈다.

"어?" 아내가 움직임을 멈췄다. "그래?"

"벌집 모양으로 봐서는 참말벌이야."

"내가 착각했구나." 하고 아내는 말했다.

"아니, 아주 비슷하더라고, 종이말벌하고." 풍뎅이는 자연스러움을 가장하며 변호했지만, 말하고 나서 그렇게까지 신경을 곤두세울 만한 화제도 아니었는데, 하고 부끄러움을 느꼈다.

"그럼 업자에게 맡기지 않으면 위험하겠는걸." 아내가 말했다. "이제는 어쩔 도리가 없겠네." 하는 목소리가 뾰족했다.

"물론이지." 풍뎅이는 대답했다. 그 말은 혹시 퇴치해 줘도 괜찮았다는 의미가 포함된 말이었나 싶어 신경이 쓰인다. 아내의 발언을 깊이 헤아리는 버릇은 어떻게 해 볼 도리가 없다.

밤이 되어 가쓰미가 돌아왔다. 평소처럼 느릿느릿 2층 자기 방으로 갔다 내려왔나 싶었는데 목욕하러 들어갔고, 나왔나 싶자 텔레비전 앞 소파에 벌렁 누워 있었다. 그렇게 무방비하다가는 킬러가 공격해 왔을 때 아무런 대응도 못해. 그렇게 충고 한마디쯤 던져 주고 싶었지만 냉정히 생각해 보니 아들은 업계

와 아무 관련이 없었다.

"오늘도 학원 갔다 오니?" 알고는 있었지만 풍뎅이는 물었다. 성가신 듯 발끈하리라는 건 예상했는데도 굳이 이런 교류를 도모하고 싶어지는 건 뭔가 유전자나 본능의 작용 같은 걸까.

"학원 자습실." 가쓰미가 퉁명스럽게 대답한다. 평소 같으면 그 짧은 말로 끝난다. 하지만 "그런데 말야." 하고 보기 드물게 뒷말이 이어졌다. "오늘, 버스 정류장에 있는데 정말 힘들었어." 하고.

"왜?"

"어떤 젊은 엄마하고 유치원생 정도 되는 남자아이가 있었는데."

평화로운 광경이었네, 하고 풍뎅이는 말하려다가 그만두었다. 모친과 자식이 나란히 있다고 반드시 평화로운 건 아니다. 이 세상에서 벌어지는 불행 중 대다수는 가족이나 가까운 사람 사이에서 생긴다.

"아마 어젯밤에 그 집에서 키우던 고양이가 죽었나 봐."

"그거 불쌍하게 됐구나." 풍뎅이는 별다른 감흥 없이 말했다. 늘 인간의 죽음과 관련된 일만 하기 때문에 고양이의 죽음에 대해 어떻게 반응해야 할지 금방 알기가 힘들었다.

"아마 그 엄마가 옛날부터 키우던 고양이였는지, 아이보다 엄마 쪽이 더 충격을 받은 것 같더라고. 작게 훌쩍였어." 가쓰미가 입을 삐죽였다. "아이가 더 어른스러워서, 엄마가 슬퍼하니까 자기가 뭔가 해야겠다 싶었는지 열심히 달래 줬어."

"기특하네."

"나도 그렇게 생각했어. 그리고 그 아이가 '엄마, 미케는 하늘의 별님이 된 것뿐이야.' 하고 말했어."

"착하다."

"그랬더니 그 엄마가 신경질적으로 '그럼 그 별에 가서 데리고 와 봐!' 하고 대답했어. 최악이지. 아이도 무척 슬펐을 텐데."

"고양이를 잃은 마음이 오죽했으면 그랬겠어. 감정적이 되어서 자신도 모르게 아들한테 화풀이를 했을 거야." 나 같은 사람도 늘 아내의 화풀이 대상이 되고 있단다, 하고 말하고 싶을 정도였다.

"어린 자식에게 화풀이를 하면 안 되지. 물론 그 엄마도 곧바로 아차 싶은 표정이기는 했지만."

"부모라는 사람들은 늘 아차, 하고 생각하는 법이야."

"그 아이, 불쌍했어."

"저기 말이야, 그 아이도 엄마가 진심으로 말한 게 아니라는 걸 알았을지도 몰라. 그렇게 부모도 완벽하지는 않다, 감정에 사로잡혀 이상하게 행동할 때도 있다, 그런 걸 배워 가는 건지도 모르고."

이 또한 실제 체험을 통해 나온 발언이었다. 풍뎅이의 부모는 풍뎅이를 늘 거칠게 다뤘다. 감정에 사로잡혀 제멋대로 행동했고, 그래서 풍뎅이는 더욱 어른들 눈치를 보며 성장했다. 아아, 그렇구나, 하고 그제야 깨달았다. 그래서 자신은 아내의 눈치를 볼 때도 필요 이상으로 예민하게 반응하는 게 아닐까.

"아, 가쓰미. 마당의 벌 말이야, 참말벌인 것 같더라." 주방 식탁으로 온 아내가 말을 건넨다.

"조심해."

"참말벌은 정말 무서운데." 가쓰미가 마당 쪽 창문을 바라본다. "아버지, 업자한테는 전화했어?"

"오본이잖니."

"아버지도 절대 혼자 퇴치할 생각은 하지 않는 게 좋을 거야. 우리 반 어떤 녀석네 할아버지도 참말벌에 쏘여서 상당히 위험했나 보더라고."

상당히 위험한 정도가 어느 정도였을까. 풍뎅이는 정보의 전달에 대해서는 회의적인 편이다. 업계에서 흘러나오는 소문 중에는 부풀려진 게 많기 때문이다. 악의는 없다 해도 내용은 엉성하게만 전해진다. 이를테면 사망자가 다섯 명이었던 사건이 열 명이 되는 경우도 수두룩하고, 다시 쉰 명으로 퍼져 나가는 경우도 드물지 않다. 참말벌의 피해 역시 죽음에 이를 정도는 아니고 그저 병원으로 달려간 것뿐이었어도 '위험했다'고 표현할 수 있으리라.

"인터넷을 통해 얻은 정보의 느낌으로는 시내에 있는 건 주로 노랑말벌 같은 거고, 독성도 그리 강하지 않은 것 같던데."

"그래도 무서워."

"공격성도 높지 않은 것 같아. 어지간해서는 공격 안 한다고 하더라."

"저기, 아버지." 가쓰미가 풍뎅이를 본다. 인생의 경험 측면으로만 보자면 분명 후배인 아들이 대등하게 말을 건넬 때면 이따금 곤혹스럽기는 했지만 불쾌하지는 않았다.

"왜?"

"살충 스프레이로 벌집을 없애려는 건 그들 입장에서 보면 결코 어지간한 일이 아니야."

"확실히 그렇긴 하지." 대답한 순간 풍뎅이는 수많은 벌들이 온몸을 뒤덮고 일제히 침을 쏘는 듯한 공포를 느꼈다. 소름이 돋는다. "업자에게 맡기자."

풍뎅이

심경에 변화가 찾아온 것은 인터넷에 투고된 동영상을 보고 나서였다.

나 혼자서는 구제할 수 없다고 결심을 표명했음에도 불구하고, 늦은 밤 컴퓨터 앞에 앉아서 참말벌, 구제 등의 단어를 검색해 보고 있었다.

그러다 투고 동영상 사이트까지 이르게 되었다. 처음으로 본 것은 참말벌과 사마귀가 대결하는 영상이었다. 영화나 애니메이션과는 다른 자연 속의 살아 있는 곤충들끼리 누구 하나가 죽을 때까지 계속 벌이는 싸움은 몹시 께름칙한 것이, 매일같이 인간들끼리 누군가의 목숨이 다할 때까지 벌이는 싸움을 생업으로 삼고 있는 풍뎅이의 눈으로 보아도 무서웠다. 무서우면서도, 또한 흥미로웠다. 무엇보다 흥미진진했던 것은 사마귀와 참말벌이 막상막하처럼 보였다는 점이었다. 투고된 동영상에는 사마귀가 승리한 것과 참말벌이 승리한 것 두 가지 패턴이 있었고, 대결 상황만 놓고 보면 아주 약간의 빈틈이나 운용의 묘에 의해 승패가 갈렸다.

즉 참말벌과 사마귀는 영원한 라이벌이라고도 할 수 있는, 우위를 점칠 수 없는 팽팽한 힘을 갖추고 있는 것이다.

풍뎅이는 그 사실에 호감을 품었다. 한쪽 종족이 다른 한쪽을 여유만만하게 없애는 것만큼 불쾌한 것도 없다. 아무런 위험 부담도 없는 곳에서 타자를 등쳐 먹는 교활함을 느끼게 한다. 지극히 평범하게 생활하는 노인을 잠들어 있을 때 살해하는 것이나 마찬가지여서 풍뎅이의 입장에서 보자면 상당히 간단한, 파렴치한 짓이다. 그리고 그 간단하고 파렴치한 짓을 하고는 자랑스레 떠벌리는 무리를 보면 불쾌하기 그지없다. 일이란 즐거운 게 아니다. 풍뎅이는 그것을 매일 출퇴근하는 문방구 제조업체의 영업직을 하면서 뼈저리게 느낀다. 영업부의 한 명으로서 외근을 하느라 땀을 흘리고, 불합리한 회사의 요구로 인해 다른 부서의 상사와 부딪히는 경우도 잦다. 정신적으로 피폐하고 고뇌 또한 이루 말할 수 없다. 즐겁게 할 수 있는 일 같은 건 이 세상에 없다.

참말벌 대 사마귀의 사투를 보면서 '이렇게 대등한 위험 부담을 안은 채 진짜 승부를 벌이는 건 괜찮아.' 하고 절실히 생각했다. 역시 중요한 건 공정함이라고.

그 후 '직접 참말벌 구제'라는 제목의 동영상을 발견했다.

재생 버튼을 클릭했다.

화면에 나타난 것은 방호복을 입은 남자였다. 자기소개를 보니 쉰 살의 회사원인 듯한데, 마당에 생긴 참말벌을 자신의 힘만으로 구제하려고 마음먹었다는 취지의 글이 적혀 있었다.

지방자치단체에서 빌려 왔다는 방호복은 은색의 대형 비옷과 같은 형태로, 그대로 로켓에라도 탈 수 있을 듯한 관록마저 느껴졌다.

자택 마당으로 보이는 장소에 서 있다. 주차장 뒤편이다. 아침인 듯 쾌청한 햇살이 영상을 환히 비추고 있었다.

무성한 철쭉이 있고 방호복의 남자는 그 앞에 선다. 카메라는 삼각대 위에 놓인 건지 고정되어 있다. 남자와 철쭉을 옆에서 포착한 구도였다.

그럼 갔다 오겠습니다, 하듯 고개를 숙인 남자에게서 긴장된 분위기가 엿보인다. 오른손에는 참말벌 퇴치용으로 시중에서 판매하는 스프레이가 들려 있다.

자, 어떻게 싸울까.

우선 남자는 스프레이를 발아래 내려놓았다. 대신 정원수 나뭇가지를 자르기 위한 가위를 손에 든다. 상당히 길어서 높은 곳의 가지도 자를 수 있는 유형의 것이다. 그것을 두 손으로 움켜쥐고 철쭉과 마주한다. 약간 허리를 숙인 자세로 가위를 앞으로 내민다. 가위가 움직이고 나뭇가지가 싹둑 하고 밑으로 떨어졌다. 그 직후 철쭉 안쪽에서 부웅 하고 벌인 듯한 작은 곤충이 날아올랐다.

쏘이는 게 아닐까 생각한 풍뎅이는 재빨리, 그야말로 자신이 그 현장에 있는 심정이 되어 몸을 비틀고 만다. 하지만 영상 속 남자는 당황하지 않았다. 가위를 왼손으로 쥔 채 빈 오른손으로 땅바닥에 있던 스프레이를 들고 눈앞에서 비행하는 벌을 향해 분사했다. 벌이 떨어지는 것을 알 수 있었다.

그러고 나서부터는 같은 동작이 계속되었다.

가위로 나뭇가지를 자른다. 벌이 날아오른다. 스프레이를 들고 분사한다. 벌이 떨어진다.

풍뎅이도 서서히 그 남자의 작전을 알아채기 시작했다.

우선은 나뭇가지 안에 숨어 있는 벌집을 노출시키고 싶었던 것이다. 종이말벌 등의 집과는 달리 참말벌의 집은 외벽으로 덮인 요새처럼 되어 있고, 외부로 연결되는 구멍은 하나밖에 없다. 살충 스프레이를 분사하려 해도 그 딱 하나뿐인 구멍을 노려야 한다.

그래서 우선은 방해가 되는 나뭇가지를 잘라 낼 필요가 있었다. 가지가 떨어지며 흔들릴 때마다 집에서는 정찰 벌이 나온다. 하지만 벌이 지체 없이 일직선으로 스프레이 사용자를 향해 덤벼드는 일은 없다. 벌도 무의미한 전투는 피하고 싶기 때문에, 정보 수집을 위해 부웅 하고 날아오른다.

그 시점에서 스프레이를 분사한다.

지루하더라도 조금씩 나뭇가지를 잘라 가며 벌집을 눈에 띄기 쉽게 만들어 간다.

어느 정도 나뭇가지가 떨어졌을 무렵, 방호복의 남자에게 결정적인 순간이 찾아왔다. 가위를 내려놓더니 살충 스프레이를 단단히 쥐고 벌집의 구멍 위치를 확인하기 위해서인지 몸을 움직였다.

그 후로 남자는 오로지 그 드러난 구멍만을 향해 스프레이 액을 분사했다. 쉬익쉬익 하는 소리가 격렬하게 계속된다.

풍뎅이는 프로 업자를 상대로 목을 조르던 때를 떠올렸다.

동영상의 마지막에 가서, 남자는 벌집 자체를 가위로 잘라냈다. 벌집 안은 이미 살충액으로 전멸되었으리라. 아직 겁에 질려 있으면서도 카메라를 향해 승리의 흥분이 깃든 포즈를 취했다.

멈춘 영상을 바라보면서 풍뎅이는 내심 조용히 중얼거린다. '이 정도라면.' 하고 생각했다.

이 정도라면 나도 할 수 있지 않을까?

풍뎅이

잠에서 깬 것은 새벽 네 시가 지나서였지만 졸리지는 않았다. 오히려 긴장으로 자연스레 눈이 떠졌을 정도였다. 참말벌의 집을 퇴치하려면 그들이 활동을 시작하기 전의 시간대, 이른 아침이 좋다는 인터넷 정보가 있었다. 사실인지 아닌지는 알 수 없지만 믿을 수밖에 없다.

일어난 풍뎅이는 우선 세수를 하고 머리를 다듬었다. 방 안의 옷장을 열어 옷을 갈아입기 시작했다.

방호복은 없으니 옷을 어떻게 입을지 잘 궁리해야만 한다.

땀복에 다리를 집어넣었다. 그 위로 청바지를 입는다. 제법 답답하기는 했지만 어쩔 도리가 없다. 책상 위에 있던 샤프펜슬 끝을 청바지 위로 찔러 본다. 아프다. 참말벌의 침은 이보다 더 셀까? 전혀 알 길이 없다. 불안해서 옷장 안에서 하얀 스키복을 꺼내 입었다. 하반신은 이 정도면 될까. 더 이상은 어떻게 해 볼 수도 없다.

상반신으로 옮겨 간다. 우선 운동복을 입었다. 목을 가리기 위해 겨울옷을 넣어 두는 서랍에서 목까지 오는 니트 스웨터를 꺼내 그 위로 포개 입는다. 데님 점퍼를 걸쳤다. 다시 다운재킷을 입었다.

똑바로 일어섰지만 너무 많은 옷을 포개 입어서 눈사람이라도 된 것 같은 착각이 든다. 균형을 잃으면 금방이라도 넘어질 것 같다.

발에는 양말을 두 켤레 신기로 했다. 몸을 굽히는 게 힘들었지만 겨우 무릎을 꺾고 손을 뻗었다. 신었다. 두 손에는 스키 장갑을 끼기로 했다. 이건 마당으로 나간 후에 해도 괜찮을 것 같았다.

"이제는." 하고 풍뎅이는 방을 둘러보고 나서 구석에 놓아둔 머리 전체용 헬멧을 잡았다. 머리는 이걸로 지킬 수 있다. 시험 삼아 뒤집어쓰고 투명 막을 올린다. 숨 쉬기가 좀 힘들었지만 어쩔 수 없다. 굳이 말하자면, 아직 옷 갈아입는 정도의 시간밖에 지나지 않았는데도 벌써 더워지기 시작한 쪽이 훨씬 더 문제였다. 지난 며칠간 기온이 30도를 훌쩍 넘어 텔레비전에서도 열사병을 조심하라고 호소하고 있었다. 이른 아침이라 괜찮을 줄 알았는데 불안하다.

처음 의뢰를 받아 사람을 살해했을 때와 같은 긴장감이 있었다.

목이 위험하다고 느낀 것은 방에서 막 나오려던 때였다. 헬멧을 뒤집어썼지만 머리를 움직일 때마다 목이 드러났다. 터틀넥 니트를 입었어도 벌침이 파고들 가능성은 있다.

"목이 위험한데." 혼잣말을 하고 만다.

평소 풍뎅이가 표적을 살해할 때 목을 조르는 경우가 많기 때문인지도 모른다. 목덜미를 지나는 혈관에 대해서는 나름대로 지식도 가지고 있었다. 벌의 독이 얼마나 강력한지는 모르겠지만 혈관을 통해 온몸에 퍼진다는 점으로 미루어 목은 위험 부담이 크다.

머플러를 찾았지만 아무리 뒤져 봐도 나오지 않았다. 그러다 지난겨울 표적의 목을 압박하기 위해 머플러를 이용했다가 처분했던 기억이 떠올랐다.

너무 느긋하게 고민하고 있을 시간은 없었다. 이러는 동안에도 시간은 흘러간다. 벌들도 눈을 뜨고 활동을 시작하진 않을까.

좋아, 하고 풍뎅이는 책상 서랍에서 검정 테이프를 꺼내 헬멧과 다운재킷 사이에 붙였다. 몇 겹으로, 물론 평범치 않은 옷의 두께 때문에 마음먹은 대로 몸을 움직일 수는 없었지만 겉모습에 신경 쓸 필요 없이 치덕치덕 마구 붙였다.

복도로 나왔다.

계단을 내려가기 전 아들 방에 잠깐 들른 것은 문이 열려 있었기 때문이다. 안을 들여다보니 침대에서 자고 있는 가쓰미가 눈에 들어왔다. 책상에는 시험문제집이 그대로 펼쳐진 채였다. 늦은 밤까지 공부했는지도 모른다.

풍뎅이는 온몸이 수상쩍은 우주복 같은 차림인 것도 잊고 방안으로 들어갔다. 이렇게 들어와 보는 게 얼마 만일까.

입을 살짝 벌리고 잠든 얼굴을 내려다보는 순간, 어린 시절의 가쓰미가 떠오른다. 언제 이렇게 큰 걸까, 하고 감상에 젖는다. 아내 말로는 진학할 대학이 어디냐에 따라 혼자 살게 될 가능성도 아주 없지는 않은 듯하다. 그렇다면 아들이 이 집에 있는 것도 소중한 한순간일지도 모른다.

풍뎅이는 자신이 이제부터 벌들과 대결하러 간다는 것을 생각하고, 다시 한 번 긴장을 느꼈다.

깊이 잠든 아들 옆에 서서 슬쩍 얼굴을 가까이 가져가며, 비록 헬멧으로 덮인 얼굴이었지만 "좋은 어른이 되거라." 하고 말했다.

인터넷 정보에 따르면 벌의 독성은 일반적으로 말하는 것만큼 강하지도 않은 듯했고, 가령 침에 쏘인다 해도 알레르기 쇼크 반응이 나타나는 건 두 번째부터니까 그렇게까지 겁먹을 필요는 없었을지도 모른다. 하지만 풍뎅이는 진지하게 아들에게 말했다.

"엄마를 잘 부탁해."

풍뎅이

공포와의 싸움, 시간과의 싸움이었다. 마당의 물푸레나무 옆에 서서 아무것도 하지 않은 채, 벌써 20분이 지났다. 방금 전 밤의 어둠 속에서 살짝 얼굴을 내민 것 같았던 태양이 이제는 제법 높은 곳에 있었다.

풍뎅이의 우스꽝스러운 옷차림을 더욱 도드라져 보이게 하기 위해 스포트라이트를 비추는 것 같다.

지금 이 모습을 누군가가 보면 정말 큰일이라고 생각하지 않을 수가 없다. 다운재킷의 색깔이 하얘서 위아래 모두 하얀색인 기괴한 남자처럼 보이기도 한다.

똑바로 서서 가지치기용 가위를 든 채 나무와 대치했다. 스키용 장갑은 결국 끼지 않았다. 장갑을 끼면 스프레이를 쉽게 잡을 수가 없다는 걸 안 것이다. 스프레이를 떨어뜨리면 그야말로 위험하다. 스키 장갑 대신 목장갑을 사용하기로 했다.

일단 나뭇가지를 자르면 더 이상 물러설 수 없을 것이다. 그야말로 이 부분은 평소의 일과 똑같다. 표적을 향해 발을 내딛는 순간 되돌린다는 선택지는 사라진다. 그 후로는 오직 앞으로만 갈 뿐, 상대를 죽이고 끝내는 수밖에 없다.

이렇게 꾸물거리는 동안에도 시간은 흐른다. 온몸에 땀이 배기 시작했다. 이미 헬멧 내부는 숨 쉬기가 힘들었고, 그래서 몇 번인가 투명 막을 올리고 바깥 공기를 들이마셨다.

마침내 풍뎅이는 각오를 다졌다. 더 이상 시간이 지나면 바로 옆집에서 가마타 씨가 나올 우려가 있었다. 올해로 희수(喜壽, 일흔일곱 살 – 옮긴이)를 넘긴 그녀는 아침 다섯 시에 눈을 뜨고 밖으로 나와 정원수를 바라보는 게 일과였다. 가마타 씨가 보기 전에 작업을 마치고 이 옷을 벗어 던지고 싶었다.

한 걸음 앞으로 나서며 가위를 앞으로 내밀었다. 엉거주춤한 자세라는 건 스스로도 안다. 등을 좀처럼 펼 수가 없다.

나뭇가지를 자른다.

하지만 겁을 먹고 있어서 끝부분만 살짝 잘랐을 뿐, 땅바닥에 가지가 떨어졌지만 나무의 형태에는 거의 아무런 변화가 없었다.

벌도 나오지 않는다.

다시 한 번, 이번에는 팔만 뻗고 몸은 돌린 상태면서도 가위를 안으로 집어넣으며 힘을 주었다. 싹둑 하고 절단되는 감촉이 전해지는 것과 동시에 나뭇가지가 밑으로 떨어졌다.

풍뎅이는 상황을 살피기보다 먼저 가위를 왼손으로 들고 발치의 스프레이를 잡았다. 옷을 너무 포개 입어서 팔을 움직이기가 힘들다. 떨리는 손을 곧장 앞으로 내밀며 노즐의 분사 버튼을 눌렀다.

소리와 함께 살충제가 뿜어져 나온다.

벌이 한 마리, 땅바닥에 떨어졌다.

다시는 돌아오지 못한다. 풍뎅이는 그때부터 가급적 머릿속을 비우기로 했다. 오로지 작업만 계속할 수밖에 없는 것이다.

가위로 나뭇가지를 자른다. 스프레이를 든다. 분사한다.

가위를 움직인다. 벌을 확인한다. 스프레이를 들고 머리 쪽의 버튼을 누른다. 스프레이를 내려놓고 가위로 가지를 자른다.

벌들은 진동이 생길 때마다 지체 없이 구멍에서 날아왔다. 스프레이로 공격한다. 땅바닥에 떨어지는 벌들의 수가 늘어난다.

익숙해지자 공포는 조금씩 줄어들었다.

하지만 이따금 방심한 틈을 노리듯 스프레이를 피해 벌이 공중에서 사라지는 때가 있었다. 그 도망친 벌이 다음에는 어디로 이동하고, 어떻게 선회하여, 어디에서 접근해 올지는 알 수 없다. 애당초 시야도 좁았고 방어막 때문에 바깥 모습도 확실히 보이지 않았다.

묘한 바람의 기척을 느꼈다 싶으면 '벌이다!' 하고 겁을 먹었고, 단순한 착각이었는데도 황망히 몸을 비틀거나 젖히거나 스프레이를 휘두르기도 하다가 또 다른 소리가 들리면 몸을 돌렸다.

꼴사납기가 이를 데 없었다.

한 마리를 완전히 놓쳤을 때는 등 뒤가 서늘해진 나머지 집 벽까지 물러나 등을 벽에 찰싹 붙이듯 대고 서서 헬멧의 방어막을 올리고 헉헉 숨을 몰아쉬었다.

혼자서 탈주범 팬터마임이라도 하고 있는 것 같았다.

숨쉬기도 거북하고 더위도 더욱 심해진 데다가 공포와 긴장이 더해지는 바람에 피로 역시 극심해졌다. 자칫 방심하면 의식을 잃을 것 같다.

"이러다가는." 하고 중얼거린다. "독보다 먼저 더워서 쓰러지겠는걸."

놓쳤던 벌을 발견하고 스프레이를 뿌린다. 낙하하는 것을 확인하자 해치웠다는 안도와 함께 죄의식이 덮쳐 온다.

벌은 나쁜 짓을 한 게 아닌 것이다. 전혀 잘못한 게 없다.

자연의 법칙에 따라 집을 짓고 공동생활을 해 온 것뿐이다. 말벌은 그다지 공격적이지 않다고 인터넷에도 쓰여 있었다.

"다만, 나도." 풍뎅이는 말하고 싶어진다. "가족을 지켜야만 해."

나뭇가지를 자르며 스프레이를 뿌렸다.

벌이 하나둘 나타난다. 풍뎅이의 존재는 이미 공동체 전체에 알려졌을 것이다.

아무튼 다른 생각 말고 사투를 벌일 수밖에 없다. 풍뎅이는 마음을 굳게 먹고 기계적으로 몸을 움직였다. 호흡이 가빠진다. 땀이 연신 흘러내렸지만 이렇게 된 이상 인내심 싸움이라고 스스로를 타일렀다. 과연 참말벌이 인내심을 가지고 있는지는 알 수 없었지만 풍뎅이는 그것을 판단할 냉정함도 잃은 상태였다.

첫 나뭇가지를 자르고 나서 20분 정도 지났을까. 퍼뜩 정신을 차리고 보니 물푸레나무는 제법 말끔한 외모로 변해, 눈앞에는 거대한 과일이라고도 표현할 수 있을 법한 벌집이 드러나 있었다.

마침내 드러난 건가.

다행히 벌집 구멍은 이쪽을 향하고 있었다. 여기까지 왔는데 안쪽에 구멍이 있었다면 말짱 헛수고였을 것이다.

풍뎅이는 자신이 아직 긴장하고 있는 동안 처리해야 한다고 생각하며 가지치기용 가위를 땅바닥에 내려놓고 곧바로 스프레이를 들었다.

이게 마지막 공격이다. 조금씩 날아오는 벌을 향해 분사액을 쏘면서 마음을 가다듬었다.

좋아. 풍뎅이는 마음속으로 시작 명령을 내린다. 구멍에 노즐을 집어넣고는 단숨에 분사 버튼을 눌렀다. 있는 힘껏 깡통 전체를 쥐어짜는 듯한 기분이었다. 하얀 연기가 주위로 퍼진다.

죄책감이 풍뎅이의 온몸을 메운다.

동영상으로 본, 사마귀와 싸우는 말벌의 모습이 머리를 스친다. 그들도 필사적인 것이다. 그저 공동체를 존속시키고 동료를 존속시키고 싶었을 뿐이다. 이 나무에 집을 만든 게 불운이었다고는 하지만 이 나무에 집을 지어서는 안 된다고 풍뎅이가족이 호소한 것도 아니었다. 그들은, 여기는 안 된다는 걸 몰랐다.

미안하다. 벌에게 사죄하며, 지금까지 사람들 목숨을 빼앗았을 때는 한 번도 보인 적 없는 반응을 보였다. 눈물을 흘리고 있었던 것이다. 그 사실에 스스로도 놀라 눈가를 닦고 싶었지만 헬멧이 방해를 했다.

스프레이를 다 쓰고 나서도 잠시 동안 계속 버튼을 누르고 있었다. 무아지경이었다.

이윽고 의식이 돌아온 듯 퍼뜩 놀라며 헬멧의 방어막을 올렸다. 한 걸음, 두 걸음 물러섰다. 나무 주위에 벌의 모습은 없었다.

이긴 건가. 어리둥절해하며 어깨에서 힘을 뺐다.

풍뎅이

발밑에 벌의 사체가 무수히 굴러다니고 있었다. 숨을 고르며 눈길을 주자, 살충액 때문에 죽은 듯 보이는 참말벌이 흩어져 있고, 노란색과 검은색의 무늬도 약과 흙으로 범벅이 되어 있다. 미안하다고, 다시 생각했다.

"병사들, 꿈의 자취던가." 하는 말이 머리에 떠오른다(일본 하이쿠의 성인이라 불리는 마쓰오 바쇼가 쓴 시의 유명한 구절. 일장춘몽처럼 사라진 병사들의 허무함을 노래하고 있다─옮긴이).

다시 가위를 두 손에 쥐고 천천히 앞으로 걸음을 내딛었다. 가위를 벌집의 머리 부분으로 가져간다. 땅바닥이 질퍽거렸다.

손에 힘을 준다. 벌집이 낙하했다. 땅바닥과 충돌하며 땅이 파이는 듯한 소리와 함께 갈라진다. 스프레이 액체를 흠뻑 뒤집어써서 꽤 물렁해졌는지, 과일처럼 뭉개진다. 하얀 것이 보여 눈에 힘을 주고 살폈다. 유충인 걸 알고 풍뎅이는 오싹함을 느꼈다. 어린 생명을 빼앗은 데 대한 죄책감이 덮쳐 온다.

달리 방법이 없었을까.

아니, 이럴 수밖에 없었다.

쪼그려 앉아 땅을 파고 흙을 벌집 위에 끼얹었다. 유충들의 사체만이라도 묻어 주고 싶었다.

즉석으로 무덤을 만들고 난 풍뎅이는 크게 한숨을 내뱉었다.

일어나 팔을 들며 기지개를 켰다. 포개 입은 옷의 답답함은 여전했고, 몸도 여기저기 아프다. 빨리 집 안으로 들어가려고 발길을 돌려 현관으로 향했다. 걸으면서 헬멧을 벗으려 했다. 목 부근에 붙인 검정 테이프가 좀처럼 떨어지지 않는다.

시간은 알 수 없었지만 아직 이웃집 가마타 씨가 나오지 않은 걸 보면 다섯 시가 안 되었는지도 모른다.

사람 그림자가 눈에 들어온 것은 그때였다. 현관 앞 기둥 근처에 재빨리 몸을 숨기는 남자가 있었다.

풍뎅이는 곧바로 수상한 놈이라고 판단했다. 이른 아침부터 밖에서 어슬렁대고 있기 때문이 아니었다. 풍뎅이의 모습을 보고 반응했기 때문이었다. 동업자의 움직임이 틀림없었다.

생각보다 먼저 마당을 달려가 집의 대문 밖으로 거칠게 뛰쳐나갔다. 앞에는 호리호리한 장신의 남자가 서 있었다. 도망치지 못한 건지, 아니면 들켜서 어쩔 수 없다고 마음을 고쳐먹은 건지, 그것도 아니면 처음부터 풍뎅이가 눈치채리라는 것쯤은 알고 있었던 건지, 이유는 알 수 없었다.

남자는 풍뎅이를 바라보며 서 있다. 긴소매의 검정색 티셔츠에 부츠컷 청바지를 입고 있다. 나이는 알 수 없었지만 언뜻 보기에 모델 일이라도 하고 있는 게 아닐까 싶을 만큼 멋진 남자였다. 두 손을 청바지의 뒷주머니에 넣고 있어서 무방비하기이를 데 없다. 그런데도 풍뎅이는 그가 동업자라고 생각했다.

몸에 경계심의 울타리를 쳐 놓았음을 알 수 있었다. 뒷주머니의 손도 아마 무기를 쥐고 언제든지 사용할 준비가 되어 있을 것이다.

"날 노리고 온 건가?" 풍뎅이는 남자에게 물었다. 중개업자인 의사에게서 얻은 정보를 떠올린다. 업자인 말벌이 목숨을 노리고 있다고 의사는 말했었다.

"이 시간대면 모두 자고 있을 거라고 생각했나?"

이 남자가 말벌일까. 일단 그렇게 생각하면 그게 바로 진실이라고 굳게 믿어 버리는 게 풍뎅이의 성격이었다.

예전에 고층 빌딩에서 위험한 일을 할 때, 이런 남자가 엘리베이터에 있었다. 그랬던 것 같다. 그때도 말벌이 있었다고 나중에 소문으로 들었다. 그렇다면, 이 남자는 틀림없이 말벌인 것이다. 그렇게밖에는 생각할 수 없다.

남자는 아무 말도 하지 않고 풍뎅이를 노려본다.

언제 공격해 올 것인가. 풍뎅이는 몸을 긴장시켰다. 하지만 그런 한편으로, 방금 전 벌을 퇴치한 피로가 느껴졌다. 일반인이라면 몰라도 동업자라면, 지금 정식으로 격투를 시작해 봤자 승산은 없을 것이다. 풍뎅이는 세차게 변하는 심장 박동을 억눌렀다. 어떻게 하면 좋을까.

적어도 상대의 손이 공격해 오는 순간에 잘 대응할 수 있도록 주의만은 게을리하지 않았다. 그렇지만 몸은 무거웠고 시야는 흐릿했다.

상대 남자는 좀처럼 공격해 오지 않았다. 이쪽을 보는 얼굴에 긴장한 기색이 떠오른다.

나를 두려워하고 있는 건가? 그렇다면 의뢰를 받은 동업자로서는 실격이다. 표적을 앞에 두고 겁을 먹어서 어쩌자는 건가.

다만, 그제야 비로소 자신의 옷차림이 벌 퇴치 복장 그대로인 것을 떠올렸다.

헬멧을 검정 테이프로 고정하고, 옷에 옷을 또 포개 입은 위아래의 옷차림은 팽창한 수수께끼의 괴인으로 보이지 않는 것도 아니었다.

그래서 남자가 경계하고 있는 건가?

아무래도 이런 차림의 남자가 앞에 있으면 동요되고 곤혹스럽지 않을까.

풍뎅이는 시험 삼아 한 걸음 내딛었다.

남자가 물러섰다.

"네 무기는 독침이지? 하지만 소용없어." 헬멧의 방어막을 올리며 풍뎅이는 말했다. "이 차림을 봐. 찔릴 리가 없지."

남자는 풍뎅이를 위에서 아래로 찬찬히 바라보았다.

"네가 올 줄은 알고 있었거든." 풍뎅이는 크게 숨을 들이마시고, 이쪽의 흥분을 깨닫지 못하도록 조심하며 말했다. "나는 미리 준비하고 기다렸다."

물론, 되는 대로 말하고 있다. 이건 말벌은 말벌이지만 진짜 곤충 쪽에 대비한 준비다.

남자는 아무 말 없이 풍뎅이를 물끄러미 바라본다.

내가 벌집을 눈앞에 뒀을 때와 같은 얼굴이라고 생각했다. 미지의 생물에게 두려움을 느끼고 있는 것이다.

"오늘은 이쯤 하고 돌아가." 풍뎅이는 그야말로 이 말로 상대를 찌를 듯한 심정으로 내뱉었다.

남자가 뒷걸음질을 치며 물러갔다.

그 모습을 지켜보며 풍뎅이는 심호흡을 했다. 안도하는 것도 잠깐, 옆집 현관문 열리는 소리가 나서 당황했다. 옆집 가마타 씨가 나온 건지도 모른다. 숨어야 하는데 싫어서 초조해하며 대문을 넘어 현관으로 향했다.

그때 발이 걸려 넘어졌다. 신발 끈이 풀려 있었는데 그것을 밟고 말았다. 앞으로 고꾸라지며 균형을 잃고 마당에 처박히는 꼴이 되었다. 스스로 일어설 수가 없어서 엎어진 그대로 잠시 기어갈 수밖에 없었다. 그러다 결국 더 버틸 힘도 없어서 그냥 벌렁 누워 버렸다.

온몸의 힘이 다 빠졌다.

피로와 더위로 더 이상 꼼짝할 수도 없다. 대자로 벌렁 누운 상태로 이미 환해진 이른 아침의 하늘을 올려다보며, 풍뎅이는 그대로 휴식을 취했다. 졸음마저 밀려온다. 땀 때문에 기분이

나빴지만 이대로 조금 쉰다 해도 벌 받지는 않겠지, 하고 생각했다.

◎

맨션 문을 잠근 여자는 아들의 손을 잡고 5층 통로를 걸어갔다. 친정에 가기 위해 이른 아침에 출발하려는 참인데, 하늘에는 이미 태양이 찰싹 들러붙어 도쿄는 오늘도 무더울 게 뻔한 듯했다.

"외할머니네 집은 시원하겠지." 다섯 살 난 아들이 밖을 보면서 말했다. 평소 같았으면 아직 한창 잠들어 있을 시간이었지만 외할머니와 만난다고 들떴는지 쉽게 일어났다.

"아오모리는 여기보다 시원할 거야." 그녀는 그렇게 말하고 아들이 물어본 친정으로 가는 전철의 환승 방법에 대해 이야기했다.

엘리베이터가 1층에서 올라오기를 기다린다. 손을 잡는 아들을 내려다본다. 작고 어리지만 다부지게 서 있는 모습이 믿음직스럽기도 하다. 어제 자신의 입에서 튀어나온 마음에도 없던 말을 떠올리자 가슴이 아파 왔다.

그리고 왠지 모르게 밖으로 눈길을 주었다가, 알아차렸다.

5층에서 내려다보면 근처 집들을 위에서 볼 수 있었는데, 단독주택 마당에 누군가가 보였던 것이다. 정확히 확인할 수는 없었다. 신경이 쓰여 가방에서 디지털카메라를 꺼내 들었다. 줌 기능을 사용하면 좀 더 자세히 볼 수 있지 않을까 생각했기 때문이다. 화면에 대자로 누운 사람이 보였다.

마당에서 하늘을 향해 드러눕듯이 쓰러져 있다. 인형치고는 컸지만 아무래도 사람처럼 보이지는 않는다. 장식물인가.

"왜 그래?" 하고 아들이 말한다. 엘리베이터가 도착하고 문이 열렸지만 그녀는 개의치 않았다.

"이상한 사람이 누워 있어."

"이상한 사람?"

아들에게 카메라를 쥐어 주고 안아 올렸다. 난간 벽에서 떨어지지 않도록 조심하면서 방금 전의 그 단독주택이 있는 장소를 알려 준다.

아들은 잠시 "어디?" 하고 머리를 흔들었지만 이윽고 "아!" 하고 소리쳤다. "정말이네!"

"그렇지? 인형인가?"

"조금 움직였어. 무슨, 우주복 같아."

"아아!" 그녀도 왠지 납득이 되어 아들을 내려 주고는 다시 한 번 카메라를 들여다보았다. 바이크용 헬멧을 쓰고 있는 것 같았지만 우주복을 입고 있는 모습으로 보이지 않는 것도 아니었다.

다시 한 번 보여 달라고 호소하는 아들을 안아 올린 후, 그녀는 잠시 생각하다가 숨을 들이마시며 말했다. "혹시 저 사람, 별님이 된 미케를 데려오려고 우주에 갔던 건가?"

아들이 웃었다. "그럴지도 모르겠네." 하고 어디까지가 진심인지 모를 미소를 짓는다. "그러다 저 사람, 우주에서 떨어져 버린 걸까?"

"역시 위험하니까, 미케는 데려오지 않는 편이 좋겠어." 그녀는 이어 말했다. "별님인 채로."

어제 엄마가 했던 차가운 말을 잊은 것은 아니었을 테지만, 아들은 아무 일도 없었다는 듯이 웃어 줘서 그녀는 관대한 아이의 마음에 감사했다. 10년을 함께한 고양이가 죽었다고 생각하니 눈물이 흘러넘치는 것을 막을 수가 없었다. 그렇다고 해서 엄마로서의 자신을 잊은 것은 아니었다. 어제 자신의 태도는 최악이었다. 어제는 미안했어, 하고 말하고 싶었지만 부끄러웠던 건지 아니면 자존심이 방해를 했던 건지 차마 말은 못하고 대신 "미케를 만났을까? 저 사람." 하고 말해 보았다.

"어제는 정말 미안했어." 겨우 그렇게 말한 그녀는 몇 십 분후 마당에 누워 있던 남자가 깨어난 아내에게 "당신 그거 무슨 옷차림이야?" 하고 혼나고, "설마 혼자 멋대로 벌을 퇴치한 건 아니지?" 하고 추궁당할 줄은 당연히 알지 못했다.

풍뎅이

  벽을 올려다본다. 갖가지 색깔과 모양의 돌이 부착되어 있다. 볼더링을 할 때 홀드라고 불리는 것으로, 그 각각의 옆에 색깔 테이프가 붙어 있다. 풍뎅이는 정면 벽의 파란 테이프가 붙은 홀드들이 어떤 루트로 늘어서 있는지를 확인했다. 그러고 나서 발의 위치를 확인한 후 스타트 홀드에 두 손을 올렸다. 벽에 붙은 홀드를 붙잡고 기어오른다. 볼더링의 규칙은 그리 많지 않지만 그 많지 않은 가운데 하나가 스타트와 골 표시가 된 홀드는 두 손으로 붙잡는다는 것이다.

  볼더링은 벽에 붙은 돌 같은 것에 손과 발을 걸치고 기어오르는 스포츠. 처음에는 이 정도의 인식밖에 없었지만, 해 보고 나니 제법 창의적인 연구가 필요한 심오한 것이었다.

커다란 조개껍질과도 비슷한 홀드에 두 손을 건다. 자연히 기도하는 듯한 자세가 된다. 매달린 채 떨어지지 않기를, 하고 풍뎅이는 이때가 되면 실제로 짧게 기도를 하는 경우가 많았다. 위험하고 도덕과는 상당히 동떨어진 자신의 일을 이제 와 용서해 달라는 것은 아니었기 때문에 참회는 할 수 없었다. 바라는 것은 '가족의 평화'이다. 아내와 아들이 그럭저럭 평온한 인생을 누릴 수 있기를 바란다.

홀드를 잡은 왼팔은 길게 뻗어 있다. 몸을 벽에 붙이고 오른쪽 위의 홀드로 이동한다. 풍뎅이의 이두박근이 부푼다. 근육이 팽창하는 그 미세하게 고통스러운 무게가 풍뎅이에게 살아 있다는 실감을 준다. 몸을 들어 오른쪽 위, 목표하는 엷은 파란색 홀드를 잡는다. 그때 또 한 가지 소원을 마음속으로 되뇐다. 일을 빨리 그만둘 수 있게 되기를. 자신에게 일을 알선하는 그 의사는 풍뎅이가 그만두는 것을 좀처럼 인정해 주지 않는다. 좀 더 돈을 벌어야만 한다고 말한다.

다음 홀드, 바로 위에 있는 것으로 팔을 뻗으며 몸을 들어 올린다. 왼손으로 잡는다. 기도를 추가한다. 되도록이면 아내가 내 소중함을 알아주기를. 아내가 좀 더 상냥하게 대해 주기를.

"와, 미야케 씨, 거침없이 잘 올라가시던데요." 벽 아래 깔린 쿠션으로 내려온 후 의자에 앉아 쉬고 있는데 옆에서 양복 차림의 남자가 말을 걸어 왔다. 언제나 위험한 일을 할 때는 상징적인 별명 '풍뎅이'로 인식되었고, 집에서는 '여보'나 '아버지'로 불렸으므로 회사 이외에서 본명을 듣는 일 자체가 신선하게 느껴졌다.

"아아, 퇴근하는 길이시군요. 마쓰다 씨."

"지금 막 왔어요. 오늘은 기필코 저 보라색을 클리어하고 싶은데."

볼더링 벽에는 많은 홀드가 부착되어 있다. 어느 것이든 붙잡아도 상관없으니까 올라가라고 하면 너무 쉽기 때문에, 특정한 홀드만 사용하여 골을 목표로 하는 게 규칙이었다. 각 홀드 옆에 붙은 테이프의 색깔에 따라 난이도가 바뀐다. 예를 들어 초심자는 분홍색 테이프가 붙은 홀드만 사용해 올라가라는 식이다.

미끄럼 방지용 초크를 손에 묻힌 마쓰다는 쿠션 위로 올라와 벽으로 다가간다. 보라색 테이프가 붙은 스타트 지점에 두 손을 올리고 몸을 기대는가 싶더니 오르기 시작한다.

도내에 있는 여러 볼더링 체육관 가운데 이곳을 선택한 특별한 이유는 없었다. 일 때문에, 그 일이란 약국 주인을 아나필락시스(Anaphylaxis, 알레르기의 면역 반응에 의한 급격한 증상—옮긴이) 쇼크로 살해하라는 내용이었지만, 어쨌든 그 일을 위해 방문한 건물 맞은편에 볼더링 체육관 간판이 있는 것을 발견했다. 거기에 쓰여 있던 '이번 가을, 화제를 모으고 있는 마이너 스포츠!'라는 문구를 보고, 화제를 모으고 있는데도 마이너라는 벽은 부술 수가 없는 건가 하는 이상함에 끌리기 시작했다. 집에서 가까운 것도 아니었지만 지하철 한 번으로 근처 역까지 올 수 있는 장소였다.

비슷한 시기에 들어온 사람이 마쓰다였다. 마침 체육관 근처에서 광고 디자인 영업을 하고 있는 모양이었는데, 예전부터 흥미는 있었지만 좀처럼 올 기회가 없다가 굳게 결심하고 볼더링을 체험하기 위해 왔다고 했다.

볼더링은 안전 문제 때문에 하나의 벽에 한 사람씩 올라가게 되어 있고, 나머지는 뒤에서 대기한다. 볼링공을 순서대로 던지는 것과 똑같지만 볼링과 다른 점은 특별히 점수를 획득하는 게 아니어서 누군가와 경쟁할 요소가 없다는 것이다. 어디까지나 그냥 오르기만 할 뿐, 근력 트레이닝을 하여 극단적으로 체형을 개조하는 나르시시즘도 없다. 자기만족의 극치이다.

"오르기만 할 뿐인데 성취감이 있다는 것도 참 신기해요." 분명 처음으로 마쓰다가 했던 말은 그런 것이었다.

그날은 체육관이 혼잡해서 순서를 기다리는 시간이 길었고, 마침 가까이에 있었기 때문에 비슷한 또래인 풍뎅이에게 말을 건넸을 것이다. 물론 풍뎅이는 경계했다. 자신의 일에 대해 알고 있는 놈은 아닐까, 동업자는 아닐까 싶어서 띄엄띄엄 간단한 대답만 했을 뿐이었다.

하지만 몇 번인가 체육관에서 얼굴을 마주치다 보니 마쓰다는 풍뎅이뿐만 아니라 다른 사람에게도 싹싹하게 말을 건네는 성격인 걸 알았고, 그 이후부터는 형식적인 세상 이야기를 주고받게 되었다.

풍뎅이에게는 그런 관계가 신선했다.

마쓰다와의 거리가 더욱 좁혀진 것은 어느 날 대수롭지 않은, 아마도 다가오는 태풍에 대한 이야기를 하던 중이었을 것이다. 그가 스마트폰으로 연락이 온 것을 보고 "잠깐 실례할게요." 하며 출입구 쪽으로 멀어졌을 때였다. 일단 풍뎅이가 올라갔다 내려온 후에도 마쓰다가 없어서 문득 화장실 쪽을 보았는데, 여전히 스마트폰을 귀에 대고 꾸벅꾸벅 머리를 조아리고 있었다. 일과 관련해서 무슨 실수라도 한 것일까, 하고 상상했지만 돌아온 마쓰다가 겸연쩍은 듯이 한 말 때문에 풍뎅이는 단숨에 친밀감을 느꼈다.

"이거 참, 집사람한테 전화가 와서 말이죠. 창피하지만 저, 회사에서는 영업부 실적도 최고고 나름대로 좋은 평가도 받는데 집에서는 꼼짝을 못해요."

정신 차리고 보니 풍뎅이는 어느새 손을 내밀어 악수를 청하고 있었다.

마쓰다는 어리둥절해하다가 풍뎅이의 마음을, 동지를 발견한 듯한 그 악수의 의미를 눈치챘다.

"미야케 씨도?" 아내가 무섭냐는 의미였을 것이다.

"네." 하며 풍뎅이는 턱을 살짝 당겼다.

"예를 들어, 야근으로 늦기라도 하면 화를 내나요?"

"그 시간이면 아내는 자고 있는데." 풍뎅이는 대답했다. "다만, 돌아와서 내는 소리가 시끄럽다고 화를 내긴 합니다."

그러자 마쓰다는 '온화하게 찡그린 얼굴'이라고도 표현할 수 있을 법한, 울다가 웃는 표정이 되어 말했다. "저도 같습니다. 게다가 집에 온 후 배가 고파서 냉장고라도 열면 그 소리까지 알아채요."

"그렇다면 제일 좋은 음식을 가르쳐 드리죠." 그렇게 생각해서인지, 풍뎅이는 자신의 목소리가 탄력을 띠고 있다는 걸 깨달았다. "소리가 나지 않고 보존 기간이 긴 걸로요."

"제 경우는 어육 소시지입니다."

뭣이라, 하며 풍뎅이는 뒤로 자빠질 뻔했다. 몇 세기 전부터 난제로 알려진 증명 문제의 해법을 발견한 수학자가, 같은 해답에 도달한 학자를 눈앞에서 보았다면 그때의 풍뎅이와 같은 기분이었을 것이다. 더욱 힘주어 악수를 나누었다.

그때부터라고 하긴 좀 그렇지만, 풍뎅이는 볼더링 체육관에서 마쓰다와 이야기하는 게 즐거워졌다. 설마 자신에게 이런 지인이 생길 줄이야.

눈앞의 마쓰다가 보라색 루트 제일 위까지 올라갔다. 마지막 목표인 홀드를 반드시 두 손으로 잡아야 했지만 실패하고 낙하했다. 쿠션 위로 무릎을 꿇고 착지하더니 원통해하며 돌아온다.

"아까웠어요." 풍뎅이가 그렇게 말을 건넸다.

손아귀 힘의 잔량을 확인하듯 손을 문지르면서 마쓰다는 "이거, 참!" 하고 웃었다. "홀드를 잡고 있다 보면 늘 가족 생각이 나요."

"어떤 의미에서요?"

"우리는 자주 이웃 사람들에게 사이좋은 가족이라는 말을 듣는데요. 아, 물론 사이가 좋지 않은 건 아니지만, 그건 내 입장에서 보면 필사적으로 매달린 채 그 사이좋은 가족을 유지하고 있는 듯한 기분이 들 때가 있어요."

"아아!"

"특별히 무리하고 있는 건 아니지만요. 아내도 그렇고 딸도 소중하니까요. 다만, 이따금 손아귀 힘이 떨어지고 더 이상 매달릴 수 없게 되어서, 차라리 쿵 하고 떨어지는 편이 더 편하지 않을까 싶은 때가 있는 거죠."

"아아!" 풍뎅이는 아직 그런 생각까지 한 적은 없었지만 마쓰다가 무슨 말을 하고 싶은지는 알 수 있었다. 왜 이런 수모를 당하면서까지 나는 이 가정을 유지하려는 것일까. 그런 의문이 떠오를 때가 풍뎅이에게도 있다.

"감정은 상쇄되는 게 아니에요."

"무슨 말이죠?"

"좋은 일도 있으니까 불만을 상쇄할 수도 있지 않겠느냐고 한다면, 그게 아니란 거죠. 플러스마이너스로 계산할 수 있는 게 아니라고나 할까요."

한창 그런 이야기를 하고 있다가 마쓰다가 물었다. "그러고 보니 미야케 씨 아드님은 올해 몇 살인가요?"

"고3입니다. 수험생이죠." 말하고 나서 맞다, 수험생이었구나 싶어서 긴장이 된다. 대체 가쓰미의 진로는 어떻게 될까.

"이런 우연도 있군요." 마쓰다가 눈을 깜박인다. "우리 딸도 고3 수험생입니다."

이거, 이거, 하며 기뻐하면서 그 후 몇 가지 더 이야기를 나눈 결과, 놀랄 만한 사실이 밝혀졌다. 풍뎅이의 아들과 마쓰다의 딸이 같은 고등학교에 다닌다는 것이다. 그 우연에 두 사람은 처음에는 어이없어하다가 다시 악수를 나누며 기뻐했다.

"미야케 씨하고는 아빠 친구군요('엄마 친구'라는 의미의 '마마토모'와 대비하여 '아빠 친구'라는 표현을 사용하고 있다 — 옮긴이)."

풍뎅이는 마쓰다의 그 말을 듣고 감동이 뭉클 밀려오는 것을 느꼈다. 자신에게 친구가 생길 줄은 상상도 못했다.

풍뎅이

집에 돌아오니 가쓰미가 거실에서 컵라면을 먹고 있었다. 한창 성장 중인 고등학생이니 좀 더 영양가가 있는 걸 먹어, 하고 풍뎅이는 말하지 않았다. 자신이 같은 나이일 때는 좀 더 제대로 된 식생활을 하라는 말 이전에 생활 자체가 힘들었기 때문에 그런 말을 할 자격이 없다고 생각했다. 더구나 그 이상으로 '컵라면 같은 건 먹지 마' 하고 부정하면 그 말은 곧 아내에게 '제대로 된 요리를 만들라'는 메시지를 보내는 것으로 받아들여질 가능성이 있었다. 반드시 아내만이 아니라 여자는, 아니, 인간이라고 표현해야 할지도 모르겠지만 아무튼 '이면의 메시지'에 민감하다. 상대가 한 말의 이면에는 다른 생각, 불쾌감이나 비판, 의뢰의 뜻이 담겨 있는 게 아닐까 하고 추측하여 받아들인다. 아마도 말이 최대의 커뮤니케이션 방법이 된 인간만의 살아남기 위한 능력 중 하나이리라. 곤란한 것은 이쪽이 이면의 메시지 같은 걸 전혀 담지 않았는데도 불쾌감이나 빈정거림으로 해석하는 일이다. 견디기 쉽지 않다. 그리고 풍뎅이의 아내는 액면 그대로인 메시지에서 이면을 찾아내는 천재였다.

가쓰미는 면을 후루룩거리며 단어장을 들여다보고 있다. 오직 살아남기 위해 필사적이었던 자신의 10대가 떠오르고 만다. 법에 저촉되는 일을 저지르며 매일을 보냈었다.

"그 컵라면은 언제 식사니?" 풍뎅이는 문득 신경이 쓰여 물었다. 시계는 오후 세 시를 가리키고 있다. 점심치고는 늦고 저녁 식사로는 이르다.

"아마 점심일걸."

"무리하지 마."

"뭐, 괜찮아. 그냥, 할 수 있는 만큼은 해 두자 싶어서."

"그래도 안 되면 어쩔 수 없다, 이거군." 아내가 옛날부터 자주 하는 대사였다. 할 수 있는 만큼만 하는 게 인간이니까, 할 수 있는 만큼 해 보고 도저히 안 되면 어쩔 수 없다고. 그건 진인사대천명盡人事待天命이라는 거 아닌가 하고 예전에 물어본 적이 있었는데, 그녀는 "내 말이 더 쉽고 잘난 체도 안 하는 것 같아서 좋아." 하고 큰소리쳤었다.

"엄마는 어디 있어?"

"2층에. 한 번 정리를 시작하면 끝을 보잖아."

아아, 하고 풍뎅이는 한숨을 내뱉었다. 아내는 독서든, 청소든, 일단 빠져 버리면 시간을 잊는 버릇이 있다. 원래 정리 정돈에 목매다는 성격이라 특히 청소는 열중하면 철저히 한다. 물론 나쁜 것은 아니다. 아니지만, 그 결과 집안의 타임 스케줄이 엉망이 된다.

그렇게 생각하고 있는데 계단을 내려오는 발소리가 들린다. 풍뎅이는 위가 조여 오는 걸 느꼈다.

"어머, 당신 언제 왔어?"

"방금."

"청소를 시작했더니 멈출 수가 없어서. 넣어 둘 것도 잔뜩 있고 해서, 예전부터 정리하고 싶었거든. 그러다 보니 저쪽 걸 이쪽으로 옮기는 등 대이동 중이야. 당신 방에 물건 좀 갖다 놔도 되지?"

"물론이지." 풍뎅이의 방이라고는 하지만 창고 방을 약간 개조한 것일 뿐, 그저 '아버지의 방'이라고 불리는 단순한 창고 방이라고 표현하는 편이 사실에 가깝다.

리폼을 해서 내 방을 만들고 싶다고 말했을 때 아내의 제안으로 그렇게 한 것이다.

"청소 힘들겠는걸."

"응, 힘들어."

"그거 참, 고생이 많네."

상대를 위로한다. 기본 중의 기본이다. 지난번 볼더링 체육관에서 이야기할 때 마쓰다도 말했었다.

"저는 19년의 결혼 생활을 통해 배웠습니다. 아내의 말에는 어쨌거나 힘들겠다는 말이 최고라는 걸요. 불평은 물론이고 의문형의 말에 대해서도 '힘들겠는걸' 하고 말하는 게 아내를 가장 잘 위로하는 방법이죠."

풍뎅이도 동의했다. 가령 "이 옷과 이 옷, 둘 중 어느 게 나아?" 하고 의논해 올 때도 "힘들겠는걸." 하고 크게 동정하며 상대를 위로한다. 물론 "확실히 대답해." 하고 혼날 때도 있을 것이다. 하지만 확실히 대답한다고 평화가 유지되는가 하면 꼭 그렇지만도 않다.

"여보, 오늘 저녁은 돈가스 괜찮아? 냉동해 놓은 고기가 있거든."

"물론이지. 마침 돈가스가 먹고 싶었는데." 이건 거짓말이 아니었다. 일의 사전 조사 때문에 돌아다녔던 터라 허기가 졌다.

"하지만 청소가 아직 좀 더 걸릴 것 같아. 그리고 또 빵가루도 사 와야 해서 늦어질 것 같은데."

"빵가루는 내가 사 올까?"

"아, 그래 줄래?"

"당신도 참 힘들겠어."

아내가 2층으로 돌아가자 가쓰미가 차가운 눈길로 바라보았다. "아버지는 말이야, 잘도 그렇게 엄마한테 굽실거리네."

"굽실거린다고? 위로해 주는 건데."

"하지만 아버지도 일하는 몸이고, 지금도 빵가루 사러 갔다 온다는데 엄마는 전혀 미안해하지 않잖아."

"그렇지 않아."

"만약 내가 대학에 가게 되고 혼자 살기 시작하면 아버지가 어떻게 될지 걱정이야."

"무슨 뜻이야?"

"아버지와 엄마 둘이서만 잘 살아갈 수 있을까 싶어서."

그런 걸 걱정해 주다니. 풍뎅이는 감격하여 아들과 포옹하고 싶었지만 물론 그렇게 하지는 않았다.

"최근 학교에서 갑자기 날뛴 애가 있었어. 남자애인데 평소에는 얌전했어."

"왕따 당한 거야?"

"그건 아니야. 진지해 보이는 건 있었지만 너무, 뭐랄까, 그게 없었어."

"그거?"

"사교성이라고나 할까."

"난 아직도 없는데."

풍뎅이가 그렇게 말하자 가쓰미가 웃는다.

"수업하고 있는데 그 애가 갑자기 옆자리 여자아이한테 큰소리로 화를 내는 거야. '다 아는 것처럼 말하지 마!' 하고. 자세한 건 모르겠지만 그 애는 가정환경이 여러 모로 복잡해서 속에 잔뜩 쌓아 두고 있었나 봐. 옆자리 여자아이가 살짝 동정하는 듯한 말을 해서 폭발해 버린 걸 테지."

"그게 나하고 무슨 관계가 있니?"

"아버지도 언젠가는 폭발할 것 같아서. 엄마와 사이는 좋은 것 같지만 언제나 아버지가 참는 쪽이잖아."

"그렇게 보이니?" 풍뎅이는 힘준 말투로 말하며 몸을 앞으로 내밀었다. '아아, 알아주는 사람은 알아주는구나!' 하고 하늘을 우러르고 싶었지만 다른 생각도 머리를 스쳤다. 자신이 지금까지 해 왔고 지금도 그만두지 못하고 있는 일은 돈을 받는 대신 사람의 목숨을 빼앗는 용서받을 수 없는 최악의 일이기 때문에, 알아주는 사람은 알아준다고 하면 혹독한 벌을 받을 게 틀림없다. 문제는 그것이 언제인가 하는 것이다. 언젠가 대가를 지불할 때가 온다. 다만 그렇다 하더라도 가족까지 불행 속으로 끌어들이고 싶지는 않다.

"아버지는 늘 사과만 하니까 그래. 좀 더 당당했으면 좋겠는데."

"이것만은 성격인 것 같아. 가쓰미는 이렇게 되지 않도록 조심해."

"폭군입네 하고 떵떵거리는 것도 꼴사나운데."

풍뎅이는 슬슬 빵가루나 사 올까 싶어 몸을 일으켰다가, 다시 아들을 보며 물었다. "너희 학교에 마쓰다라는 아이 있니?"

"마쓰다? 마쓰다 후카?"

"알아?"

"같은 반이야. 맞다, 아까 내가 말한 옆자리 남자애한테 동정하는 말을 했다가 혼난 게 그 마쓰다 후카야."

이런 기막힌 일이 있나 싶어서 풍뎅이는 기쁨을 느꼈다. 아이들끼리 같은 고등학교에 다닐 뿐만 아니라 같은 반, 게다가 아들이 들려준 이야기에 마침 등장하다니, 이건 그야말로 우연을 뛰어넘은 운명. 남녀 사이라면 사랑이 싹튼다 해도 이상할 게 없을 정도다.

2층에서 다시 아내가 내려오는 발소리가 들리자, 저지르지도 않은 불륜 죄에 자지러드는 기분이 들었다. 청소가 어느 정도 끝났느냐고 물어보려 했지만, 그 전에 그녀가 2층을 가리키며 말했다. "아직도 좀 더 걸릴 것 같아."

"힘들겠네."

"저녁은 돈가스 말고 조금 더 간단한 걸로 해도 괜찮을까? 국수 같은 거."

풍뎅이의 위장은 이미 돈가스를 먹을 생각으로 충만하여 돈가스 모양으로 변해 있을 것만 같았다. 게다가 아내의 말은 '괜찮을까?' 하는 의논 형식을 취하고 있었다. 보통 사람 같으면 그래도 돈가스가 먹고 싶다고 자신의 희망을 주장하고 싶을지도 모른다. 하지만 그건 아마추어다. 오래 함께해 온 풍뎅이는 어떻게 대답해야 할지 잘 알고 있었고, 그래서 고민하지도 않고 그것을 말로 옮겼다.

"나도 국수 같은 걸 먹는 게 더 좋겠다고 막 생각하던 참이었어."

가쓰미가 히죽거리며 단어장을 넘긴다.

"가련한. 불쌍한. poor."

풍뎅이

내과 진료소의 대기실은 비어 있었다. 평일이라 그런지 단한 사람, 무릎이 좋지 않은 듯 긴 의자에 편하게 앉아 있는 고령의 여성뿐이었다. 오피스 거리 한 귀퉁이에 있는 건물의 중간층이다.

"여기 선생님은 참 무뚝뚝해요." 그 여성이 풍뎅이에게 말을 건넸다.

순간 당혹스러웠지만 "네." 하고 대답했다. "맞아요. 좋게 말하면 차분한 거겠지만요."

"피도 눈물도 없을 것 같다는 말이 딱 들어맞을 것 같죠."

"의사 자격과 지식만 있으면 문제 될 건 없죠."

"그건 그렇죠. 피나 눈물로 낫게 해 주는 것도 아니고."

여성이 그렇게 말하고 웃는데, 마침 풍뎅이의 이름을 불러 진료실로 들어갔다.

하얀 옷을 입은 둥근 안경의 의사와 마주한다. "그 후 어떻게 됐습니까?" 하고 추상적인 질문을 던진다. "여전해요." 그러고 보니 친구가 생겼다는 말을 할 수가 없었다.

진료 기록 카드를 넘기면서 의사가 말한다. "당신에게는 이 수술을 추천합니다."

건넨 종이를 본다. 대충 훑어보고는 바로 돌려주었다. "좀 봐

줘요. 악성이잖아요. 선생, 난 이제 악성 수술도 그만두겠다고 했잖습니까. 애당초 수술을 그만두고 싶다고 말이에요."

"하지만 편한 수술은 수술비도 높지 않습니다. 예전에도 말했잖습니까. 양성인 자를 수술하는 것보다 악성인 경우가 죄의식도 더 적다고." 피부는 반질반질하지만 표정이 없어서 인형 같다. 검사 결과의 수치를 계산하여 특정 병을 유추할 수 있게 된다면 머지않아 의사는 결과와 처방전만 인쇄해 주는 인형으로 대체될지도 모른다고 상상하며, 풍뎅이는 혹시나 지금 눈앞에 있는 의사가 바로 그 프로토타입, 즉 시제품이 아닐까 의심하고 싶어졌다.

"그럼 이 수술은 어떠십니까?" 진료 기록 카드를 다시 이쪽으로 내민다.

가위와 커터, 송곳 등의 공구를 사용하는 업자의 이름이 적혀 있고 그 신체적 특징이나 행동 범위, 지금까지 처리해 온 그 남자의 작업 내용이 줄을 잇고 있다. 물론 진료 기록 카드로 가장하고 있어서 내용은 독일어를 중심으로 한 은어인 터라 풍뎅이는 머릿속으로 그것들을 다시 번역하는 데 애를 먹었다.

"칼에 대해서는 뭐니 뭐니 해도 매미였는데."

"그리운 이름이군요." 의사는 전혀 그립지 않은 듯 말했다.

그러고 나서 의사는 은어를 섞어 가며 설명했다. 소속된 그룹으로부터 탈출하려 했던 이 업자를 그룹 상층부에서 제거하려는 중이라고 한다. 현상금이 걸려 있을 정도로 대단한 건 아니었지만 온갖 업자들에게 살해 의뢰가 떨어진 상황인 듯했다. 배신자, 탈락자에게는 죽음만이 기다리고 있을 뿐이라는 건가.

가쓰미가 태어났을 때부터 이 일을 그만두고 싶어 한 풍뎅이 입장에서 보자면 내일의 자신일 수도 있어, 꼭 남의 일 같지만은 않은 상대였다.

"또 다른 건요?" 하고 다른 일은 없느냐고 물었다. 가능하다면 안전한 일이 좋다. 커터 같은 무기를 사용하는 동업자를 상대한 경우는 과거에도 있었지만 성가신 건 사실이다. 한 번은 칼을 쓰는 업자, 매미와 마주칠 뻔했지만 그때는 싸우지 않고 넘어갔었다.

"예전부터 묻고 싶었는데, 이 업계에 신진대사는 없는 건가요?"

"무슨 뜻이죠?"

"난 아주 오랫동안 이 업계에서 일했어요. 그런데 젊은 업자 이야기는 거의 듣지 못했죠. 경험이나 감이 필요한 건 사실이지만 소문으로 듣는 건 늘 익숙한 이름뿐이었어요. 그렇게도 기대를 모으는 신인이 없는 건가요?" 만약 있다면 자신을 빨리 은퇴시키고 대신 젊고 유능한 자가 활약했으면 좋겠다고 간절히 생각해 본다.

"신뢰할 수 있는 건 역시 경험자입니다."

"하지만 어떤 경험자든 처음에는 초심자죠."

"그렇습니다. 하지만 어떤 분야나 마찬가지입니다만, 양극화가 두드러지고 있습니다. 즉 유명한 사람은 더욱 유명해지고, 무명인 자는 언제까지나 무명인 채인 거죠."

"악순환이군요."

"네. 덕분에 이름이 알려지지 않은 자들은 유명세를 얻기 위해 튀는 일을 하고 싶어 합니다. 난이도가 높은 일에 손을 대거나 유명한 자에게 도전하는 등 말입니다."

자신처럼 손을 씻고 싶어 하는 자도 있고, 업계에서 두각을 나타내는 데 열심인 자도 있는 건가 싶어서 풍뎅이는 쓴웃음이 나올 것 같았다.

"이건 어떻습니까?" 의사가 진료 기록 카드를 내밀었다. "약간 목적이 다른 수술입니다."

그것을 보며 띄엄띄엄 말하는 의사의 설명에 귀를 기울인다. 간단히 말하자면 사체를 준비해 달라는 내용으로, 확실히 이상한 종류의 것이기는 했다. 누군가를 죽이는 게 목적이 아니라 사체가 필요하니 죽였으면 좋겠다는 것이다. 의뢰인은 '대역'을 준비하고 싶은 모양이었다. 추적자로부터 도망치기 위해 사체를 위장해 자신이 죽은 것으로 여기게 만들고 싶다. 그러한 용도의 사체가 필요하다는 의미다. 신장과 혈액형, 신체적인 특징에 대해서도 적혀 있다.

이 조건과 일치하는 사람을 죽이라는 것인가. 그렇게 자연스레 딱 들어맞는 상대가 있을까.

이렇게 생각하고 있는데 의사가 이를 부정했다. 성별이 같고 나이가 대충 비슷하면 나머지는 사체 처리 과정에서 얼버무릴 수 있을 것 같으니, 모든 항목이 일치할 필요는 없을 것 같다면서.

"그렇다면." 풍뎅이는 머릿속에 떠오른 아이디어를 말했다. "이 의뢰 전의 거 있잖아요. 일을 그만두고 싶어 하는 업자에 대한 거."

"DIY." 갑자기 의사가 그렇게 말해서 무슨 말인가 싶었는데, 그것이 업계 내에서 통용되는 그 업자의 호칭이라는 게 떠올랐다.

공구를 사용해서 주말마다 목공 일을 할 것 같은 이미지 때문에 그런 이름이 붙은 건지, 아니면 실제로 그가 살해에 사용하는 공구를 DIY 가게에서 조달하는 건지는 모르겠지만.

"그 DIY를 살해해서 그 사체를 두 번째 의뢰인에게 건네주면 일석이조 아닐까요?" 풍뎅이는 물론 자신이 그 일을 할 생각은 없었지만 기막힌 방법이라고 생각했다.

"최초의 수술로 꺼낸 종양을 두 번째 수술 때 재사용한다, 이건가요?"

"그렇죠."

의사는 풍뎅이가 불쌍하다는 듯 고개를 좌우로 천천히 흔들었다. "그 두 가지 수술은 서로 연결될 수 없습니다."

"그래요? 좋은 방법이라고 생각했는데."

"두 번째 수술의 의뢰인이 당사자인 DIY거든요."

요컨대 DIY는 조직에서 벗어나기 위해 대역 사체를 찾고 있는 것이다.

DIY를 죽이라는 의뢰와 DIY를 위해 대역을 찾으라는 의뢰 양쪽이 이 의사한테 들어온 셈이다. 이상한 경우였지만 확실히 두 가지 의뢰는 양립할 수 없다.

"어느 쪽 수술이 더 흥미롭나요?"

풍뎅이는 어깨를 으쓱였다. 쉬운 것은 두 번째, 사체를 준비하는 일 쪽일 것이다. 일반인을 살해하면 되는 것이다. 하지만 죄책감이 적은 것, 보수가 높은 것을 고려한다면 DIY 살해를 받아들여야 한다. 일반인을 노리는 것은 큰 사건이 될 위험성이 크고, 나아가 누구를 표적으로 할 것인지 선택해야 하는 수고도 발생한다.

당장 대답하기 힘들다고 말하고 진료실을 나왔다. 대기실 의자에 앉아 있던 노파가 꾸벅 인사를 한다. 그녀도 자신과 같은 업자일까 상상해 본다. 또는 단순한 환자일까. 어느 쪽이든 상관없는 것 역시 사실이었다.

"저기, 오늘 예전에 알던 엄마들을 만났는데." 아내가 말했다.

"예전에 알던?"

주방 식탁을 가족 셋이 에워싸고 스키야키를 먹고 있을 때였다.

"가쓰미 초등학교 때 학부모회 일을 함께 했던 엄마들. 나까지 포함해서 네 명이었는데 오랜만에 점심이나 먹자고 해서 만났어."

"그거 힘들었겠네."

"어떻게 알았어?"

그렇게 물어 대답하기 곤란했지만 젓가락 사이에 있던 파를 입에 넣으며 대충 얼버무렸다.

"살짝 고민되는 일이 있었어."

응응, 하고 풍뎅이는 맞장구를 쳤다. 아내의 스트레스가 늘어날 만한 일은 아니었으면 좋겠는데, 하고 기도하지 않을 수 없었다. 가쓰미로 말하자면, 솜씨 좋게 한 손으로 달걀을 가르면서 단어장과 씨름하고 있었다.

"그 왜, 스즈무라 씨라고 기억해? 가쓰미네 반이었던."

"여자아이?" 가쓰미가 얼굴을 들며 짧게 말했다.

"그래, 그래. 그런데 글쎄, 최근에 남편이 죽었다나 봐. 약국

했나 보던데."

풍뎅이는 막 입에 넣은 고기를 그대로 삼키며 신음했다. "대체 어떻게?" 하고 물었다.

자신이 일로 청부받아 살해한 약국 주인이 머릿속을 스쳤다. 몰랐다고는 하지만 가쓰미의 동창생 아버지의 목숨을 빼앗은 게 아닐까 두려워져서, 물론 동창생의 아버지든 아니든 사람을 죽여서는 안 된다고 생각하는 게 당연할 테지만 아무튼, 역시 이런 일은 조금이라도 빨리 손을 씻어야 되겠다고 굳게 마음먹었다.

"교통사고였나 봐."

"아아, 힘들었겠네." 하고 대답하면서 풍뎅이는 안도했다. 그것을 눈치채지 못하게 하려는 듯 젓가락을 냄비 위로 옮겨 움직였다.

"아무튼 그 일로 스즈무라 씨, 많이 힘들어했나 보던데 다들 뭐라고 위로하면 좋을지 알 수가 없어서 말이야."

"하긴, 그렇겠지." 풍뎅이는 특별한 감상도 없었지만 깊이 공감한다는 듯이 말했다.

"그러다가 그때 히사모토 씨가 아, 가쓰미, 히사모토라고 기억나니? 활달했던 남자아이였는데."

"아, 히사모토, 기억나. 오랜만에 들어보네."

"그 히사모토 씨가 말이야, 스즈무라 씨를 위로한다고 뭐라고 했어. 전혀 기분 나쁠 만한 말은 아니었지. 그랬는데 스즈무라 씨가 화를 내더라고. '사고로 남편을 잃은 사람 기분이 어떤지 아무것도 모르는 주제에' 하면서."

"아아." 가쓰미가 얼굴을 찌푸렸다.

풍뎅이는 지난번에 가쓰미가 이야기해 준 학교 일을 떠올렸다. 어느 불행을 떠안은 소년이 마치 이해한다는 듯 동정해 주는 타인에게 분노를 느껴 "아무것도 모르는 주제에!" 하고 소리쳤다는. 그와 똑같은 전개였다.

"어떤 심정인지는 알아. 그러니까, 남편을 사고로 갑자기 잃었잖아."

풍뎅이는 그 말에 응응, 하고 강하게, 아내의 머리에 그 대사를 각인해 주려는 듯 여러 번 고개를 끄덕였다. 남편을 잃은 경우를 상상해 봤으면 좋겠다. 그때 좀 더 잘 대해 줄걸, 하고 후회하는 자신을 머릿속에 그려 봤으면 좋겠다고 생각했기 때문이다.

"하지만 '내가 얼마나 힘든지 알지도 못하는 주제에'라고 말하면, 더 이상 어떻게 해 볼 도리가 없잖아. 어려웠어." 아내는 고민스럽다는 듯이 말했다. "히사모토 씨도 나쁜 의도로 그런 게 아닌데."

"그래. 어려운 문제네." 하고 풍뎅이는 대답했다. 공기 속 흰밥이 다 사라져, 자리에서 일어나 밥통을 열고 직접 펐다. 말했으면 내가 퍼 줬을 텐데, 하고 아내는 미안한 듯 말했지만 그렇다고 엄살을 부리거나 방심하는 건 금물. 스스로 할 수 있는 일은 해 두는 편이 안전하다는 것을 풍뎅이는 알고 있었다.

"그런데 말이야."

다시 의자에 앉으려는데 가쓰미가 입을 열었다.

"그 말을 듣고, 히사모토 엄마가 아무 말도 안 했어?"

"무슨 말이야?" 아내는 가쓰미의 질문이 무슨 뜻인지 몰라서, 풍뎅이 역시 몰랐지만, 어리둥절한 모습이었다. "그러니까 그때 히사모토 씨가 뭐라고 말해서 스즈무라 씨를 화나게 했냐는 거야?"

"그게 아니라, 아아, 그럼 아무 말도 안 했구나. 그건 그것대로 심한데." 가쓰미는 혼자 납득한 듯 그렇게 말했다.

"무슨 의미야?" 풍뎅이가 물었다.

"히사모토네 말이야, 누나하고 아버지가 옛날에 사고로 다 죽었거든."

아내는 몸의 움직임을 멈추고 눈만 몇 차례 크게 깜박였다. 그러고 나서 풍뎅이를 향해 로봇처럼 어색한 몸짓으로 얼굴을 돌렸다. 풍뎅이는 자신을 비판하는 건가 싶어서 깜짝 놀라 바른 자세를 하고 말았다. 무슨 말이든 해야 한다고 생각하며 허둥대다가 "그건 심한데." 하며 가쓰미에게 물었다. "정말이야?" 하고.

"정말이야. 중학생 때 히사모토가 나한테 말해 줬어. 그리 쉽게는 말할 수 없는 거였을 텐데."

"그럼 히사모토 씨네도 엄마랑."

"아들만 사는 모자가정이었던 거지. 그래서 그랬는지, 히사모토는 자기 엄마를 엄청 챙겼어."

"그럼 오늘 스즈무라 씨가 '내 마음이 어떤지 아무것도 모르는 주제에'라고 말했을 때, 사실은 히사모토 씨도."

"아마 다 알고 말했던 거 아니겠어." 가쓰미는 약간 퉁명스럽게, 관심 없다는 식으로 말했다.

"왜 말하지 않았지? 자신도 남편과 딸을 잃었다고."

풍뎅이는 대화하는 아내와 가쓰미를 그저 멍하니 바라보았다. 옛날부터 자신이 살아남는 일에만 정신이 팔려 타인의 생사에 대한 감정은 거의 기능하지 않았다. 지인 가운데 누군가가 죽었다는 사람의 심정은 생각해 본 적도 없었다.

"스즈무라 씨의 마음을 잘 알았기 때문에 뭐라고 대꾸하면 안 된다는 것도 알고 있었던 건가." 아내는 자문자답하듯 중얼거리더니 갑자기 울기 시작했다. 꼭 감은 눈에서 쥐어짜듯 서서히 눈물이 흘러넘치는 것을 풍뎅이는 가만히 바라보았다. "모두들 힘들었구나." 하고 아내가 말했다.

"힘들겠네."

풍뎅이는 무표정하게 대답했다. 아내가 왜 우는지, 그 감각을 완벽히 파악할 수가 없었다. 하지만 조금씩 이해가 되는 것 같기도 했다. 그리고, 좀 더 이해하고 싶었다. 우주의 생물이 인간의 행동을 가만히 관찰하며 마음의 존재 방식을 배워 가는 듯한, 풍뎅이는 자신이 그런 상황에 처해 있는 것 같았다.

빨리 지금 하는 일을 그만두고 싶다고, 고기를 입 안 가득 넣으며 생각했다. 시기적으로 이미 늦었는지도 모르겠지만 인간의 감정을 잃은 채 사라져 가는 것만은 피하고 싶었다.

풍뎅이

볼더링 체육관은 비어 있어서 풍뎅이는 쉴 새 없이 올랐다. 가족의 건강과 아내 기분의 영원한 평화를 빌며 올라간다. 쿠션에서 내려와 초크를 손에 바르며 한숨 돌리고 있는데 옆으로 젊은 여성이 다가와 "굉장하시네요. 거침없이 오르시는 게." 하며 가지런한 이를 보인다. 운동복을 입었고 머리칼은 짧았으며, 상쾌함의 성분만으로 구성된 듯한 그녀는 객관적으로 보아 미인이었다.

"요령을 터득한 건지도 모르죠." 풍뎅이는 그렇게 대답하면서 바로 긴장했다. 아내 이외의 여성과 이런저런 이야기를 하는 게 특별히 나쁜 짓은 아니다. 흑심도 없다. 하지만 아내가 설치한 함정 문제일 가능성은 있다. 아니, 실제로 그럴 리는 없었지만 머릿속에서는 아내가 이 장면을 감시하며 자신의 대응을 체크하고 있는 건 아닐까 하는 생각에 사로잡히고 만다.

'그건 아마 네가 지금까지 해 온 행위에 대한 죄의식과 관계되어 있을지도 몰라.' 풍뎅이는 또 하나의 자신이 그렇게 분석하는 목소리를 듣는다. '법을 지키지 않고 타인의 목숨을 빼앗아 온 당신이 행복한 가정을 꾸릴 수 있을 리가 없다. 용서될 리가 없다. 언제 붕괴되어도 이상할 게 없다는 공포심이 있고, 그래서 아내를 필요 이상으로 두려워하는 존재로 설정해 둠으로써 스스로를 경계하고 경고를 던지는 게 아닐까.'

풍뎅이는 스스로 반론한다. '아니, 집사람이 정말 무서울 뿐이야!'

마쓰다가 체육관에 오고 나서야 풍뎅이는 안심이 되었다. 자신의 정신적 균형을 바로잡아 줄 주치의가 와 준 것 같은 느낌인지도 모른다.

"미야케 씨, 안녕하세요." 하고 인사한 후 마쓰다는 준비운동을 시작했다.

평소보다 얼굴이 야위었다고 알아챈 것은, 마쓰다가 일단 오르기 시작하고 나서 평소 같았으면 실패할 리 없는 파란색 테이프 홀드의 골 직전에서 손이 미끄러져 낙하한 후였다. "실패했네요." 하고 머리를 긁적이면서 돌아온 마쓰다는 눈두덩이

부어 있고 혈색도 안 좋았다.

"몸이 어디 안 좋으세요?" 풍뎅이가 묻자 마쓰다의 눈썹이 축 처졌다. "이거 참, 역시 알아보시는군요."

"당연히 알죠." 친구잖아요, 하고 덧붙이고 싶을 정도였다.

"어제 집사람과 오랫동안 이야기를 나눴어요."

"이야기를요?"

"네. 보통은 이야기 같은 거, 오래 안 해요. 저는 기본적으로 말대꾸를 하지 못하기 때문에 이야기가 길어지지 않는 편이 좋죠. 하지만 이번엔 집사람 친정하고도 관계가 있어서."

마쓰다의 설명에 따르면, 장인 장모가 자영업을 하고 있는데 경영 상태가 좋지 못해 자금을 도와 달라고 부탁해 왔다는 것이었다. 마쓰다로서는 가능한 범위에서 금전적인 지원을 하는 건 아깝다고 생각하지 않았지만 장인 장모의 태도가 몹시 못마땅했다고 한다.

"아내도 일을 하고 있고 나름대로 높은 연봉을 받고 있어서, 아내나 아내의 부모님 모두 나 따위는 크게 개의치 않는 건지도 모른다고 생각하니, 참 허무하더군요."

"그거, 참." 풍뎅이는 뭐라고 말하면 좋을지 고민이 되었다. 마쓰다가 안고 있는 고민에는 풍뎅이의 것과는 다른 종류의 괴로움도 포함되어 있다. "힘들었겠군요."

"그래서 어제, 저로서는 보기 드물게 제 의견을 말했습니다만, 저쪽에서도 바로 반격해 오더군요. 그런데 미야케 씨, 참 신기한 일인데요. 저는 비교적 신중하게 말을 골라 하는 것 같은데, 집사람은 감정적으로 저런 말을 저리 쉽게 해도 괜찮을지 오히려 제가 더 걱정되는 말을 퍼붓습니다."

풍뎅이는 남자와 여자는 뇌의 구조가 다르다는 식으로 이야기를 바꿔도 괜찮을지 고민했다. 고민한 결과 묵묵히 마쓰다의 이야기를 마저 듣기로 했다.

"결국 단순한 말다툼이 되고 말았을 뿐입니다. 저는 완전히 풀이 죽어서 지금까지의 내 인생은 무엇이었나 하는 생각까지 드니까 도저히 잠이 안 오더군요."

풍뎅이는 마쓰다를 보며 자신의 내부에서 들끓는 감정의 종류가 무엇인지를 생각했다. 동정인가, 공감인가, 아니면 완전히 다른, 이를테면 자신이 일로 살해한 상대에게 품은 어두운 생각인가.

"그런데요, 미야케 씨." 마쓰다가 살짝 얼굴을 찌푸렸다. 그게 웃은 것이라고는 좀처럼 알아채지 못했다. "잠이 오지 않아 방을 정리하다 보니 딸이 옛날에 그려 준 그림이 나오더라고요."

"그림이요?"

"크레용으로 그린, 분명 유치원 때 그린 걸 텐데. 아버지의 날이었던가요, 제 얼굴을 그렸을 거예요."

"아아."

"아빠 힘내세요, 하는 말도 있었어요."

"아아." 풍뎅이는 그렇게 말하면서 가쓰미의 유치원 시절을 떠올렸다. 자신도 뭔가 그림을 받았을 것이다. 지금도 집 안 어딘가에 있지 않을까. 집에 돌아가면 찾아보자고 생각했다.

"오늘 와서 생각했는데요." 마쓰다는 볼더링 벽을 가리켰다. "저 색색의 돌은 크레용으로 그린 것 같아요."

풍뎅이도 동의했다. 그러자 이번에는 저 홀드에 매달려 계속해서 벽을 오르는 자신들이 어린 자식들과의 추억 속 세계에서 벗어나고 싶지 않아 더욱 필사적인 것처럼 느껴졌다.

풍뎅이

한잔하러 가지 않을래요, 하고 마쓰다가 제안해서 풍뎅이는 기뻤다. 지금까지도 업자들끼리 밤의 번화가를 돌아다녔던 적은 있었다. 일을 처리하기 위해 바나 선술집에서 시간을 죽인 적도 있고, 일의 표적이 바나 선술집의 손님인 적도 있었다.

일과는 상관없이 누군가가 먼저 술자리 제안을 한 것은 처음일지도 모른다. 아니, 결혼하기 전에 아내와 간 적은 있었지만 이제는 그때의 그 연인 사이, 그 달콤했던 그녀와의 시대는 기원전 4대 문명으로 기억을 거슬러 올라가는 것처럼 희미하다.

제가 자주 가는 가게로 가죠, 하며 마쓰다는 장소를 설명해 주었다. 풍뎅이가 모르는 장소였지만 물론 이견은 없었다. 굳이 말하자면 늦게 갈 거라고 아내에게 말하지 못한 게 신경 쓰였다. 잠깐 집에 연락 좀 해도 될까요, 하고 말하려는데 마쓰다도 스마트폰을 손에 쥔 채 한 손으로 미안하다는 시늉을 했다. 이런 식의 아내에 대한 대처 방식에 관련해서는 두 사람이 같은 유파에 속하기 때문에 이야기가 빠르다. 척 하면 척, 역시 그렇군, 하는 심정으로 집에 전화를 한다.

한잔하고 간다고 풍뎅이가 말하자 아내는 "어머, 그래." 하고 비교적 기분 좋게 대답했다. 무슨 좋은 일이라도 있나, 아니면 저녁 준비가 덜 되었나.

"그럼 그렇게 알고." 하며 옆을 보자 마쓰다가 통화를 하며 굽실굽실 머리를 조아리고 있다. 생각해 보면 풍뎅이 자신도 머리를 들었다 숙였다 했으니까 역시 이건 비슷한 사람들이라고밖에는 달리 표현할 길이 없었다.

번화가의 아케이드 거리는 혼잡했다. 양복 차림의 회사원이 성큼성큼 걸어가는 한편으로 들뜬 말투로 떠드는 남녀가 즐겁게 지나쳐 가기도 했다.

풍뎅이는 마쓰다와의 대화가 즐거웠다. 그것은 골치 아픈 용건에 대해 말을 꺼낼 때는 아내의 기분이 가장 좋은 때를 노려야만 한다거나 일에 관련된 용건이라 해도 결코 즐거운 척해서는 안 된다거나, 다른 사람이 보면 아무래도 상관없을 이야기였지만 풍뎅이에게는 우주의 진리를 함께 확인하는 듯한 기분이었다.

"미야케 씨, 저는 그런 노하우를 기록해 두고 있어요."

"어, 왜요?"

"누구한테 보여 주기 위해서 그런 건 아니지만, 아무래도 여차할 때는 참고가 되니까요. 집사람과 이야기를 하다가 중요한 사항을 깜박할 때도 있고요."

"과연!"

"무엇보다 자신이 애쓴 성과를 형태로 남겨 두는 편이 좋지 않은가요?"

아아, 그거 괜찮네. 풍뎅이는 당장 해 봐야겠다고 생각했다.

아직 가게에도 도착하지 않았는데 이렇게 이야기하는 게 신나니까 자리에 앉아서 말하기 시작하면 시간 가는 줄도 모르겠다고 느꼈을 정도였다.

도중에 불량스러워 보이는 젊은이들과 스쳐 지나다가 마쓰다의 어깨와 상대방 어깨가 부딪혔다.

마쓰다는 곧바로 사과했지만 상대 남자는 자신의 왼쪽 어깨를 들이대며 "사과로 끝내려고?" 하고 박력 있는 목소리로 으르댔다. 그 밖에 비슷해 보이는 차림의 젊은이 두 명이 다가와 마쓰다와 풍뎅이 앞에 서더니 "아재들, 정신을 어디다 두고 다니는 거야?" 하고 말했다.

풍뎅이는 젊은이들을 상대해 줄 마음도 들지 않아 "그냥 갑시다." 하고 마쓰다를 끌어당기며 먼저 가려고 했지만, 그때 재킷의 등을 잡혔다.

"어이, 잠깐만. 도망치지 마셔." 하며 젊은이 중 한 명이 풍뎅이에게 얼굴을 갖다 댄다. 정말 성가시다. 지긋지긋하다는 생각밖에 들지 않았다. 다만, 여기에서 시간을 허비할 생각은 없었다.

마쓰다가 걱정스러운 듯 풍뎅이와 젊은이 사이로 파고들려 하기에 그것을 손으로 제지하며 재촉했다. "아니, 그냥 가죠."

물론 젊은이가 끈질기게 재킷을 잡아당길 것은 예상했다. 그래서 풍뎅이는 자신의 호주머니에서 손수건을 꺼내 마쓰다 근처에 떨어뜨렸다.

아, 미야케 씨, 하고 마쓰다가 그것을 줍는 것과 동시에 풍뎅이는 재킷을 슬쩍 벗고는 젊은이의 손과 함께 둘둘 말아 몸을 비트는가 싶더니, 곧이어 옷 너머로 젊은이의 손가락을 꺾었다. 젊은이는 갑작스러운 통증에 눈을 크게 떴지만 풍뎅이는 다른 손으로 상대의 입을 막았다. 그리고 귓가로 얼굴을 갖다 대며 속삭였다. "이대로 돌아가지 않으면 전부 꺾는다. 꺾은 손을 몇 번이고 더 꺾을 수도 있어."

젊은이의 얼굴이 창백해지고, 다른 두 사람도 순간 불안한 표정으로 변했다. 풍뎅이는 재킷을 슬쩍 펼치며 다시 걸쳤다.

마쓰다가 건네주는 손수건을 받아 들었다. 젊은이들은 이미 사라지고 없었다.

아케이드 거리를 벗어나 살짝 옆길로 들어선 후 호젓한 네거리 신호등 앞에서 멈춰 섰다. 둘이서 이야기를 나누고 있는데, 옆에서 "저기, 실례합니다." 하는 목소리가 들려 풍뎅이는 재빨리 방어 자세를 취했다. 방금 전의 젊은이들이 보복하러 온 건가, 아니면 자신을 노리는 업자인가, 하고 의심했다.

하지만 실제로는 젊은 여성이었다. 게다가 배가 부른 산달의 임산부가 길을 물어보는 것임을 알고, 물론 그렇더라도 임산부로 위장한 업자일 가능성도 있었기 때문에 긴장을 풀지는 않았지만 꼼꼼히 관찰한 결과 위험한 인물은 아니라고 판단할 수 있었다.

마쓰다는 친절하게 그 임산부에게 길을 가르쳐 주었고, 풍뎅이는 옆에서 그 말을 들으며 자신의 아들이 아내의 배 속에 있었을 때를 떠올렸다.

인적이 드문 길이란 걸 안 건 그때였다. 가로등은 있었지만 어두웠다. 그리고 그 어둠 속에서 마스크를 쓴 호리호리한 남자가 나타났다. 손에 칼날이 15센티미터쯤 되는 식칼을 들고 있었다.

마쓰다는 눈을 휘둥그레 뜨며 반사적으로 임산부 앞을 막아 섰다. 풍뎅이는 바로 움직일 수 있는 자세를 취하면서 마스크 남자와의 거리를 쟀다. 이번에야말로 자신을 노리는 동업자인 가, 하고 경계했지만 마스크 남자는 노골적으로 마쓰다와 임산 부에게 식칼을 들이대며 말했다. "너희, 있는 돈 다 꺼내."

"돈이라면." 하고 마쓰다가 가방으로 손을 가져가려 했다. 그 러자 마스크 남자가 소리를 지르며 그 자리에서 식칼을 휘두르 기 시작했다. 풍뎅이 쪽으로도 팔을 뻗어 와서 뒤로 물러서며 피했다.

임산부는 눈에 띄게 겁을 먹고 몸이 굳어 버렸다. 마쓰다 역 시 두 팔을 올리며 항복의 자세를 보였다. 풍뎅이도 같은 자세 가 되었다. 풍뎅이 입장에서 보면 마스크 남자는 빈틈투성이에 풍뎅이를 경계하고 있는 것도 아니어서 공격하려고 마음만 먹 으면 별로 힘들이지 않고 처리할 수 있었다. 그렇지만 마쓰다 가 보고 있는 앞에서 난투극을 벌이는 게 망설여졌다.

이만큼 눈에 띄는 무기를 들고 있고, 게다가 냉정함을 잃은 상대를 봉쇄하려면 나름대로 거친 방법을 사용해야만 할 것이 다. 그것을 본 마쓰다가 앞으로도 여전히 자신과 친하게 지내 줄까. 모처럼 생긴 친구를 여기에서 잃는 것인가 생각하니, 도 저히 그럴 수가 없었다.

마스크 남자는 아마 마쓰다와 임산부를 부부라고 착각한 듯했다. 마스크 너머에서 날카로운 목소리로 소리쳤다. "행복한 척이나 하고 말이야."

마쓰다는 "아뇨, 그런 게 아니에요." 하고 어쩔 줄 몰라 하며 대답했다. 임산부인 여성도 손을 재빨리 흔들었지만 무서워서인지 목소리는 나오지 않았다. 여자의 왼손 반지가 순간 어둠 속에서 빛났고, 그 빛이 마스크 남자를 더욱 자극한 것 같았다.

"배 속 아기까지 다 죽여 버린다."

마쓰다는 그제야 "도망쳐요." 하고 뒤에 있는 임산부에게 말했다. 임산부는 달리기까지는 할 수 없었지만, 그 자리에서 필사적으로 멀어졌다.

마스크 남자가 분노를 드러내며 쫓아가려 했지만 마쓰다가 막아섰다. 풍뎅이도 옆에 나란히 섰다. 마스크 남자의 손은 흥분과 긴장으로 떨리고 있어서 풍뎅이는 곧바로 알 수 있었다. 아아, 이놈은 칼도 제대로 써 본 적 없는 상대다. 아마추어가 틀림없었다. 겉보기로는 멀쩡한 몸을 하고 있는데, 그렇다면 어릴지도 모르겠다. 자포자기한 건가.

"너희가 나 같은 사람의 마음을 알 수 있겠냐!" 마스크 남자가 말했다.

풍뎅이는 그 말을 듣고, 요즘 몇 번이나 들은 말이라고 생각했다. 내 심정을 어떻게 아느냐는, 상대를 거부하기 위한 대사였다.

"행복해 보여서 화가 났어." 마스크 남자가 다시 한 번 말했을 때 "행복이라고?" 하는 거친 말이 나왔다.

풍뎅이는 아니었다.

옆에 있던 마쓰다의 입에서 튀어나온 말이었다.

"내가 행복하다고? 다 안다는 듯이 멋대로 말하는 게 누군데!" 흥분해서 콧구멍을 벌름거리고, 얼굴은 빨갛다.

마스크 남자는 살짝 낭패한 듯 보였지만 애당초 냉정하지 못한 상태였기 때문인지 식칼로 찌르는 동작을 반복하며, "잘난 체하지 마." 하고 소리쳤다.

"이봐, 내가 행복하다는 걸 어떻게 알지? 그보다, 내가 매일 얼마나 큰 스트레스를 품고 사는지 알기나 해?" 마쓰다는 이제 풍뎅이가 있는 것도 잊고 감정적인 연설을 한바탕 늘어놓으려 하고 있었다. 자신이 아내에게 얼마나 억압당하며 살고 있는지, 더 나아가 최근 몇 년 동안은 아내의 살 한 번 만져 본 적도 없다고 쏟아 냈다.

어깨를 들썩여, 마치 위협하는 동물 같았다. 쌓이고 쌓인 진흙탕 같은 괴로움이 열기를 띠다가 부글부글 끓어올라 몸에서 수증기를 분출하는 것처럼 보이기도 했다.

"그래도 나보다는 낫잖아." 마스크 남자는 말했지만 그와 거의 동시에 마쓰다가 소리쳤다. "내가 행복하다고?"

마쓰다는 우렁찬 함성 비슷한 소리를 밤거리에 내지르며 마스크 남자를 향해 온몸을 던졌다.

풍뎅이는 순간 꼼짝도 하지 못했다. 어이가 없었다기보다 마쓰다의 감정 폭발이 가슴 아팠다. 둘 다 아내를 두려워하며 조심하는 나날을 보내고 있는, 서로를 알아주는 동지였다고 생각했는데, 마쓰다가 안고 있는 스트레스는 풍뎅이와는 차원이 다른 것이었는지도 모르겠다.

마쓰다는 마스크 남자를 올라타고는 얼굴을 마구 갈기고 있었다.

풍뎅이는 주변에 사람이 없는 걸 확인하면서 슬쩍 다가갔다. 오열과 함께 주먹을 휘두르는 마쓰다의 어깨를 조용히 두드렸다. 그는 퍼뜩 놀란 표정으로 풍뎅이를 보더니 제정신이 돌아왔는지 눈을 휘둥그레 떴다.

"진정해요." 풍뎅이는 마쓰다에게 그렇게 말하고 천천히 일으켜 세웠다. "이럴 때는 마음을 가라앉히는 게 최고니까, 일단 심호흡을 하고."

마쓰다는 시키는 대로 순박한 어린아이처럼 심호흡을 했고, 그동안 풍뎅이는 하늘을 보고 쓰러져 있는 마스크 남자에게로 걸어갔다. 꼼짝도 하지 않아 마스크를 벗기고 보니 허공을 집어삼킬 듯 입을 벌린 채 눈동자에도 빛이 없어 분명 사망했을 거라고 생각했다. 실제로 손목을 짚어 보니 맥박도 없어서 역시 그렇구나, 하고 생각했다.

아마도 처음에 뒤통수부터 쓰러질 때 부딪힌 곳이 안 좋았을 것이다.

"미야케 씨." 마쓰다가 쪼그려 앉는다. 무릎을 꿇으며 어처구니없어한다. "이런 일이."

풍뎅이는 죽은 사람을 보는 것에 익숙했다. 그 사체를 스스로 만들어 내는 일에도 익숙했다. 하지만 누군가를 살해한 사람에게 말을 건네 본 경험은 없었고, 게다가 위로하고 싶은 상황에 대한 경험도 제로였기 때문에 역시 고민스러웠다.

아무튼 마쓰다에게로 다가가 "저건 저쪽이 잘못했어요." 하고 말했다.

"어."

"자신이 제일 불행하고, 상대는 모두 자기보다 낫다고 말하면 화가 나서 견딜 수 없죠." 풍뎅이는 동정이 아니라 진심으로 그렇게 생각했다.

마쓰다는 넋이 나간 상황이라 제대로 된 대답을 하지 못했다. 자신의 손을 바라보다 쓰러진 마스크 남자를 보자 다시 숨이 거칠어졌다.

풍뎅이는 이런 상태에 빠진 사람을 이따금 보았다. 자신의 인생이 설마 이 자리에서 끝장나리라고는 생각지도 못하고 예고도 조짐도 각오도 없었는데 왜, 하고 어이없어하는 자들이었다. 벌어진 일이 현실이라고는 생각지 못한 채 마음 어딘가에서는 아직 새로 시작할 수 있다고 믿는다. 교통사고를 일으킨 자, 거기에 휘말린 자도 마찬가지다.

마쓰다는 옆에 쪼그려 앉은 풍뎅이에게 "어떻게 해야." 하고 말했다. "왜 이런 일이! 미야케 씨, 나는 어떻게 되는 걸까요?"

"마쓰다 씨한테는 잘못이 없어요." 풍뎅이는 말했다. "저 남자는 임산부까지 공격하려던 최악의 인간이었어요. 게다가 특별한 이유도 없었으니까 어쩔 도리가 없죠. 마쓰다 씨가 올라타고 때렸을 때는 이미 죽은 상태였을 거예요."

"그래도, 이젠 다 끝났습니다."

"끝났다고요?"

"이런 큰 사건은 나는 물론이고 딸의 인생에도 엄청난 영향을 줄 거예요. 어떻게 될지 감당이 안 돼요."

마쓰다는 부들부들 떨리는 자신의 손을 보고 있었다.

"여기는 제가 어떻게 해 볼게요." 풍뎅이는 그렇게 말했다. "그냥 이대로 돌아가세요. 마쓰다 씨가 한 일은 그리 나쁜 게 아니었어요. 그것만은 잊지 말아 주세요."

물론 마쓰다는 풍뎅이의 위로에 고개를 틀며 잠시 동안 곤혹스러워했지만 너무 여유를 부릴 수는 없었다. 약간 떨어진 장소에서 택시를 잡고 반쯤 억지로 마쓰다를 태웠다.

"술 마시는 건 다음 기회로 하죠."

남은 풍뎅이가 할 일은 뻔했다.

스마트폰을 조작하여 담당 의사의 야간 진료용이라고 부르는 전화번호로 연락을 넣었다. 상대는 자고 있었던 것도 아닐 텐데 천천히 받았다.

"DIY 일을 처리했어요."

"어느 쪽 일입니까?"

"DIY가 의뢰한 쪽이요. 사용할 수 있는지 없는지는 모르겠지만 대역용 몸을 지금 막 입수했어요."

"수술을 했습니까?"

"길에 떨어져 있었어요."

의사는 웃지도 않고 "곧 거기로 관계자를 보내겠습니다." 하며 전화를 끊었다.

10분도 지나지 않아 긴급 차량 사이렌이 울리고 하얀 차가 도착했다.

풍뎅이

"저기, 아버지, 전에 마쓰다네 아버지랑 아는 사이라고 하지 않았어?"

거실에서 텔레비전을 보고 있는데 가쓰미가 갑자기 말했다.

"그래." 풍뎅이는 대답하면서 가쓰미가 무슨 말을 할지 상상할 수 있었다.

"얼마 전에 전학 가 버렸는데."

"그랬구나."

그날 이후 볼더링 체육관에서 마쓰다와 만난 적은 없었다. 시간이 서로 맞지 않는 건가, 하고 체육관 남자에게 물었더니 요즘에는 전혀 오지 않는다고 말해 주었다.

이유는 상상이 되었다.

마쓰다는 그날 밤의 일로 불편해졌거나, 그 사체를 떠맡고도 뉴스에도 나오지 않은 풍뎅이가 무서워진 건지도 모른다.

"그 아이도 수험생인데, 힘들겠네."

"그렇겠지. 부모가 이혼했다는 이야기도 들리는 것 같던데."

그렇구나, 하고 풍뎅이는 대답했다. 그는 자기 아내와 헤어짐으로써 자유를 얻은 것일까.

볼더링 홀드에 필사적으로 매달리는 걸 더 이상 무리라며 그만둔 것일까. 그래서 그가 편해졌다면 좋겠지만, 하고 생각하지 않을 수가 없었다.

아내가 2층에서 내려왔다. 정리 정돈과 청소의 유행이라도 찾아온 건지, 최근에는 시간만 나면 방의 물건들을 정리한다.

"이런 게 나왔는데." 아내는 낡은 상자를 테이블 위에 내려놓았다. 뚜껑을 열자 안에는 잘 접은 도화지가 들어 있었고, 펼치자 크레용으로 그린 그림이 있었다. "가쓰미가 유치원 다닐 때 그린 거야."

머리가 큰 사람 그림이 있고 '아빠, 힘내 줘서 고마워요.' 하고 겨우 읽을 수 있는 글씨가 적혀 있었다.

마쓰다 씨, 똑같은 문장이었어요, 하고 전해 주고 싶었다.

"이거, 버리지 않는 게 좋겠지?" 아내가 그렇게 말하자 풍뎅이는 스스로도 깜짝 놀랄 만큼 또렷한 목소리로 "물론이지!" 하고 말했다.

그러고 나서 잠시 그 그림을 바라보며 아무 생각도 할 수 없게 되었다. 가슴이 아파, 그 통증의 근원인 빈 동굴에 크레용으로 색칠한 도화지를 붙여 막아 버리고 싶을 정도였다.

"아버지, 왜 그래?" 가쓰미가 한쪽 팔꿈치를 괸 채 교과서를 바라보며 말했다.

아니야, 하고 풍뎅이는 갈라진 목소리로 대답했다. "겨우 생긴 친구였는데."

풍뎅이는 볼더링 체육관에 가는 빈도가 줄었지만, 홀드를 잡을 때면 몇 번 만에 한 번 정도이긴 했지만 또 마쓰다를 만날 수 있게 되길, 하고 기도하게 되었다.

풍뎅이

친구가 많다고 꼭 좋은 건 아니야. 가쓰미가 초등학생이 되기 전이었나, 하며 아내가 말했다. '맞아!' 하고 반사적으로 맞장구칠 수도 있겠지만 풍뎅이는 그건 현명하지 못하다고 배웠다. 무조건 자동적으로 반응했다가 속을 들켜 버리면 안 된다.

'그렇구나. 그런데 어떤 의미에서?' 상대방의 의견을 자세히 듣고 그 또한 공정한 판단입니다, 하는 어필을 하면서 최종적으로는 '과연 그렇네.' 하고 깊이 고개를 끄덕일 필요가 있었다. 그때 역시 그랬다.

"결국 마음이 맞는 친구는 평생 한 명으로 족한 것 같아. 내 친구 중에 다른 친구에게 돈을 빌려줬다가 곤경에 처한 아이가 있었거든. 그리고 또 다른 친구 중에는 애인을 친구한테 빼앗

기고 나중에는 그 친구의 질투 때문에 못된 짓까지 당한 친구
도 있었고."

듣고 보니 당신에겐 친구가 제법 많은 것 같은데. 풍뎅이는
그렇게 생각했지만 입 밖에 내지는 않았다.

아내가 말하려는 의미는 이해할 수 있었다.

누가 많은지 경쟁해서 어쩌자는 건가. 중요한 건 질이다. 산
업혁명에 의해 대량생산이 가능해진 이후 수없이 해 온 이야기
와 똑같다.

친구가 많으면 좋다는 말은 주변 사람들과 별 탈 없이 그럭
저럭 잘 지낼 수 있는 인간이 되라는 의미일지 모른다.

거의 타인과 교류하지 않고 생활하며, 타인과 알력이 생기기
는커녕 타인을 살해하는 일을 업으로 삼아 온 풍뎅이 입장에서
보면 다른 세계의 이야기 같았다.

평소엔 문방구 제조업체에서 근무하는 회사원이기 때문에
나름대로 교제에 대한 경험은 있었다. 영업 사원으로 거래처
사람들과 만나고, 같은 부서 내의 회식 자리에 참석하는 일도
적지 않다. 다만 그것들은 어디까지나 표면적인 것으로, 친한
사람들은 이렇게 행동하지 않을까 하고 생각했던 것을 스스로
모방하는 데 불과했다.

"당신이 부인하고만은 친밀하게 지낼 수 있다는 게 신기합
니다."

최근에 의사가 말했다. 평소에는 의뢰에 대한 것 이외에는 말하지 않았고, 그조차도 진료실의 문진이나 병의 증상을 설명하는 것처럼 보였기 때문에 일상적인 이야기를 나누는 경우는 거의 없는 것이나 마찬가지였는데, 갑자기 그렇게 말했다.

그 발언의 목적은 이해할 수 있었다.

업계에서 발을 빼고 싶어 하는 풍뎅이에게 의사는 예전부터 "당장은 무리입니다." "선투자분을 회수할 때까지는 일해야 합니다." 하고 거듭 말해 왔다. 그 이면에는 '안 그러면'이라는 의미를 감추고 있다. 안 그러면, 너와 네 가족이 위험해질 것이라고. 의사가 풍뎅이의 아내에 대해 이야기한 것도 가족을 잃을 우려가 있다는 인식을 심어 주기 위해서였다. 그때 풍뎅이는 의뢰받은 일을 망설이고 있었기 때문에, 아니 그렇다기보다 최근에는 늘 그랬지만, 의사로서는 못을 박아 두고 싶었던 게 틀림없었다. 당신, 가족을 소중히 여기죠?

"아내와 함께 시간을 보내는 게 즐거웠어요." 풍뎅이는 그냥 그렇게만 대답했다. 과거형으로 말했지만 현재도 즐거움은 잃지 않았다. 다른 점이라면 그 당시에는 그나마 긴장을 조금 풀 수 있었다. 지금은 아내의 화를 어떻게 하면 피할 수 있을까 하는 조마조마한 긴장감에 사로잡혀 있어서, 처음 만났을 무렵의 유유자적한 자신을 좀처럼 떠올릴 수가 없다.

"부인과 즐겁게 지낼 수 있다면 다른 사람과도 잘 지낼 수 있을 것 같지 않습니까?"

"잘 지낼 수 있을 것 같아요." 다른 여성과도 사이좋게 지낼
수 있을지 모른다고 특별히 분발한 것은 아니었지만, 자신도
다른 사람과의 교류를 즐길 수 있지 않을까 하는 기대는 있었
다. "다만, 집사람이 있기 때문에 그걸로 충분해요."

"감동적인 부부애군요."

"그럼 다행이지만요." 아내의 기분에 전전긍긍하는 나날이
다. "선생은 있나요?"

"있냐고요? 뭐가요?"

"키우는 거요. 우정이라든가 뭐 그런."

의사는 가소롭다는 표정으로 딱히 대답하지는 않았다.

풍뎅이

"미야케 씨, 사무실에 안 들어가도 괜찮으시겠어요? 시간 빼
앗아서 죄송해요." 마주 앉은 나노무라가 고개를 숙인다. 간토
지방에도 서늘한 바람이 불어와 슬슬 겨울 기미조차 보이는 계
절이었지만 손수건으로 땀을 닦는다. 키는 그리 크지 않고 부
드러워 보이는 배를 가진 살짝 살찐 몸에, 얼굴은 사각형이다.

경비회사의 사원이었다. 반년쯤 전부터 백화점에 배치되어,

입점해 있는 문구점으로 영업을 위해 찾아오는 풍뎅이와는 이따금 얼굴을 마주치는 관계였다. 지난 한 달 동안 꽤 가까워졌다.

계기는 문구점에 있던 도둑 소년이었다.

매장 뒤편에서 담당 점원에게 새 상품 설명을 마친 후 매장 안을 대충 둘러보던 풍뎅이는 그 중학생처럼 보이는 소년이 볼펜을 시험 삼아 쓰고 있는 모습을 본 순간, 훔칠 생각인 걸 알았다. 수상하다고 여길 만한 특별한 움직임은 없었고 그것은 소년이 도둑질에 얼마나 능숙한지를 의미하는 것이었지만, 풍뎅이가 보건대 좋지 않은 일을 꾸미는 낌새가 뚜렷했다.

꾸짖을 생각은 없었다. 어쨌거나 풍뎅이의 소년 시절을 돌아보면 도둑질과는 비교도 할 수 없을 만큼 법의 테두리에서 훌쩍 벗어나는 일뿐이었던 것이다. 대체 무슨 염치로 비판할 수 있단 말인가.

그때 나타난 게 나노무라였다.

그는 재킷을 걸친 사복 차림으로 소년에게 다가갔다가 곧바로 비틀거렸다. 소년에게 떠밀린 듯했다. 소년은 심각한 표정으로 매장에서 벗어나 재빨리 밖으로 나갔다.

"괜찮으세요?" 풍뎅이가 나노무라에게 말을 건넸다.

"이거 참, 실패했네요."

"도둑을 잡으려면 가게에서 나간 후에 접근하는 편이 더 낫지 않았을까요?" 계산하기 전에 도둑질했냐고 물어보는 건 어리석기 그지없다. 그런 기초 중의 기초를 왜 몰랐을까 하고 소박하게 의문을 품었다.

"가게 밖에서는 정말 도둑질이 돼 버리니까요." 하고 사람 좋아 보이는 얼굴을 하며 웃었다.

"도둑질이었어요, 그건."

"포기하게 만들 수 있지 않을까 싶었거든요."

아직 늦지 않았다, 상품을 제자리에 돌려놓거라. 어떤 말을 선택했는지는 확실치 않았지만 소년 옆에서 그렇게 말했고, 그 결과 와락 밀쳐진 모양이었다.

"너무 쉽게 생각한 걸까요?"

"그런 건지도 모르겠지만 나쁜 생각은 아니었던 것 같습니다." 풍뎅이는 진심으로 말했다. "엄하게 혼낸다고 아이들이 꼭 올바르게 성장할 거라고는 할 수 없으니까요."

"우리 아이와 비슷한 또래였거든요." 나노무라는 자신의 안이함을 씁쓸해하며 변명했다.

덧붙여 그 도둑 소년은 어떻게 됐는가 하면, 계단 근처의 자동판매기에 상품을 채워 넣고 있던 남자에게 붙잡혔다. 허둥지둥 도망치느라 페트병이 든 상자를 쓰러뜨리고도 사과 한마디 안 해서 "야!" 하고 관리 직원들이 쫓아갔다고 한다.

그날 이후 나노무라와 마주치면 비밀을 공유한 사람들처럼 인사를 주고받는 사이가 되었다. 풍뎅이는 표면적인 인간관계를 구축하고 '일상적인 이야기로 꽃을 피우는' 듯 행동하는 것은 가능했다. 나노무라와의 교류도 처음에는 그랬지만 서서히 대화를 즐기고 있는 자신을 깨달았다.

둘 다 외동아들을 둔 아버지라는 공통점이 있었던 데다가, 나노무라가 말하는 화제는 자랑도 험담도 아닌 날씨나 계절에 관련된 사소한 이야기가 많아서 그것이 기분 좋았다.

"나노무라 씨는 배려심이 참 많아요." 하고 말한 적도 있다.

"배려심이요? 그런가요?"

"늘 모나지 않은, 주고받기 쉬운 화제만 골라서 얘기하잖아요."

그는 곤란한 듯 웃었다.

"대화의 내용이야, 아무래도 상관없으니까요. 인사를 하고 뭔가 말을 주고받는 것 자체가 중요하죠. 종교나 이데올로기는 사람마다 다르고, 스포츠 역시 사람에 따라서는 종교 같은 거니까 말이에요. 아무래도 딱딱해질 가능성이 있잖아요. 그런 점에서 날씨 이야기는 비교적 안전하죠."

"날씨 이야기는 안전하다, 확실히 그러네요. 다만, 이야기가 그리 풍성하지는 않죠." 풍뎅이는 평소 느꼈던 것을 그대로 말한 것뿐이었지만 나노무라는 풋 하고 웃음을 터뜨리며 동의했다. "그렇기는 하네요."

언젠가 날씨 이야기에서 계절 이야기로 옮겨 갔다가 이러저러하다 보니 곤충 이야기로 바뀌었는데, 나노무라가 "왕사슴벌레를 키우고 있어요." 하고 왠지 부끄러운 듯 말했다. 처음에는 아이와 함께 사육하다가 점점 스스로 푹 빠져서 지금은 마치 브리더(breeder, 가축이나 애완동물을 사육하는 사람 – 옮긴이)처럼 보다 큰 사슴벌레를 우화羽化시키기 위해 유충 사육의 온도 관리에 대한 공부도 열심히 하고 있다고 했다. 어둠의 일을 할 때면 풍뎅이라고 불리는 자신이 사슴벌레에 대해 묻는 것도 묘한 느낌이었지만, 들으면 들을수록 이야기가 흥미진진해서 대화를 나눌 때마다 나노무라의 사슴벌레 사육 이야기를 듣는 게 즐거운 일이 되었다.

아아, 이게 친구라는 건지도 모르겠군.

풍뎅이는 점점 그렇게 느끼게 되었다. 손에 물을 부으면서 'water'라고 손바닥에 글씨를 써 주자 헬렌 켈러가 '아, 이게 물이구나.' 하고 알게 된 것과 비슷한 느낌일지도 모르겠다고 생각하다가, 자신 같은 인간과 똑같은 취급을 하면 그녀에게 미안하다 싶어 곧바로 속으로 정정했다.

예전에 볼더링 체육관에서 알게 된 회사원이 떠올랐다.

바람직한 관계를 구축한 것 같다고 생각했는데 우정이 싹트기도 전에 그가 사라져 버렸다. 풍뎅이는 떠올릴 때마다 가슴속에 차가운 바람이 불어오는 듯한 쓸쓸함을 느꼈지만 이미 그 사람의 이름도 기억나지 않았다.

아무튼 마음이 맞는 사람을 발견한 건 운이 좋았다고 느꼈기 때문에 그 나노무라가 의논할 게 있다고 했을 때는 망설임 없이 이야기를 들어 보기로 했다.

정확히는 약간 불안해 보이는 나노무라의 표정을 눈치챈 풍뎅이가 "어디 몸이라도 안 좋으세요?" 하고 말을 건네자 그는 "아뇨, 괜찮아요." 하고 대답했다가 잠시 후 "아, 아뇨. 저기, 미야케 씨, 의논하고 싶은 게 좀 있는데 괜찮으세요?" 하고 말했다. 그 결과 백화점 3층 카페의 4인용 테이블에 마주 앉게 되었다.

"오늘은 조금 있다가 밤 경비에 들어갑니다." 하고 나노무라가 말했다.

"힘드시겠네요." 풍뎅이는 맞장구를 쳤다.

무엇이 힘든지는 관계없다. 이 세상 사람들은 누가 됐든 다 힘드니까 어떤 상황이 됐든 그것을 위로해 주면 문제는 없다. 풍뎅이는 그것을 아내와의 생활을 통해 배웠다. 함께 살기 시작하고, 특히나 가쓰미가 태어난 이후로 아내가 안고 있는 초조함이나 불만의 태반은 '내가 힘든 것을 당신은 올바르게 이해하지 못한다'는 것으로 환원할 수 있었다. 풍뎅이는 그렇게 분석하고 있다.

"아뇨, 일 자체는 그다지." 나노무라는 다시 땀을 닦았다. 그 때 물이 든 컵에 손이 닿아 하마터면 쓰러뜨릴 뻔했다. 주문할 때도 발음이 불분명해서 점원이 재차 물어봤을 정도였다.

그것만으로 판단하는 건 너무 단편적이기는 했지만 요령 좋게 살아가는 사람은 아닌 듯 보였다.

"밤에 이런 건물을 순찰하는 건 꽤 힘들지 않나요? 무서울 것 같은데."

"아뇨, 밤의 건물 안은 특별한 느낌이 들어 즐겁습니다."

"아무리 그래도."

"다만 책임감은 느낍니다. 무슨 문제가 생기거나 입점 가게에 피해를 끼치기라도 하면 미안하니까요. 우리 회사의 신용 문제도 있고요."

"성실하시네요." 이건 진심이었다. 물론 경비원으로서의 책임감은 필요할 테지만 입점 가게에 미안하다거나 회사의 신용 문제라거나, 그런 것까지 생각한단 말인가.

"성실한 게 유일한 장점이죠." 나노무라는 그렇게 말했다. "다만, 이런 아버지라서 아들은 몹시 불만을 품고 있는 것 같아요."

"무슨 뜻인가요?"

"저는 사교적인 편이 아니에요. 굳이 말하자면 옛날부터 어두운 편이었죠. 요컨대 튀는 구석이 없는 사람이죠. 그러니 아들에게 존경받는 아버지라고는 말하기 힘들어요."

"그게 무슨 말씀이십니까." 풍뎅이는 목소리에 힘을 주며 몸을 앞으로 내밀었다.

물론 머릿속에 스친 것은 자신이었다.

"튀는 일이라는 게 뭔가요. 어둡다는 건 그저 조용히 일상을 즐길 수 있다는 뜻이에요." 밝은 성격이라고 스스로를 평가하는 인간이 걸핏하면 다른 이를 끌어들이지 않고는 인생을 즐기지 못하는 경우를 풍뎅이는 알고 있었다. "오히려 성실하게 살아온 아버지를 아드님은 자랑스럽게 여겨야 합니다."

나노무라가 당혹스러워한다. "아뇨, 미야케 씨. 과분한 칭찬입니다. 왜 그러세요."

"그게 제 진심이기 때문이에요." 적어도 자신이 해 온 일에 비하면 나노무라 쪽이 훨씬 자랑할 만하다.

"그렇게 말씀하시니 몸 둘 바를 모르겠네요. 다만 아버지들은 자식에게 존경 같은 걸 받고 싶어 하죠."

"압니다. 실망시키고 싶지 않으니까요."

풍뎅이가 자신도 친구를 갖고 싶다고 생각한 이유 중 하나도 거기에 있었다. 친아버지에게 친구가 한 명도 없다니, 그 사실을 알면 가쓰미는 몹시 실망하지 않을까. 그렇게 생각하면 괴로워 견딜 수가 없었다. 친구가 많다고 꼭 좋은 건 아니다. 친구가 있다고 꼭 좋다고는 할 수 없다. 알고는 있지만 신경이 쓰이고 만다.

"그런데, 우리 아들이 내가 일하는 모습을 보고 싶다네요."

"일하는 모습을요? 그거 좋네요. 나노무라 씨는 경비원으로

서의 일을 착실히 하고 계시니까요."

"심야 시간대에 백화점 순찰하는 걸 견학하고 싶다더군요."

"밤의 백화점은 제법 흥미진진할 것 같은데요. 중학생이라고
했죠? 우리 아이는 머지않아 대학생이 되는데, 중학교 때는 정
말 힘들었던 기억이 있어요." 거의 기억나는 건 없었지만 아내
가 자주 '중학생 때하고 비교하면' '중학생 때는 더 심했어' 하고
말했기 때문에 풍뎅이도 그렇게 생각하고 있었다. "꼭 견학시
켜 주세요."

"그래야죠."

"회사의 허가를 못 받았나요?" 그 문제로 나노무라가 곤란해
하고 있는 건가, 하고 상상했다.

"뭐, 흔쾌히 허락하지는 않을 겁니다. 자식이 같이 있다가 무
슨 문제라도 생기면 변명할 도리도 없고, 공과 사를 구분하지
못한다고나 할까요, 좋은 일은 아니죠. 신칸센의 운전기사가
아들에게 일하는 모습을 보여 주고 싶다고 운전석에 데리고 타
면 아무래도 위험하지 않겠습니까."

"하지만 백화점 순찰은 사람 목숨과 관계된 일은 거의 없잖
아요."

"뭐, 그건 그렇죠." 요컨대 나노무라는 그 결론을 내지 못해
서 곤란한 모양이었다.

"요즘 같으면 저 혼자만 순찰을 돌기 때문에 몰래 아들을 들

어오게 해도 별 문제는 없을 것 같긴 해요. 다음번 야근 때쯤 해서."

"괜찮을 것 같은데요." 일반적인 상식이나 업무적 윤리는 차치하고 아들을 둔 아버지의 의견으로는 무조건 그러라는 말 말고 달리 할 대답은 없었다.

다만, 하고 나노무라는 그제야 사각형 얼굴의 한 모서리가 떨어져 나간 듯 시무룩한 표정이 되었다. "다만, 그것 말고도 신경 쓰이는 게 있어서 말이죠."

풍뎅이

"아버지, 엄마한테 뭐라고 했어?"

풍뎅이가 거실에서 책을 보고 있는데 방에서 나온 가쓰미가 신중한 목소리로 말을 건넨다. 순간 풍뎅이는 긴장하며 "왜? 무슨 일 있었어?" 하고 물었다.

"아니, 별로. 기분이 좀 안 좋은 것 같아서."

"엄마 지금 어디에 있는데?"

"회람판 뭐라고 하면서 밖에 나갔어."

풍뎅이는 머리를 최대한 회전시키며, 바로 몇 시간 전까지 아내와 나눈 대화와 아내 앞에서 한 자신의 말, 그리고 행동을 돌아보았다. 긴급 회의가 머릿속에서 개최된다. 뭔가 실책을 했는지 안 했는지.

아침부터 너무 태평스러웠던 걸까? 하지만 일요일은 늘 이랬다. 아내가 한 시간쯤 전에 "점심은 뭐가 좋겠어?" 하고 의논해 왔다. 물론 풍뎅이는 뭐든 좋다는 식의 어리석은 대답은 하지 않았다. 거의 수고할 일이 없을 메뉴를 몇 가지 언급했다. 문제는 없었을 것이었다. 아내의 말에 너무 건성으로 대답한 걸까.

"아버지, 너무 걱정한다." 가쓰미는 웃으면서 소파에 엎드려 누웠다. "그냥 물어본 것뿐이야. 기억나는 거 없으면 그걸로 됐어."

그렇게 조그마했던 아이가 가구 하나를 거의 다 차지할 만큼 컸구나 하고 감탄하고 싶어진다.

"아, 이거, 네가 전에 추천해 준 거 읽고 있는데." 풍뎅이는 들고 있던 문고본을 살짝 들어 보였다.

"뭐였더라?"

"후루야마 고마오(古山高麗雄, 주로 태평양전쟁 때의 종군 체험을 소설로 발표한 일본의 작가─옮긴이)."

"아아, 그걸 추천했다고? 시험 문제로 잘 나오는 거야."

확실히 가쓰미는 '추천'이라는 말은 하지 않았을지 모른다. 전쟁 통의 잔인한 이야기라는 식으로 말했었다. 잔인하고 괴로운 이야기. 하지만 소설 자체는 어딘가 표표하면서도 유머가 있어서 더욱 슬픔을 자아내는 것 같다고 말해 주었다.

인생 대부분의 시간을 어둠의 일을 하며 혹독한 세계에서 보낸 풍뎅이 입장에서 보자면 잔인한 이야기라는 건 그리 드문 일이 아니었지만, 이 작가의 온기와 달관이 깃든 시각은 신선했다.

"포로를 따뜻하게 해 준 이야기, 봤어?" 가쓰미가 물었다.

"아아, 봤어."

나체가 된 포로가 추워해서 주인공이 품에 안고 따뜻하게 해 주었는데, 그것 때문에 상관에게 혼이 나고 만다. 옳다고 생각했는데 예상과 달리 포로의 고통을 더 부채질하고 만다. "나는 포로를 품어 따뜻하게 해 줄 수 있을 거라고 생각했다." "덕분에 포로는 죽기 전에 더욱 혹독한 처지가 되고 말았다." 하고 담담히 이야기한다. 가쓰미는 그것을 기억하고 싶었던 것도 아니었을 텐데, 기억하고 만 듯했다.

풍뎅이에게는 전쟁소설 같지가 않았다. 좀 더 친숙한, 현대 사회에도 해당되는 우화를 본 듯한 기분이었다. 풍뎅이 자신이 생사가 걸린 일에 관련되어 있기 때문일까. "인간의 목숨이 바보 같은 대장의 사소한 기분 하나로 어이없이 사라져 버렸다."라는 문장을 읽었을 때는 자신에게 일을 의뢰하는 의사의 얼굴이 떠올랐다.

"친구와 지인의 차이에 대해 말해 보라."로 시작하는 작품을 마침 읽고 있었다.

"친한 지인을 친구라고 한다. 친하지 않은 친구를 지인이라고 한다." 작가는 그 정도로는 대답이 되지 않는다고 머리를 싸매다가 사전을 들춘다. 그 결과 친구라는 말만큼 애매한 것은 없다고 생각한다. '친하다'는 것 자체가 애매하다고.

친구를 갖고 싶다고 생각하는 지금, 이 얼마나 시의적절한 이야기인가. 고인이 된 작가와 악수를 하고 싶은 기분이었다.

"가쓰미 너, 친구는 있니?" 풍뎅이는 깊이 생각하기에 앞서 물었다.

"어, 무슨 말이야?" 하며 가쓰미는 눈살을 찌푸린다.

"아니, 나도 내 친구에 대해 생각해 봤거든."

"아버지한테 친구가 있었어?"

가벼운 마음으로 물어본 것일 테지만 풍뎅이 입장에서는 가장 말랑말랑한 부분에 바늘을 꽂는 것이나 마찬가지였기 때문에 잠시 꼼짝할 수가 없었다. 어떻게 그걸, 하며 겁에 질리고 만다.

아버지의 마음이 남몰래 경련하고 있다는 것도 알지 못한 채 가쓰미는 담담하게 "하지만 뭐, 어른이 되면 그런 걸지도 모르지." 하고 스스로 납득한 듯 말한다.

"그렇지, 뭐." 대다수의 어른이 어떤지는 모른다. "아, 그러고 보니 한 가지 묻고 싶은 게 있는데." 화제를 돌리기 위해서는 아니었다. "가쓰미, 넌 왕따당하거나 왕따를 시킨 그런 경험이 있니?"

가쓰미가 순간 굳어졌다. "아주 없는 건 아닌데."

풍뎅이는 살짝 자세를 바꾸었다. "그랬어? 그게 언제였는데?"

"너무 심각하게 나오지 마." 가쓰미가 쓰게 웃는다. "왕따시키는 편에 선 적은 없었어."

"왕따를 당하는 편이었구나."

"그렇게 되기 직전이었다고나 할까."

"직전이든 후든, 있기는 했네."

"찍혔었거든, 중학생 때."

"어째서?" 지금 눈앞에 있는 가쓰미는 태연히 여유 있게 말하고 있으니 무사히 그 시기를 지나온 게 틀림없을 테지만 갑자기 불안해졌다.

"그건 모르지. 뭔가 마음에 들지 않았나 보지, 뭐."

"사람이 누군가를 미워하는 데 논리적인 이유는 필요 없으니까." 지금까지 자신이 의뢰받은 일들을 돌이켜 본다. 물론 의뢰인은 이유가 있다. 다만 그것이 객관적으로 보아 합리적인가 아닌가는 알 수 없다. 원한도 있고 착각도 있다. 오래전에 사이가 틀어진 인물과 꼭 닮아서 얼굴만 보면 화가 난다는 이유로 살해를 의뢰한 사람의 이야기도 과거에 들은 적이 있었다. 원망할 거면 자신의 얼굴을 원망하라고 말하고 싶었던 걸까. 아니, 당연히 죽인 널 원망해야지. 풍뎅이 같았으면 그렇게 생각했을 것이다. "어떻게 극복했어?"

"잊어버렸어. 그냥, 그렇게 지나갔어. 싸워 봤자, 알랑거려 봤자 좋을 것도 없고. 옛날부터 엄마가 자주 말했잖아. '할 수 있는 만큼 해 봐, 그러고도 안 되면 어쩔 수 없고.'라고 말이야."

"그래, 그랬지."

"할 수 있는 건 해 봤어. 그러고도 안 되는 건 애써 봐야 별수 없어. 그때는 참 긴 것 같았는데 지금 와서 보면 아주 잠깐의 한때였어."

"그 녀석들 이름이나 얼굴, 기억해?" 풍뎅이는 물었다. 혹시 알고 있다면 지금이라도 그 아이들을 찾아내 몰래 접근한 뒤 공포의 한 자락이라도 느끼게 해 주고 싶었다.

"아버지, 눈빛이 무서워."

"그 녀석들을 나중에라도 만나면."

"만나면? 어떻게 했으면 좋겠어?" 가쓰미가 말했다. "나도 생각해 본 적이 있었어. 그 녀석들을 또 만나면 잘 대해 줄까 골탕을 먹여 줄까 하고."

"어려운 문제네." 그 말을 듣기 전까지 풍뎅이의 머릿속에는 후자의 선택 하나밖에 없었지만 마치 자신도 똑같은 생각을 한 척했다.

"케네디 대통령이 이렇게 말했대. '너의 적을 용서하라. 하지만 그 이름은 결코 잊지 마라.'라고."

"그렇구나."

"용서해 줘도 좋지만 경계는 해 두라는 뜻이겠지?"

"그럴지도. 아니면 다음 생에 복수하라는 뜻이거나. 아무튼 넌 참 아는 것도 많네. 케네디의 말도 다 알고."

"직접 들은 것도 아닌데, 뭐. 어쩌면 실제로 말한 게 아니었을지도 모르고."

"그래도 이것저것 아는 게 많은 걸 보면 참 대단해. 내 자식 같지가 않아."

"에이, 아버지가 훨씬 더 대단하지."

풍뎅이는 생각지도 못한 한 방을 먹은 것 같아 어리둥절했다. 어제의 버스 정류장 사건도 놀라웠지만 그 이상으로 놀라운데, 하고 풍뎅이는 생각했다.

놀라움의 비교 대상이 된 '어제의 버스 정류장 사건'이란 마치오카시 외곽에서 있었던 일이다. 도쿄도 안에 있으면서 도심보다는 이웃 현과 더 가까운, 자연 풍광이 많이 남은 한적한 그 지역을 풍뎅이는 업무를 위해 방문했다.

일이라고는 했지만 문방구 제조업체의 영업이 아닌 쪽, 의사로부터 받은 의뢰, 법률적으로도 인도적으로도 좋지 않은 일을 위해서였다.

처음에는 '수술'을 권유받았다. 하지만 가능한 한 그런 건 하고 싶지 않다고 풍뎅이는 대답했다.

"악성입니다."

"몇 번이나 말했지만 그것도 가능하면 그만두고 싶어요."

의사는 표정을 바꾸지 않았다. "죄의식 때문입니까?"

죄의식이란 어떤 감정일까. 풍뎅이로서는 잘 알 수 없었다. 그래도 "아마도요." 하고 대답했다.

대체 무엇이 힘든가, 하고 스스로도 이리저리 생각해 보았다. 왜 이 일이 힘들어져 버린 건가. 애초부터 즐거웠던 건 아니었지만 의뢰가 들어오면 그것을 달성하는 게 당연하다 생각하며 살아온 것이다.

"생명은 존엄해요." 풍뎅이는 그렇게 말해 보았다.

"무슨 표어입니까." 의사의 눈에 노골적인 경멸의 기색이 떠올라 있었다. "생명은 존엄하다고, 의사인 제게 말할 줄은 몰랐습니다."

"언행 불일치죠." 풍뎅이는 머릿속에 떠오른 말을 재빨리 내던졌다. 생명은 존엄하다. 당연하다. 풍뎅이도 옛날부터 그 사실은 알고 있었다. 하지만 자신들이 생물의 존엄한 생명을 빼앗아 양식으로 삼은 것도 사실이고, 다른 나라에서 수많은 어린아이들이 죽든 말든 그다지 신경 쓰지 않은 것도 사실인 이상, 생명의 존엄함이 몹시 상대적이라는 것 역시 알고 있었다.

"가족애라는 건 대단하군요." 의사가 말했다.

"이제 와서 내가 해 온 일이 상쇄되리라고는 생각하지 않지만요."

"물론입니다."

"유일하게 할 수 있는 건 더 이상 쌓지 않는 거예요."

"무엇을요?"

"자식에게 자랑할 수 없는 짓을요."

"악성 종양을 수술하는 건 나쁜 짓이라고는 할 수 없습니다."

"하지만 나는 더 이상은 싫어요."

다람쥐 쳇바퀴다. 얼마나 이런 문답과 흥정, 의견을 나눠 왔는지 모른다. 확실한 것은 거래의 종착점이다.

"어쨌든 미야케 씨는 이대로 통원 치료를 그만둘 수는 없습니다."

네게는 선투자를 했다. 지금 그만두면 손해를 보는 자가 있다. 손해를 보고 좋아할 인간은 없다. 아마도 화를 낼 것이다. 만약 이대로 발을 빼면 그 화난 자들이 너뿐만 아니라 네 가족에게도 가차 없이 손을 쓸 것이다. 그러니까 좀 더 일을 해다오.

플러스마이너스 제로가 되어야만 한다. 수지를 맞춘다고 표현해도 좋을 것이다.

신중하게 단어를 선택하기는 했지만, 결국 그런 뜻이었다. 언제나 그랬다.

"수술이 싫다면, 그럼 다른 치료로 할까요?"

그 결과 나온 게 마치오카시의 공장에 가서 목적인 물건을 가지고 오라는 의뢰였다.

뭔가 함정이 있을 거라는 건 풍뎅이도 알고 있었지만 받아들이기로 했다.

산을 등진 공장은 경비의 경 자도 없을 것 같은 건물이었다. 뒤쪽의 녹슨 창틀을 비틀자 곧바로 부서져서 비좁은 틈새로 몸을 밀어 넣는 수고는 했지만 쉽게 안으로 들어갈 수 있었다. 기다란 벨트컨베이어가 한 대 덩그러니 놓여 있고, 그 양옆에는 팔 모양의 기계가 설치되어 있었다. 치과에서나 볼 법한 도구네, 하고 생각하며 풍뎅이는 벨트 저편에서 거대한 인간이 입을 벌린 채 흘러나오는 모습을 상상했다.

사전에 미리 봐 둔 설계도에 따르면 안쪽에 사무실 같은 것이 있을 터였으므로 가벼운 마음으로 문을 열었는데, 거기에 함정이 있었다.

앞으로 문을 당기는 것과 동시에 소리가 났다. 서둘러 몸을 뒤로 젖히고 거의 드러눕다시피 바닥에 쓰러지자 그 위를 예리한 화살 같은 속도로 날아오는 것이 있었고, 자세히 보니 정말 화살이었다.

그 화살이 벽에 박히는 소리가 들렸다.

문이 열리는 것과 동시에 방 안쪽에 설치해 둔 석궁이 작동하는 구조였던 것 같다. 풍뎅이가 이 업계에 들어온 무렵부터 이미 '옛날 방식'이긴 했지만, 그 옛날 방식이 지금도 통용되는 건 구구단이나 눈물로 돈을 빌리는 전략과 마찬가지다. 운동경 기라면 규칙 개정으로 사용을 금지하는 기술이 있겠지만 이 일에는 그런 것도 없다.

풍뎅이는 신중하게 몸을 일으키고, 방의 벽에 찰싹 붙듯이 하며 안으로 들어갔다. 문의 맞은편 테이블 위에 석궁이 설치되어 있었다. 만져 보니 먼지가 쌓여 있다. 최근에 설치해 둔 것이라고는 생각하기 어려웠으므로, 상당히 오래전에 누군가가 만든 함정일지 모른다. 이 석궁은 자신이 활약할 기회를 줄곧 기다려 온 걸까.

방 한쪽 귀퉁이에 문이 잠겨 있는 선반이 있었고 난폭하게 두드리자 문이 열렸다. 망가뜨렸다고도 할 수 있겠지만 어쨌든 안에 들어 있는 상자를 꺼냈다. 고급스러운 손목시계나 반지라도 들어 있을 법한 크기였다. 메고 온 배낭에 그것을 집어넣었다.

석궁 함정에 놀라기는 했지만 상자를 가지고 돌아가기만 하면 끝이라서 풍뎅이는 이만큼 쉬운 일이 세상에 또 있을까 하고 감격할 뻔했다. 하지만 예전에 도호쿠 신칸센에서 여행용 소형 가방을 가져오기만 하면 되는 간단한 일을 의뢰받은 남자가 좀처럼 기차에서 내리지 못해, 사망자가 몇 명이나 발생하는 성가신 일에 휘말렸다는 이야기가 떠올라 다시 정신을 바싹

차렸다. 어디에 위험이 있을지 모른다.

실제로 있었다.

정류장에서 버스를 기다리고 있을 때였다. 풍뎅이가 정류장 푯말 앞에 도착했을 때는 이미 세 명이 줄을 서 있었다. 이 지역이 원래 그래서인지 모두 노인들이었고, 이동할 때도 승용차보다는 버스를 이용하나 보다 하고 멍하니 생각하고 있는데 뒤에서 젊은 남자가 말을 걸어 왔다. "아직 버스 오지 않았나요? 늦지 않은 거죠?"

"그런 것 같네요."

"다행이다. 이거 놓치면 한 시간 후에나 오거든요."

"한 시간에 한 대인가요?"

"네, 여기는 시골이라서요."

"그럼 우리가 여기서 기다리고 있는 걸 보면 아직 버스가 오지 않았다는 것 정도는 알 수 있잖아요?" 그런데 왜 굳이 물어본 걸까.

"아, 그건 그러네." 갑자기 털털한 말투로 바뀌었다. 갈색 머리는 파마를 했다. 예술가 같기도, 경박한 여자 사냥꾼이나 음악인 같기도 했다. 하지만 모두 아니리라는 건 짐작했다.

능청맞은 젊은이를 가장하고 있었지만 심상치 않은 분위기를 띠고 있었던 것이다.

목적은 상자인가. 등에 멘 배낭에 신경을 집중한다. 등 뒤에서 슬쩍 면도칼 같은 것으로 잘라 내고 내용물만 빼낼 가능성이 아주 없지는 않다. 풍뎅이 자신도 그런 짓을 한 적이 있었다.

또는 등 뒤에서 직접 공격해 올까.

어느 쪽이든 의식을 뒤로 향하고 있었기 때문에 앞의 노인이 발차기를 날렸을 때는 반응이 약간 늦었다.

겨우 오른팔을 움직여 막았다.

남자의 날아온 발이 갈고리 모양으로 굽은 팔에 격돌한다. 비틀거릴 뻔했지만 뒤에 있는 젊은이도 한패임에 틀림없었다. 풍뎅이는 몸을 빙글 돌려 줄에서 벗어난 뒤 바닥을 굴렀다. 곧바로 일어선다. 주위를 네 명이 에워쌌다. 정류장에 줄을 선 모두, 즉 노인 세 명과 젊은 남자 한 명이.

풍뎅이는 신경을 곤두세운 채 뒤로 물러서며 거리를 두었다.

누가 제일 먼저 덤벼 올까.

반원형으로 늘어서서 서서히 다가오는 움직임으로 보아 훈련이 잘되어 있었다. 하루 이틀 사이에 팀을 꾸렸다기보다는 매일같이 연대 플레이를 훈련해 온 듯했다.

어디에서 그런 훈련을 했을까.

팀으로 일할 기회가 거의 없었던 풍뎅이는 문득 그런 게 마음에 걸렸다. 시민센터의 체육관을 예약하여 야간에 진형이나 순서 따위를 서로 확인하는 모습을 멋대로 상상하다가, 열심히 노력하는 건 좋은 일이지, 하고 생각했다. 물론 그러는 동안에도 네 사람이 차례대로 공격을 가해 왔다.

뒤돌려 차기가 오는가 싶으면 긴 팔이 날아오기도 하고, 칼을 수평으로 휘두르는 등 계속해서 몸을 노리고 들어온다.

풍뎅이는 그것들을 피하며 하나를 막는 것과 동시에 다른 하나를 상대했고, 하나를 뿌리쳐 내자마자 다른 하나를 같이 걸어차며 방어에만 치중했다.

하지만 슬프게도 사람이 하는 일인 이상 숨이 가빠 온다. 풍뎅이는 그것을 알고 있었다. 치밀하게 짠 연대 플레이일수록 아주 약간 어긋난 호흡이 도미노 현상을 일으킨다.

가장 젊은 남자, 풍뎅이 뒤에 섰던 갈색 머리의 남자가 제일 먼저 지친 기색을 보였다. 풍뎅이의 머리를 노리기 위해 날린 다리가 그다지 높지 않아서 빈틈이 생겼다.

번갈아 떡메를 내려치는 사람들의 리듬이 흐트러지면 눈 뜨고 볼 수가 없다.

그 후로는 풍뎅이의 페이스였다. 몸을 돌리면서 한 사람씩 타격을 입혀 갔다. 물론 풍뎅이도 숨이 가쁘고 몸의 움직임 역시 점점 느려졌지만, 그래도 자신의 상태는 스스로 조절할 수 있어서 그럭저럭 네 명의 움직임을 봉쇄했다.

땅바닥에 쓰러진 네 명은 신음했지만 버스 올 기미가 보이지 않는 정류장 주변은 여전히 조용한 그대로여서, 쌩 하고 불어오는 바람이 물든 낙엽을 쓸고 가는 소리만 정적을 더욱 두드러지게 만들고 있었다.

버스는 포기하기로 하고 그냥 자리를 떠나려던 풍뎅이가 기척을 느끼고 퍼뜩 돌아보자 노인 한 명이 쓰러진 채 오른손을 움직이고 있었다.

서둘러 다가가 그 손을 잡았다. 손바닥 안에서 작은 장난감 같은 것이 떨어졌다.

손 안에 폭 들어갈 정도 크기의 권총이었다. "스위스 미니건." 하고 풍뎅이는 중얼거렸다. 스위스 시계 장인의 기술이 적용된 듯 엄지손가락 크기라는 표현이 잘 어울린다. 한때 화제가 되었지만 실물을 보는 건 처음이었다. 개량을 거듭한 결과인지도 모른다.

잠시 만지작거리며 관찰했다. 이거라면 어디든 숨길 수 있을 것이다.

옛날의 풍뎅이 같았으면 특별히 망설이는 일도 의문도 없이 이 네 명의 목숨을 빼앗았을 것이다. 자신에게 위해를 가한 자들은 언젠가 또 자신을 노릴 가능성이 높았고, 특히 저쪽에서 먼저 손을 썼을 경우는 그들 역시 당할 각오도 했을 것이다.

네 적을 용서하라. 그러지 않는 게 상식이다.

하지만 지금은 쓰러진 네 명을 내려다보면서도 치명적인 상처를 입히려는 생각은 없었다. 오히려 그들도 누군가의 자식이었을 것이라는 지극히 당연한 사실만 머리에 떠오르고 만다.

어떤 부모 밑에서 자랐는지는 모르겠지만 그들도 어린 시절에는 지금보다 더 귀여웠을 것이다. 반면 자신은 어땠을까 하고 상상하자 복잡한 기분이 든다. 부모로부터 거의 방치되다시피 하며 성장한 자신의 유소년기에 대한 기억은 거의 없었다.

"아버지, 왜 그렇게 놀란 표정이야?"

가쓰미의 목소리에 정신이 돌아왔다. "아니, 어제 일하다가 예상치 못한 사태가 벌어져서 놀랐었는데, 지금 네 말에 그보다 더 놀란 것뿐이야."

"내 말? 뭐였더라?"

"내가 대단하다고 했잖아."

아아, 하고 가쓰미가 살짝 부끄러워한다. 콧잔등을 긁는 시늉을 했다. "실제로 아버지는 대단하잖아. 열심히 일해서 우리가 이만큼 살게 해 주고 있으니까."

"그 나이에 그런 것까지 생각하다니." 풍뎅이는 소박하게 감동했다.

"게다가 집에서는 엄마한테 뭐랄까, 착하고."

"착하다고 해야 할까."

"눈치를 보지." 가쓰미가 웃는다.

"그야, 누구든 가족의 기분을 상하게 하고 싶지는 않은 법이니까. 아마 그건 본능적인 게 아닐까. 입을 꾹 다물고 시무룩한 표정을 짓고 있는 사람이 가까이에 있으면 불안해져. 어떻게든 풀어 줘야만 한다고."

"설령 자신을 희생하더라도?"

"희생이라는 표현은 지나친 것 같은데. 그래 보여?"

"알랑거린다고까지는 할 수 없지만 좀 더 세게 나가도 괜찮을 것 같아."

"그래?" 풍뎅이는 웃음이 절로 나올 뻔한 것을 참느라 오히려 험상궂은 표정이 되는 걸 자각하며 "수수한 플레이라도 지켜봐 주는 사람은 있는 거구나." 하고 자신도 모르게 말했다.

"수수한 플레이라는 게 뭔데?"

"아니, 아무것도 아니야."

"확실히 아버지는 의외로 지루한 작업을 더 잘하는 것 같아."

"그런가?"

"이따금 낱말 퍼즐 같은 걸 진지하게 하기도 하잖아."

"싫어하지는 않지." 누군가와 경쟁하는 것도 아니고, 머리를 쥐어짜며 빈칸을 메워 나가는 건 풍뎅이 입장에서 보자면 평화로운 작업이었다. "정해진 일을 하면 돼. 실제 사회에서는 그런 일이 적지만."

"아아, 그렇겠지."

"네가 어떻게 알아?"

"아니, 아르바이트일 뿐인데도 성가신 경우가 있거든."

"그렇구나."

"낱말 퍼즐을 하고 있다고 생각했는데 세로와 가로 빈칸뿐만 아니라 대각선까지 풀어야 하기도 하고."

"낱말 퍼즐 아르바이트도 있어?"

"비유야, 비유. 사회에는 그렇게 해답을 내기 어려운 문제가 많다는."

"확실히 그렇기는 해. 이쪽은 낱말 퍼즐인 줄 알았는데 루빅 큐브(각 면이 아홉 개의 작은 사각형으로 된 정육면체의 색깔 맞추기 퍼즐 - 옮긴 이)인 경우도 적지 않지."

가쓰미가 웃어서 "뭐 이상해?" 하고 물었다.

"엄마가 그렇지. 언제나 아버지가 생각지도 못한 각도에서, 기분 나쁘게."

"각도라니, 무슨 말이야?" 갑자기 아내가 거실로 들어와서 풍뎅이는 히익, 하고 비명을 지를 뻔했다.

"수학 이야기야." 가쓰미는 차분했다.

"호오." 하고 대답한 아내는 별로 불쾌한 기색 없이 오히려 밝아 보여서 풍뎅이는 진심으로 안도했다. 뭔가 좋은 일이라도 있나 생각하는데, 아내가 들뜬 목소리로 말한다. "지금 시장 보고 돌아오는 길에 작은 레스토랑을 발견했어. 생긴 지 얼마 안 됐나 봐."

"그거 잘됐네." 풍뎅이는 순간적으로 맞장구치기 가장 적당한 해답을 발견했다. "다음에 가 보자."

"그래."

"난 됐어. 둘이서 가서." 가쓰미가 그렇게 말하자 아내는 "오랜만에 다 같이 가자. 이렇게 가족 모두가 모여서 식사할 일, 앞으로 얼마 없을 테니까." 하고 목소리를 높였다.

"귀찮은데, 나는 좀 빼 줬으면 좋겠어." 가쓰미도 완강했다.

풍뎅이는 원래라면 가쓰미 하고 싶은 대로 놔두라고 아들의 의견을 존중해 주고 싶었지만 둘 중 누구의 편에 서야 할지는 뻔했다. "시험 삼아 한 번 가 보자." 하고 제안한다.

"가쓰미 음식값도 우리가 낼 테니까 이득이잖아. 안 그래? 아니면 나랑 같이 후지큐 하이랜드 가서 롤러코스터 타." 아내는 그렇게 주장했다.

"갑자기 웬 후지큐?" 가쓰미가 당황해한다.

"무서운 놀이기구에 푹 빠져서 즐기고 싶은데 같이 갈 사람이 없잖아."

"아버지 있잖아."

그래, 내가 있어, 하고 말해도 괜찮았겠지만 풍뎅이는 아내가 원하는 말이 아니라는 것도 알고 있었다.

"레스토랑 가는 게 싫으면 후지큐야. 둘 중에 선택해."

"완전 사기꾼 수법인데." 가쓰미가 쓴웃음을 짓는다. "선택지가 너무 없어."

풍뎅이

폐점 후의 백화점은 예상보다 더 어둡고 조용했다. 안쪽에서 거대한 괴수가 잠자며 코 고는 소리를 내지 않을까 싶을 정도였다. 건물에는 1층 뒷문을 통해 들어갔다. 경비실 앞을 지날 필요가 있었지만 이번에는 그 당사자인 경비원이 먼저 제안한 것인지라 이만큼 편한 일도 없다.

일 때문에 어둠 속을 걸어가는 데는 익숙했다. 다만, 백화점쯤 되면 어디에 물건이 놓여 있을지 예상하기가 힘들다. 소형 플래시로 주위를 비추면서 나아갔다.

플래시를 움직이자 화장품 매장의 거울이 반짝거렸고, 그때마다 숨은 동물이 눈을 깜박이는 것처럼 보였다.

나노무라와 그의 아들은 이미 위층에 있을 것이다.

풍뎅이는 나노무라가 미리 가르쳐 준 대로 계단을 이용했다.

경비 자체는 꼭대기 층부터 각 층을 살피며 내려올 것이다. 위부터 순찰하는 게 풍뎅이로서는 흥미로웠다. 수상한 침입자가 들어왔을 경우 밑에서부터 몰아가는 편이 도망칠 곳을 보다 쉽게 차단할 수 있다. 하지만 함부로 몰아가는 건 위험하다. 자포자기해 버리는 것도 곤란하고, 한곳에 틀어박혀 농성하는 것도 곤란하다. 그래서 위에서 아래로, 그렇게 밖으로 내쫓듯이 순찰하는 건지도 모른다.

붙잡아서 벌을 주는 것보다 문제가 발생하지 않는 선택을 하는 거겠지.

발소리를 내지 않으며 계단을 올라가다 보니 조금씩 목소리가, 나노무라의 목소리가 들려왔다. 4층이다. 우연이라도 맞닥뜨려선 안 되기 때문에 타이밍을 신경 쓰며 매장으로 나갔다.

"그날 경비원은 나노무라 씨 혼자신가요?" 지난번 카페에서 풍뎅이는 몇 가지 신경 쓰이는 점에 대해 물었다. 아들에게 직장 견학을 시켜 주는 데는 찬성했지만 해결하지 않으면 안 될 문제가 많을 것 같았다.

"아뇨, 2인 1조입니다. 대신, 사정을 이야기하면 대충 눈감아 줄 사람이에요. 정년퇴직했다가 다시 취직한 할아버지거든요."

"나노무라 씨를 믿는군요."

"그럼 좋겠는데." 나노무라는 부끄러움과 자학이 섞인 미소를 지었다. "성실해서 신뢰할 수 있다는 것 정도가 제 무기니까요."

"훌륭하신데요." 온갖 무기나 흉기를 사용하고 또 상대해 온 풍뎅이 입장에서 보자면, 최종적으로 싸움을 방지하는 데 필요한 건 '신뢰'라고 생각한다.

손전등이 4층 전체를 비춘다. 나노무라 부자가 통로를 걷고 있는 것이다. 백화점 내부는 의외로 몸을 숨기기 쉽다는 것을 풍뎅이는 처음 알았다. 여성복 매장이어서인지 옷이 여기저기 걸려 있고, 게다가 마네킹도 여기저기 서 있는 게 안성맞춤이었다.

발소리에 주의하며 오른쪽 왼쪽 사선으로 이동하면서 그들과 거리를 좁혀 가는 가운데 조금씩 나노무라의 말소리가 들리게 되었다.

"수상한 사람이 있는지 없는지는 물론이고, 소화기에 이상은 없는지 쓰레기가 떨어져 있진 않은지 그런 것도 확인해야 해."

"아아." 하고 대답하는 아들은 분명 마음이 붕 떠 있었다. 관심 있는 척하려면 좀 더 그럴싸하게 하면 좋을 텐데. 풍뎅이 역시 그렇게 생각하지 않을 수 없었다.

통로는 그 층의 끝까지 가서 오른쪽으로 꺾인다. 플래시가 흔들리며 천장을 슬쩍 쓰다듬자, 몸을 숨기고 있던 악마가 몰래 도망치기라도 하듯 그림자가 모습을 바꾸었다.

풍뎅이의 뒷주머니 속 스마트폰에 신호가 들어왔다. 짧은 소리가 난다. 곧바로 꺼내 보니 아내의 문자가 와 있었다. '몇 시쯤 올 것 같아?' 하는 질문이었다. 거래처 직원과 식사하고 들어가는 것으로 해 놓았다.

'늦어질 것 같으니까 먼저 자.' 하고 풍뎅이는 답장을 보냈다. 굳이 말하지 않아도 졸리면 잘 테지만 이따금 집에 돌아가 보면 아내가 자지 않고 기다리는 경우가 있었고, 그럴 경우에는 막대한 빚을 떠안은 것 같은 죄의식을 느꼈다. 무음 처리를 해야 할까 생각했지만 급한 용건이 생겼을 때 모르고 넘어가는 게 두려웠다. 음량을 약간 낮춘 후 호주머니에 다시 넣었다.

그러는 동안 나노무라의 아들이 "아빠, 잠깐만 화장실 좀 갔다 올게." 하고 말하는 게 들렸다.

"아아, 그래. 화장실 어디 있는지는 알아?"

"계단 중간에. 여기서 기다려." 아들은 그렇게 말하고는 곧바로 계단을 내려가기 시작했다.

손전등이 필요할 텐데, 하는 말을 무시하고 도망치듯 모습을 감춘다.

풍뎅이는 당연히 그 뒤를 쫓아갔다. 계단 중간, 층계참을 이용한 위치에 화장실이 있었지만 아들은 그냥 지나쳐서 더욱 아래로 내려간다.

사전에 나노무라가 백화점의 대략적인 안내도를 보여 준 터라 그가 어디로 가는지는 짐작이 되었다. 건물 뒤편에 있는 물건 반입을 위한 입구였다. 통로에서 매장 뒤쪽 창고로 이어지는 문을 열고 사라진다. 아들의 발소리가 멀어지는 것을 확인한 후 풍뎅이도 마찬가지로 문을 열고 안으로 몰래 들어가, 소리 없이 그런 짓을 하는 게 장기이기는 했지만, 직원용인 듯한 통로를 손가락에 건 작은 플래시를 사용하며 나아갔다.

달칵 소리가 나고 녹슨 문이 열리는 소리가 앞에서 들려와 풍뎅이는 근처에 쌓여 있던 종이 상자 옆으로 몸을 숨겼다.

"늦었잖아. 얼마나 기다렸는데." 아직 어린 티가 나는 목소리가 들린다. "추워서 죽는 줄 알았다고."

"정말 쓸모없는 놈이야."

"미안해." 하고 아들의 것으로 짐작되는 목소리가 들렸다.

풍뎅이가 있는 것도 모르고 백화점 내부로 들어오는 길을 걸어간다. 지나쳐 가는 그들을 확인해 보니, 나노무라의 아들 외에 소년이 세 명 더 있었다. 체격은 제법 우락부락했지만 거의 비슷해 보인다.

1층에 오자 나노무라의 아들이 주위를 가리키다가 집게손가락을 입에 댔다. 떨어져 있는 풍뎅이에게 목소리는 들리지 않았지만 아마도 조용히 해 달라고 호소했을 것이다. 방범 카메라가 설치되어 있다는 것도 설명했을지 모른다. 방금 전에는 몰랐는데 소년들은 방한용 마스크를 쓰고 있는 듯, 얼굴을 알아보기 힘들었다. 카메라에 찍혔을 때를 대비한 게 틀림없다.

나노무라의 아들이 뭐라고 말하자 소년들 가운데 한 명이 때릴 듯한 포즈를, 오른 주먹을 휘두르는 시늉을 했다. 넌 입 닥치고 있어, 라고 말한 걸까. 다른 소년들이 키득거리며 웃는다.

넌 빨리 너네 아빠한테나 가라고 말하듯 소년들이 손을 흔들자 나노무라의 아들은 불안해하며 계단 쪽으로 돌아갔다.

기우였으면 좋겠는데 말이죠.

나노무라는 그렇게 말했지만, 안타깝게도 안 좋은 상상은 늘 들어맞는 법인가 하고 풍뎅이는 생각했다.

"아마 나쁜 친구들이 그렇게 시킨 게 아닐까 해요."

지난번 백화점 안의 카페에서 대화를 나눌 때, 나노무라는 말하기 어렵다는 듯 목소리를 낮추더니 그렇게 말했다.

나쁜 친구는 친구의 개념에서 제외해야 하는 게 아닐까. 풍뎅이는 살짝 신경이 쓰였다. 지인 중에서도 친한 사람이 친구라고 했던 후루야마 고마오의 말을 떠올렸다.

"갑자기 아버지가 일하는 모습을 견학하고 싶다니, 이상하잖아요. 그것도 굳이 밤에 말이죠. 저도 나름대로 인생 경험은 있으니까 분명 뭔가 있구나 생각했어요."

"아드님은."

"성실하고 착한 아이지만 소심해요. 초등학생 때는 왕따를 당한 적도 있어요."

"아아." 풍뎅이는 탄식했다.

"약한 사람을 이용하려는 놈들이 무슨 생각을 하는지는 짐작할 수 있어요. 만약 자신이 시키는 대로 하는 상대, 그 아이의 아버지가 백화점 경비원이라면 말이죠."

"그 백화점에서 나쁜 짓이라도 할 거라는 건가요?"

"한밤중에 물건을 훔치는 것 정도는." 나노무라는 쓸쓸한 표정이 되었다. "그럴지도 모르죠. 아들더러 저를 한눈팔게 만들고 그 틈을 노려서요. 아마도 아들은 제 일을 견학하는 척하다가 적당한 때를 보아 뒷문 근처에서 그, 나쁜 친구들을 들어오게 해 줄 생각이 아닐까 싶어요."

지나친 생각이에요. 풍뎅이는 그렇게 말했지만 실제로 지나친 생각이 아닌 셈이 되었다. 그 광경이 눈앞에서 펼쳐지고 있었다.

"게임 매장이야, 게임 매장. 5층이다, 5층." 소년들은 멈춰 서 있는 에스컬레이터를 성큼성큼 올라갔다.

자, 그럼. 풍뎅이는 잠시 생각한 후 소년들 뒤를 쫓아갔다. 그들은 스마트폰의 손전등 기능을 사용하는지, 주위를 비추면서 똑바로 목표 매장으로 향해 갔다. 함부로 불빛을 비추는 모습으로 보건대 나노무라의 아들에게는 미리 이 층에 아버지가 오지 못하게 하라고 못을 박아 둔 게 틀림없었다.

순찰을 마친 층은 감시가 사라진다. 그래서 4층까지 아버지와 함께 내려온 후 그들을 불러들였을 것이다.

한쪽은 자존심을 다쳐도 저항할 수 없을 만큼 겁에 질려 있는데, 다른 한쪽은 자신들은 안전지대에 있다고 태평하다. 드문 광경은 아니었다. 이 세상의 구조, 즉 사회를 구축하는 토대라고도 할 수 있을지 모르겠지만 풍뎅이는 그것을 좋아하지 않았다. 공정함이 결여되어 있다.

깨닫고 보니, 소프트웨어 매장에서 얼굴을 감춘 채 물건을 뒤지고 있는 소년들 옆으로 다가가 "뭐가 재미있어?" 하고 말을 걸고 있었다.

나노무라의 요청과는 달랐다.

"아들은 저를 그 친구들이 없는 쪽으로 유도할 거예요. 그 틈을 노려 물건을 훔치거나 장난을 치지 않을까요. 그러니까 미야케 씨는 저를 대신해서 그런 그들의 행동을 확인해 주셨으면 합니다." 하고 그는 말했다.

"확인이라면."

"가능하다면, 증거 사진을 찍어 주셨으면 해요."

"방범 카메라가 없나요?"

"있기는 합니다만, 출입구는 몰라도 각 층에 있는 건 낡은 기기라 섬세한 영상은 남지 않습니다. 얼굴을 살짝 가리고 있기라도 하면 별 도리가 없어요. 어떡하든 조금이라도 더 가까운 곳에서 동영상이나 사진, 목소리를 확보해 둘 수 있다면 좋겠는데."

"그걸 어떻게 하려고요?"

"여차하면 그걸 증거 자료로 써야죠." 나노무라가 쓴웃음을 지은 것은 어린아이들을 상대로 어른스럽지 못하다고 생각한 건지, 아니면 '여차할 경우'가 비교적 현실적인 미래로 생각되었기 때문인지 알 수 없었다.

"혼내 주는 건 어떨까요?"

"그 아이들이 어떻게 나올지도 상상이 안 되고, 미야케 씨가 위험해질 수도 있어요. 게다가 소동이 벌어지면 그건 그것대로 큰일이니까요. 최대한 들키지 않도록 부탁합니다."

바로 그 말을 어기고 말았다.

물론 나노무라가 부탁한 대로 '들키지 않도록' 하려 했다. 하지만 나노무라의 아들을 마치 부하처럼 부려 먹으며 만족해하는 소년들을 보자 인내심의 한계를 넘어 버렸다. 아아, 그거다, 하고 풍뎅이는 예전에 보았던 전쟁영화를 떠올렸다. 병사들이 포로의 목숨을 게임하듯 가지고 노는 장면에 화가 났었다. 아니, 아니다. 전장에서의 불쾌한 일들에 일일이 눈꼬리를 치켜뜰 만큼 풍뎅이도 목가적인 인간은 아니었다. 그 고통스러워하는 인간이 자신의 아들 가쓰미였다면, 하고 상상한 순간 분개하지 않고는 배겨 낼 수가 없었던 것이다.

소년들은 갑자기 나타난 풍뎅이를 보고 놀라 셋이서 서로 얼굴을 마주 보며 "어, 어, 어!" 하고 리드미컬하게 짧은 소리를 냈다.

큰일 났다, 경비원이다. 그렇게 판단한 직후 그들이 즉시 도망칠 것은 틀림없었다. 분위기에 휩쓸려 행동하는 자들은 위험에 처하면 우선 무작정 도망친다. 과거도 미래도 개의치 않고 지금 현재만을 생각한다. 타인의 신변에 무슨 일이 벌어지든 신경 쓰지 않고 자신의 몸에 조금이라도 해가 될 것 같으면 필사적으로 도망치려 한다. 앞뒤 따질 겨를 없이 행동하고, 앞뒤 따질 겨를 없이 살려고 한다. 그리고 시간이 지나고 나서 '그건 누구 때문이었지?' 하고 책임을 전가할 먹잇감이나 희생의 대상으로 삼기 위한 상대를 찾는다.

고통 받는 것은 언제나 자기 외의 누군가이고, 책임이 있는 것도 언제나 자기 외의 누군가라고 믿는 것이다.

풍뎅이는 그들이 도망치기보다 먼저 움직였다.

세 명 중 누가 리더십을 발휘할지 몰랐기 때문에 제일 가까이 있는 소년의 몸을, 어깨를 짓누르듯 하며 잡았다.

"잠깐만 기다려 줘. 도망치면 힘들어질 거야." 하고 다른 두 명에게도 못을 박자, 한 명은 멈춰 서고 다른 한 명은 도망쳤다. 무조건, 아무런 망설임도 없이, 이 자리에서 무사히 살아 돌아가면 이기는 것이라고 확신하는 듯했다.

"왜 이러세요?" 소년이 몸을 비틀며 풍뎅이에게서 떨어지려 했다.

풍뎅이는 강하게 나갈지 예의 바르게 나갈지 방침을 결정하지 못했다. "나는 여기를 순찰 중이었어." 하고 말해 보았다.

소년 둘이 서로의 얼굴을 보았다. 나노무라의 아버지인가 하고 의심하는 중일 것이다. "중학생이냐?" 우선은 그렇게 물었다.

풍뎅이의 말투에서 어딘지 모르게 온정적인 느낌을 받았는지, 소년은 어깨를 눌린 채 "그만해요, 무지 아프잖아요. 폭력 쓰지 말라고요." 하고 약간 강경한 태도로 나왔다. 비는 것과 세게 나가는 것 가운데 후자를 선택했을 것이다.

"아프냐?"

"엄청 아파요. 이거 너무 심하잖아요."

이런 어설픈 연극에 학교 교사들이 허둥댈까, 이런 게 아무렇지 않게 통용될까 싶어 풍뎅이는 감탄했다. 소년의 어깨로 손을 가져가 이번에는 방금 전보다 더 강하게 힘을 주었다.

소년은 비명을 지르며 그 자리에 쪼그려 앉았다.

다른 한 소년의 얼굴에 경련이 일고 있는 것은 얼굴 아랫부분을 마스크로 가렸음에도 알 수 있었다.

"너, 50미터 몇 초에 달려?" 풍뎅이는 잡은 어깨는 신경도 쓰지 않고 망연자실하여 서 있는 소년에게 말했다. "나보다 빨리 달릴 수 있으면 도망쳐라. 그 대신 꼭 도망쳐야 해. 도망치다가 잡히면 최악이야. 난 용서 없다. 알겠냐, 나한테서 도망칠 수 있다면 절대 잡히지 않을 만큼 빨리 달려라. 자신의 최고 기록을 세워 보라고."

소년이 꼼짝 못하는 것을 보고 풍뎅이는 이게 뭐 하는 짓인가 싶어서 경악했다.

지금 자신이 하고 있는 짓이야말로 압도적인 완력 차이에 의한 괴롭힘일 뿐이지 않은가, 하고.

약한 자를 고통스럽게 만들어 지배하는 자들을, 결국 나도 고통스럽게 만들어 지배하려 하고 있다.

물론 변명할 건 있다.

약한 자를 괴롭히는 건 안 된다. 다만, 약한 자를 괴롭히는 자만은 예외다.

풍뎅이는 이건 이것대로 유효한 논리이며 궤변이라고는 할 수 없다고 생각했지만, 예상 외로 가냘픈 손목을 가진 중학생의 고통으로 신음하는 얼굴을 보고 있자니 더할 나위 없는 죄책감이 덮쳐 왔다.

퍼뜩 정신을 차렸을 때는 이미 소년들은 도망치고 없었다. 손을 뗀 모양이었다.

어떻게 해야 할까.

나름대로 공포와 고통을 주었으니 벌을 준다는 의미에서는 이만 끝내도 괜찮을지 몰랐지만, 소년들이 나노무라의 아들을 원망할 가능성도 부정할 수 없었다. 한두 마디쯤 더, 앞으로는 좀 더 자중하라고 알아듣게 타일러야겠다고 판단했다. 나노무라도 신경이 쓰였다.

어두운 공간 속으로 귀를 쫑긋 세워 본다. 조용하니 5층에 있는 기척은 없었다. 계단을 내려가 한 층 아래에 도착했을 때 발소리가 희미하게 들려왔다. 머릿속에 입력해 둔 안내도를 떠올려 보다가 화장실이 아닐까 추리했다.

4층 옆 좁은 통로를 걸어가자 화장실에서 목소리가 들려온다. 소년들이 "어떻게 하지?" "그놈 뭐였어?" 하며 의논을 하고 있었다.

도망칠 곳 없는 화장실에 숨는 것은 위험 부담이 너무 높은데도 미처 머리가 따라가지 못했을 것이다.

풍뎅이는 어이없어하며 들어가야 할지 여기에서 나오기를 기다려야 할지 고민했지만, 그 대답이 나오기도 전에 비명이 들렸다. 게다가 죄송합니다, 죄송합니다, 하고 한결같이 사과하는 목소리도 들려왔다.

긴장을 더 이상 견디지 못한 건가?

화장실로 들어가자 안은 캄캄했고 풍뎅이는 주저 없이 불을 켰다.

소년들의 모습이 드러나고, 그들은 일제히 날카로운 비명을 질렀다.

소년들은 화장실 안쪽, 개인 칸 앞에 굳어 있었다. 나타난 풍뎅이를 보더니 입을 쩍 벌린 채 창백한 표정으로 변했다. 손에는 스마트폰이 들려 있었는데, 그들은 아마도 어둠 속에서 그 액정 화면의 불빛으로 주위를 확인하고 있었으리라.

숨기 위해 칸 안을 살폈고, 그러다가 전율한 것이다.

칸 안에는 사람이 있었다. 열린 문 저편에 남자가 쓰러져 있었다. 빨간 점퍼는 어딘가에서 본 기억이 있었는데, 곧바로 자동판매기 관리 직원이라는 걸 깨달았다. 백화점에서 몇 번인가 본 적이 있다.

왼쪽 가슴에서 튀어나온 물건이 있었다. 식칼일 것이다. 죽은 건 틀림없었다.

소년들에게는 앞문의 호랑이, 뒷문의 늑대쯤 되는 상황이 아닐까. 앞문에 사체, 뒷문에 킬러라면 사체 쪽이 그나마 안전할 것 같다고 풍뎅이는 생각하다가, 앞문에 사체, 뒷문에 공처가일 경우는 어떨까 하는 생각이 머리를 스쳤다.

"우리는, 아무 짓도." 소년들은 어깨가 거의 맞닿을 듯이 선 채로 척 보기에도 떨고 있었다.

사체가 신경 쓰였지만 우선은 이 소년들의 처리가 먼저였다.

"너희, 나대지 마라. 알겠나?" 풍뎅이는 부드럽게, 프로들 간의 싸움에서는 군이 충고 같은 건 하지 않기 때문에 이것은 상당히 부드러운 대접이었지만 일단 그렇게 말했다. "학교 안에서 너희들이 친구들을 억누른다 해도 그건 작은 세계 속에서 허세를 떠는 것뿐이야. 알겠나? 누구나 작은 세계에서 살고 있어. 그러니까 겸허하지 않으면 안 돼. 적어도 자신보다 힘이 약한 상대를." 하고 말하다가, 풍뎅이는 꼴사납다 싶어 그만두었다. 애당초 지금 자신이 힘 약한 상대에게 공포를 주고 있었다.

211

설교할 자격은 없다. "이 세상에는 편하게 손에 넣을 수 있는 건 없어. 두 번 다시 이런 짓 하지 마라."

그들은 고개를 위아래로 세차게 흔들었다.

"그리고, 이 일은 절대 입 밖에 내지 마."

공포의 밑바닥으로 떨어진 지금 이 순간은 반성하겠지만 이 순간만 지나가면, 집으로 돌아가면 까맣게 잊어버릴 가능성이 있다. 풍뎅이의 의식은 칸 안의 사체로 향하고 있었다.

"지금 당장 여기에서 나가라." 하고 소년들을 쫓아냈다. 그들은 다리에 힘이 들어가지 않는지 비틀거리는 걸음으로 모습을 감추었다.

빨간 점퍼의 남자는 숨도 쉬지 않고 변기에 기대어 눈을 감고 있었다. 풍뎅이는 가급적 손이 닿지 않도록 조심하며 사체의 모습을 살폈다.

살해당한 건 그리 오래전이 아니다.

백화점 안에서 무슨 일이 벌어진 건가, 대체 무슨 일이.

나노무라가 있는 곳으로 돌아가는 편이 좋을 것 같다고 판단하여 밖으로 나왔다. 출구 근처에 멈춰 서서 다시 한 번 돌아보았다. 개인 칸에서 숨진 남자를 본다. 그에게도 부모가 있을 테고, 어린 시절이 있었으리라. 이런 형태로 인생을 마감하다니.

풍뎅이는 묵도를 올리는 심정으로 천천히 눈을 깜박인 후 화장실의 불을 껐다. 하지만 그 순간 눈에 들어온 것이 있어서 서둘러 다시 불을 켰다.

　개인 칸으로 돌아가 변기에 기댄 사체의 발밑으로 몸을 굽혔다. 총이었다. 허리 벨트로 눈길을 주자 권총집이 있었다. 자동판매기 관리 직원에게 필요한 장비라고는 볼 수 없었다.

　풍뎅이는 화장실에서 나와 몇 미터 걷다가 불을 끄지 않은 것을 깨달았다. "전기 요금!" 하고 아내에게 자주 혼났기 때문에 흠칫거리며 다시 한 번 돌아가 전등 스위치를 내렸다.

　정말 한심하다 싶었다.

　풍뎅이는 화장실을 나와 주위를 둘러보았다. 무슨 일이 벌어진 걸까. 머릿속을 정리해 보고 싶었다. 전날 갑자기 의사한테 연락이 와 진료소로 갔던 게 떠올랐다.

　그때부터 사태가 복잡해진 것이다. 가로줄과 세로줄만 있는 낱말 퍼즐이 아니었단 말인가.

풍뎅이

　뒤에서 "미야케 씨." 하고 부른다. 손전등의 움직임이 있어서 그가 같은 층에 와 있다는 걸 깨달았다.

　"뭐 하고 계세요?"

　풍뎅이는 돌아본 후 고개를 뒤로 기울여 거기에 있는 깡통 주스 자동판매기로 눈길을 주었다. "누가 놓고 간 잔돈이 있지 않을까 뒤지고 있었어요." 하며 어깨를 으쓱였다. 잔돈도 우습게 볼 수는 없으니까요, 하고 덧붙인다. 플래시 불빛 앞에 선 탈주범처럼 두 손을 들었다. "아드님은요?"

나노무라가 "이미 돌아갔습니다." 하고 대답한다. "급하게 처리해야만 할 일이 생겼다면서 돌아갔어요."

"아버지 직장 견학은 다음에 다시 해야겠네요?"

그렇게 말하면서 풍뎅이는 나노무라의 움직임에 주목했다. 자신을 향하고 있는 손전등이 눈부셔서 잘 보이지 않는다. '하나만 말해 주세요.' 확인해야 할 것은 몇 가지나 되었지만 우선은, 하고 생각한 풍뎅이가 그렇게 말하려는데 그보다 먼저 나노무라가 똑같은 말을 했다.

"한 가지 말해 주셨으면 하는데요."

"그러시죠." 풍뎅이는 두 손을 내릴 생각은 없었다.

"오늘은 그 일 때문에 제 부탁을 들어주신 건가요?"

"그 일이라면?"

"절 노리기에 딱 적당한 상황이라고 생각한 겁니까?"

나노무라는 손전등을 왼손으로 들고 있었다. 그리고 오른손은 머리 위에 있었다. 그는 꺾은 팔을 귀 뒤쪽에 두고 칼을 쥐고 있었다. 식칼이었다.

풍뎅이는 옆으로 눈을 움직여 손전등의 불빛을 받고 있는 층 안내 간판을 보았다. '주방용품, 조리기구'라고 적혀 있었다. 풍뎅이는 쓸쓸함을 담아 말했다.

"계산하기 전의 상품을 사용해도 괜찮은 건가요?"

나노무라는 휴우 하고 한숨을 내쉰 후 "역시 그랬군요." 하고 안타까운 듯 말했다.

"역시?"

"이 상황에서 그렇게 차분한 것은 미야케 씨가 일반인이 아니라는 뜻이겠죠."

"문방구 제조업체의 영업 사원입니다."

"표면적으로는요."

"나노무라 씨도 겉과 속이 다른가요?"

"아뇨, 저는 이제 그만두었습니다. 정확히는 그만둘 참이었습니다."

"여기 경비 일은?"

"그만두기 위한 마지막 일로, 여기에서 경비를 보라는 의뢰를 받았습니다. 무엇 때문인지는 알 수 없었지만 곧 지시가 내려올 거라고 생각했죠."

"오늘 이 밤의 직장 견학은. 아드님 이야기는요?"

나노무라는 살짝 얼굴을 찡그리며 미안한 표정으로 "그건 정말이었습니다." 하고 말했다. "아들이 나쁜 친구들에게 협박당한 것도요."

풍뎅이는 진짜 아들인지 아닌지, 그것도 확실치 않다고 막생각하던 중이었다. 소년부터 노인까지, 그 비슷한 인물을 수배해 주는 업자도 있기 때문이다. 하지만 나노무라가 거짓말을하는 것 같지는 않았다. 나쁜 친구라는 말이 풍뎅이의 귀에 달라붙는다. 친구와 지인은 다르다. 나쁜 친구는 친구와는 다른걸까, 하고 또 생각하고 만다.

"아아, 그러고 보니 어떻게 됐나요? 제 아들 친구들은요."

"실은 그걸 사과드려야만 해요." 조금씩 손을 들고 있는 자세가 힘들어진다. "말씀하신 대로 증거 사진이나 동영상을 찍을까도 생각했는데, 그들에게 들켜서 말이죠. 어른스럽지 못하게주의를 주고 말았어요."

"주의를요?"

"가벼운 공갈이었죠." 풍뎅이는 어깨를 으쓱해 보였다. "미안해요."

"예상대로 아들은 그 친구들 명령으로 이 백화점에 오고 싶어 했던 거군요."

낙담하는 나노무라를 보고 가슴이 아팠다. "아뇨, 우연이 아니었을까 해요. 아버지가 일하는 모습을 보고 싶었던 것도 사실이고, 거기에 나쁜 친구들이 편승한 건지도 몰라요."

"미야케 씨는 착하시네요." 나노무라가 한숨을 내쉰다.

"그런 말은 처음 들어 보네요." 풍뎅이는 그렇게 말했지만, 실제로 그건 처음 경험해 보는 것 같았다. 이 즈음해서 풍뎅이는 나노무라에 대한 정중한 말투와 평소의 그것이 뒤섞이기 시작했다. 겉과 속, 어느 쪽으로 대해야 할지 판단이 서지 않았던 것이다. "실은 저기 화장실에서 사람을 봤어요. 그건."

나노무라가 살짝 한숨을 내쉬었다. "여기 자동판매기 관리 때문에 오던 직원이에요. 오늘 기계가 고장이라도 났는지 늦게까지 작업 중이었던 건 알고 있었는데."

"쉽게 고쳐지지 않자 열 받아서 스스로 식칼을 가슴에 푹 하고 꽂은 건가요?"

그렇게 생각해서인지 손전등이 문득 더 환해진 듯 보인 것은 나노무라의 표정에서 긴장이 풀렸기 때문일까.

"아마 그 관리 직원은 중간에 불쑥 끼어든 것 같아요."

"끼어들어요?"

"제게 지시가 떨어진 건 조금 전이었어요. 아들을 데리고 순찰을 돌기 직전이었죠. 무슨 지시였느냐면, 지금 제 목숨을 노리러 가는 인물이 있을 테니 살해하라는 게 아니겠습니까."

"그게, 자동판매기 남자였던 건가요?"

"아뇨." 나노무라는 표정을 바꾸지 않았다. 그렇다기보다, 점점 더 얼굴이 차가워지면서 감정을 드러내지 않는다. "미야케 씨였습니다."

"아아."

"미야케 씨가 제 목숨을 빼앗으러 온다고 말이죠."

의사로부터 이야기를 들은 것은 전날이었다. 썩 내키지 않는 진찰을 받으러 간 풍뎅이에게 의사가 악성 수술에 대한 뢴트겐 사진을 보여 주었는데 거기에 비친 종양, 즉 표적의 정보가 나노무라라는 데는 역시 할 말을 잃었다.

"아는 사람입니까?" 의사가 말했다. 아마 다 눈치챘을 것이다.

"글쎄요."

"이분의 근무처는 미야케 씨의 거래처와 겹칩니다."

계속 시치미 떼고 있을 마음도 안 들어서 잠시 입을 다물고 있으니 의사가 말을 이었다. "이걸 처리하면 은퇴할 수 있습니다."

"은퇴할 수 있다고요?" 자신도 모르게 반문하고 말았다. 일을 더 해야만 한다거나 좀 더 돈이 필요하다거나 하는 말은 지금까지 수없이 들어 왔지만, 이걸 하면 그만둘 수 있다는 구체적인 이야기는 처음 들었다.

"네, 그렇습니다. 이 수술만 하면."

"상당히." 그럴듯한 경우의 수는 많지 않다. "상당히 악성인가요? 아니면, 거물이 의뢰한 건가요?"

의사는 대답하지 않았다.

눈앞의 나노무라는 담담히 말을 이어 나갔다. "그래서 아들과 순찰을 시작한 후 누군가가 보였을 때는 미야케 씨라고 생각했어요. 역시 나를 노리고 온 건가 하고요. 하지만 아니었습니다."

"자판기 남자였다 이거군요."

나노무라가 고개 끄덕이는 것을 대신하듯 손전등이 밑으로 처진다. "밤에는 방범용 그물을 치는 가게가 많은데, 우리는 그대로 둡니다. 마네킹이나 상품이 많기 때문에 의외로 몸을 숨기며 이동하는 데 적합하죠."

"그건 아까 실감했어요."

"그 남자는 그렇게 몰래 움직이면서 분명히 나를 노렸던 겁니다."

"혹시." 풍뎅이는 그제야, 예전에 의사가 말했던 내용을 떠올렸다. 업자들 사이에서 양극화가 진행되고 있다고. 유명한 업자는 의뢰가 많이 들어오기 때문에 더욱 유명해지지만, 다른 한편으로 무명인 자들은 언제까지나 무명으로 머무른다는 것이다. 솜씨가 좋아도 소문이 나야만 한다. 주목받기 위해 과격한 일 한두 가지쯤은 할 필요도 있다. "무명인 업자가 어떻게든 유명해지고 싶어서 멋대로 끼어든 건지도 몰라요. 아니, 그게 아니라 처음부터 나노무라 씨를 노리라는 의뢰를 받은 건가."

나노무라에게 접근하기 위해 자동판매기 직원으로 여기 왔을 가능성이 크다. 그렇다면 나노무라는 여기저기에서 표적이 될 만큼 솜씨가 좋은 건지도 모르겠다고 풍뎅이는 생각했다.

"아들이 있을 때 공격해 오면 성가실 거라고 생각했는데, 4층까지 오자 아들이 화장실에 간다고 해서."

"그건 화장실이 아니었어요. 나쁜 친구들을 부르러 간 거죠."

"화장실에 간 것치고는 꽤 오래 있었으니까요. 덕분에 살았습니다."

그동안 나노무라는 자동판매기 남자를 처리한 모양이었다.

"그렇게 쉽게?"

"매장에 식칼이 있었거든요." 상자를 난폭하게 열자마자 바로 식칼을 던졌다고 한다. 밤 백화점의 허공을 가르고 날아간 식칼은 순식간에 자판기 남자의 가슴에 꽂혔던 것이다.

"두 개가 한 세트인가요?" 풍뎅이는 지금 나노무라가 오른손에 쥐고 있는 식칼을 보면서 말했다.

그 말에 나노무라는 아무런 대답도 하지 않았다. "일단 그의 사체는 화장실 칸에 숨겨 둬야겠다고 생각했는데, 미야케 씨한테 들킬 줄은 몰랐어요."

"못된 중학생들이 화장실에 들어가는 바람에 발견하고 말았죠."

나노무라는 그 후 잠시 동안 말이 없었다. 가만히 풍뎅이를 바라본다. 들어 올린 식칼도 여전히 머리 위에 있었다.

두렵지는 않았다. 의문도 별로 없다. 어찌된 상황인지는 잘 알았다.

"안 믿을지도 모르겠지만 나는 나노무라 씨를 노릴 생각은 없어요. 의뢰가 있었던 건 사실이지만 나노무라 씨를 어떻게 하려는 생각은 없었죠. 여기 온 건 처음 약속대로 나노무라 씨의 아들 때문이었고."

"미야케 씨는 나와 어딘가 닮은 구석이 있다고 생각했습니다. 가족에 대한 것이나 일에 대한 입장도. 다만 이쪽 일까지 똑같을 줄은 몰랐습니다."

"정말 안타깝네요." 풍뎅이는 어깨를 떨구었다. "나노무라 씨에게 위해를 가할 생각은 없어요." 하고 다시 말했다. "나노무라 씨라면 그것도 알아줄 테죠." 그러니까 식칼을 거둬 줘요, 하고 마음으로 전했다.

나노무라가 평범한 업자가 아니라는 것은 의심할 여지가 없다. 의사의 말투로 보아 나노무라가 단순한 악성이 아닐 거라고는 상상했지만 이렇게 마주하고 보니 확실했다. 자신을 낮추고 말투 역시 정중했지만, 온 신경을 집중시키고 있어서 조금이라도 이상한 행동을 보이면 틀림없이 번개처럼 재빠르게 반응할 것이다.

"그렇게 생각하고 싶지만 믿을 수는 없습니다."

지당한 말이었다.

프로라면 자신의 일을 유리하게 진행하기 위해 얼마든지 흥정한다. 특히 지금처럼 상대방이 무기를 들고 있고, 이쪽이 불리한 상태라면 거짓말 한둘쯤은 태연하게 하는 것이다.

사는 것과 죽는 것은 차이가 엄청나다. 속과 겉, 천국과 지옥, 누구를 배신하든 도덕적으로 비난을 받든 살아남는 것이 가장 중요하다. 업계에서의 경험이 오래되면 오래될수록, 목숨이 걸린 일을 처리하는 일이 많으면 많을수록 그 사실을 잘 알고 있다.

"나는 나노무라 씨를 공격하지 않을 거예요." 풍뎅이가 말했지만 이런 장면에서는 본심을 본심대로 순순히 받아들이는 것 자체가 곤란하다. 이성적인 분석을 할 여유는 없다. 직감으로 움직이는 것 말고. 이를테면 여기에서 풍뎅이가 팔을 내리고 무기를 찾는 시늉이라도 하면 나노무라는 생각보다 먼저 칼을 던질 것이었다. 풍뎅이가 재빨리 옆으로 피해도 마찬가지일 것이다. 살아남기 위해 몸이 머리보다 먼저 움직인다. 그것은 풍뎅이도 마찬가지다.

"미야케 씨도 잘 알 테지만 남의 말을 쉽게 믿을 수는 없습니다."

그렇겠죠, 하고 말할 수밖에 없었다.

지금 풍뎅이와 나노무라가, 그 머리와 몸이 생각하는 것은 단 하나. 이 자리에서 살아 돌아가는 것, 그것뿐이었다.

"아들을 위해서라도." 나노무라가 말했다. "여기에서 죽을 수는 없으니까요."

나도 마찬가지예요, 하고 풍뎅이는 말하려 했지만 입 밖으로는 내지 않았다.

비상구를 가리키는 표시가 초록색으로 빛나면서 작게 둔탁한 소리를 내고 있었다.

상대가 정말 위험인물인지 아닌지 모르는 경우라도 걱정이 되거나 불안하면 반드시 해치우고 넘어갔다.

그것은 살아남기 위한 비결, 비결이라기보다 상식이었다.

나노무라가 팔을 휘두르는 순간, 나는 죽는다. 죽는 건 상관없지만 아내나 가쓰미를 두 번 다시 만날 수 없는 건 괴롭다. 상상하는 것만으로도 가슴이 아파 온다. 다음에 다 같이 레스토랑에 가자고 했었는데, 그 '다음'이 영원히 오지 않는 것이다.

그때 문득 '넌 지금까지 몇 명에게 그런 고통을 맛보게 했느냐'고 혼쭐나는 듯한 기분이 들었다. 갑자기 몸 전체가 묵직해진다.

자신이 지금까지 해 온 짓을 생각하니 살아남으려 애쓰는 게 더할 나위 없이 이기적인 것 같았다.

"나노무라 씨, 자동판매기에 든 잔돈 좀 꺼내도 될까요?" 풍뎅이는 손을 약간 뒤로 기울이며 말해 보았다. "실은 그걸 깜박 잊어서."

"안타깝게도, 안 됩니다." 나노무라가 말했다. 빈틈이 전혀 보이지 않는다.

물든 안 물든 모기는 때려잡을 필요가 있다. 물리고 나서는 늦기 때문이다.

동원할 수 있는 방법은 한정되어 있다. 날아오는 식칼을 어떻게든 피하는 것 말고는 방법이 없다. 손전등이 눈부셔서 방해되었지만 눈에 더욱 힘을 주며 상대방의 움직임에 의식을 집중시켰다.

서부극에서처럼 마주 선 채 묵묵히 상대방의 호흡을 느낀다.

자동판매기 남자의 사체를 보건대 식칼은 왼쪽 가슴에 단단히 박혀 있었다. 거리가 있는 곳에서 던졌다면 나노무라의 실력이 얼마나 대단한지 충분히 짐작하고도 남는다.

풍뎅이 같으면 던지기 직전에 손전등으로 상대방의 시야를 가릴 것이다. 그러니까 플래시가 흔들린 순간 옆으로 몸을 날려야 할까. 언제 올까, 지금, 지금인가? 아니면 지금일까? '지금'은 계속해서 뒤로 흘러간다. 집중력이 흐트러지지 않도록, 불필요하게 눈을 깜박이지 않도록 신경을 곤두세운다. 다음 순간에는 가슴에 식칼이 꽂혀 말짱 도루묵, 가족에 대해 생각할 틈도 없이 전부 새까만 無의 우주 속으로 내동댕이쳐질지도 모른다.

그때 울린 풍뎅이의 스마트폰 벨소리는 희미한 것이었다. 하지만 그 소리는 마주하고 선 그들의 입장에서 보면 명백히 이질적인 예상 밖의 것이었기에 나노무라의 주의가 아주 살짝이기는 했지만 그쪽으로 쏠렸다.

풍뎅이는 오른편으로 몸을 던졌다. 그 직후 식칼이 왼쪽 어깨를 스쳤다. 통증을 느낄 여유는 없었다. 풍뎅이는 거칠게 자리에서 굴렀고, 그러는 동안 식칼이 살을 에듯 비켜 갔다.

일어나는 것과 동시에 나노무라에게로 향했다. 그러고 나서부터 풍뎅이의 머릿속은 거의 텅 비었다. 몸이 그저 공격을 반복한다. 자세를 낮추고 팔을 휘두른다.

나노무라가 방어 자세에 들어간 채 뒤로 물러선다.

말을 던질 여유도 없었다.

두 사람의 숨결만이 그 자리에서 날아다닌다.

풍뎅이가 휘두른 오른팔을 나노무라가 옆구리 사이에 끼었다. 비틀어 올리려 하기에 풍뎅이도 몸을 반전시키며 손을 빼낸다. 왼쪽 어깨의 통증을 무시하며 왼 주먹을 상대의 얼굴로 날린다. 나노무라는 펄쩍 뛰어오르듯 후퇴하며 주먹의 궤도로부터 벗어난다.

풍뎅이는 시선을 집중했다.

손전등은 이미 바닥에서 구르고 있었다. 거기에 펼쳐진 어렴풋한 불빛이 어둠 속에서 희미하게 풍경을 만들어 낸다.

나노무라의 눈이 예리하게 빛나고 있었다. 그 눈동자 안에 풍뎅이 자신의 눈도 들어가 있었다. 서로의 호흡은 거칠었지만 풍뎅이는 나노무라의 움직임이 전혀 둔해지지 않아서 실망스러웠다.

공수 교대 신호라도 있었던 것처럼 나노무라가 앞으로 나서며 공격해 온다. 풍뎅이는 뒤로 물러서며 피했다.

무기가 될 만한 게 있는지 좌우를 살펴볼 여유도 없었다. 다행인지 불행인지 주방용품 코너는 층 반대편이었을 것이다. 나노무라가 다시 식칼을 손에 들면 거의 끝장이다.

풍뎅이가 공격을 가하고, 나노무라가 후퇴하면서 그것을 무산시킨다.

그 층 전체를 마치 펜싱 시합이라도 하듯이 여기저기 오갔다.

어깨에서 피가 흐르고 있다는 건 알고 있었지만 바닥에 떨어진 그 피 때문에 미끄러지리라는 것까지는 예상치 못했다. 몸이 비스듬히 자빠질 뻔했다. 바닥에 손을 짚으며 자연스럽게 오른발을 뒤돌려 차기의 요령으로 뻗어 나노무라의 안면을 노렸다.

넘어지면서 리듬이 바뀌어 현혹될 만한 움직임을 보였는데도 나노무라는 재빨리 반응하여 몸을 비키는 것으로 풍뎅이의 발끝을 피했다.

풍뎅이의 다리는 회전하며 그대로 옆에 있던 마네킹을 가격했다. 소리가 들려 풍뎅이와 나노무라는 그쪽으로 시선을 주었다가 동시에 움직임을 멈췄다.

필사적인 공방을 주고받으며 움직이는 가운데 그들이 도착한 곳은 신학기를 위한 특별 코너였다. 줄지어 진열된 책가방과 함께 어린아이 마네킹이 서 있었다. 그중 하나를 풍뎅이가 찬 것이다.

마네킹은 그 자리에서 고꾸라지듯 쓰러졌을 뿐만 아니라 팔도 빠져 있었다. 풍뎅이는 깜짝 놀라 순간 그 마네킹을 물끄러미 바라보고 말았다. 나노무라 역시 전투태세를 허물고 있었다.

두 사람의 숨소리가 리듬을 타듯 반복적으로 울린다.

고꾸라진 인형은 진짜 아이 같았다.

잠시 후 풍뎅이는 쓰러진 마네킹에게 다가갔고, 가까이에서 보니 외국인 소년 같은 얼굴을 가진 그것을 가만히 일으켰다. 나노무라도 팔 부위를 주워 들고 있었다.

마네킹을 일으켜 세운 후 원래 있던 장소를 찾아 갖다 놓았다. 팔을 끼운 후 떨어져 있던 책가방을 마네킹의 등에 다시 메어 주었다.

풍뎅이의 머릿속에 있는 건 가쓰미가 초등학교에 막 들어간 때의 일이었다. 등교하는 가쓰미의 가방보다 작은 등을 배웅하며 불안한 마음으로 '앞으로 이 아이에게 절대 힘든 일이 없기를.' 하고 기도했던 것이나, 책가방에 교과서를 넣으며 까먹은 거 있으면 어쩌냐며 겁에 질린 가쓰미에게 아내가 "같이 확인 해 줄게. 까먹어도 괜찮고. 다음에 안 그러면 되니까." 하고 달래듯 말했던 광경이 하나둘 떠올랐다.

마네킹을 다시 세워 놓는 작업을 묵묵히 마치고 두 사람은 다시 마주했다.

이야기하면 알 거야, 하는 생각은 없었다. 풍뎅이처럼 그도 경험이 풍부한 프로였으니, 할 때 하고 할 수 있을 때 한다는 철칙이 틀림없이 몸에 배어 있을 것이다. 그래서 풍뎅이가 그 말을 한 것은 상대를 저지하고 싶어서가 아니라 자신이 말할 수 있을 때 본심을 털어놓고 싶은 욕구 때문이었다.

"난 더 이상 하고 싶지 않아요, 나노무라 씨."

나노무라는 여전히 아무 말도 안 했지만 공격을 가해 오지도 않았다.

서로 마주 본 채 시간만 흘러갔다.

잠시 그러고 있다가 나노무라가 말했다. "미야케 씨가 필사적으로 날 노릴 거라고 들었어요."

"그건." 풍뎅이는 말했다. "잘못된 선택이었어요."

"잘못된 선택이요?"

머릿속에 있었던 건 지난번에 아내가 가쓰미더러 레스토랑에 가는 게 싫으면 후지큐야, 하고 말했을 때의 이야기였다.

가쓰미는 마치 선택지는 두 개밖에 없다는 식으로 여기게 만드는 사기꾼의 방식에 대해 설명했다. 이것과 이것 둘 중 어느 걸로 하겠습니까? 이게 싫다면 이렇게 하는 수밖에 없습니다. 둘 중 하나를 선택할 수밖에 없다며 상대방을 몰아세운다고 한다.

그러고 보니 질 나쁜 남자가 교제 상대인 여자에게 "만약 나와 헤어지고 싶다면 빚을 갚아 줘. 그러면 돼." 하고 말도 안 되는 선택을 강요하고, 거기에 여자가 얽매이는 경우에 대해 들은 적이 있다.

그야말로 그 의사가 말하는 방식과 똑같았다. 풍뎅이는 이제 와서야 눈치챘다.

선택지는 그것 말고도 얼마든지 있는데 말이야. 가쓰미가 안타깝다는 듯이 말했던 것처럼, 정말 그랬다.

만약 지금 하는 일을 그만둘 거라면 돈을 다 회수할 수 있을 때까지 조금 더 일을 해야만 합니다.

"둘 다 싫다는 선택도 있죠."

지난번에 읽은 소설의 한 문장이 떠오른다.

'인간의 목숨이 바보 같은 대장의 사소한 기분 하나로 어이없이 사라져 버렸다.'

나노무라는 풍뎅이의 움직임을 가만히 관찰했다. 그래서 풍뎅이는 다시 두 손을 들기로 했다. 공격 의사가 없다는 것을 강조한다. 어깨의 출혈이 심각했지만 옷이 다 흡수해서 바닥에는 거의 떨어지지 않았다.

풍뎅이는 뒤로 돌아 나노무라에게 등을 보였다. 그리고 한 걸음, 앞으로 걸어갔다.

조용하고 작은 움직임이었지만 풍뎅이 입장에서 보자면 평생을 축적해 온 용기를 몽땅 사용한 셈이었다.

무방비한 등을 노릴 가능성은 충분하다.

당장이라도 식칼이 등에 박히는 충격이 전해지지 않을까.

걸음을 내딛으며 조금씩 멀어져 갔다. 천천히 한 발짝씩이었다.

하고 싶은 말은 몇 가지 있었다. 친구와 지인의 차이는 뭘까요? 어떻게 하면 지인에서 친구가 될 수 있을까요?

잠시 후 슬쩍 돌아보니 나노무라의 모습은 보이지 않았다. 그쪽도 멀어져 간 건지 모른다.

나노무라의 목소리만이 바닥을 기듯이 풍뎅이에게 와 닿았지만, 그것은 "아드님에 대한 이야기를 좀 더 듣고 싶네요." 하는 말이었으므로 실제로 한 말인지 헛들은 건지 풍뎅이로서는 판단하기 힘들었다.

멈춘 에스컬레이터가 있어서 그것으로 내려가기로 했다.

"아까 그 자판기의 잔돈, 나노무라 씨가 챙기세요!" 문득 생각난 풍뎅이가 그렇게 소리쳤다. "드릴게요!"

백화점을 나온 풍뎅이는 호주머니에서 스마트폰을 꺼냈다. 들어온 문자를 확인해 보니 보낸 사람은 아내였고, '가쓰미가 혼자 자취하고 싶다는데. 의논하고 싶으니까 안 자고 기다릴 게.'라는 내용이었다. 방금 전 나노무라와 격투를 벌일 때 이상으로 온몸이 긴장한다. 바로 답장해야 한다 싶어 조작하려는데 손가락이 미끄러워 잘 되지 않는다. 피가 묻어 있다는 걸 뒤늦게 깨달았다. 어깨가 아파 와 스마트폰을 떨어뜨리고 말았다. 다시 주워 들고 손으로 닦는데, 어린 시절 가쓰미가 넘어져서 필사적으로 몸을 주물러 주었을 때가 떠올랐다.

피 묻은 모습으로 택시를 탈 수도 없어서 어떻게 해야 할까 생각했지만, 무엇보다 아내가 깨어 있다면 어쨌거나 이 꼴로 돌아갈 수는 없었다.

넘어졌다고 할까, 아니면 음주 자전거에 부딪혔다고 할까, 하며 변명을 생각했다. 그러면 조금쯤 동정해 줄지도 모르겠다 싶어서.

나노무라를 죽이지 않고 끝났다. 그것은 풍뎅이를 행복한 기분으로 만들어 주었다. 꽁꽁 얽어맨 쇠사슬을 의지의 힘만으로 절단해 낼 수도 있지 않을까.

진정한 자유를 쟁취하기 위해 풍뎅이는 그로부터 일주일 후, 의사에게 자신의 각오를 이야기했다. 당신이 제시한 두 가지 선택은 속임수 같은 사기꾼의 수법이며, 자신은 그 둘 모두 선택하지 않겠다고 전했다. 그 말이 의사의 마음을 움직였다. 그리고 그 결과, 풍뎅이는 8층짜리 사무용 건물 옥상에서 추락, 사망했다.

◎

나노무라는 풍뎅이가 떠나간 후 백화점에서 뒷정리를 했다. 마네킹이 있던 곳으로 돌아가 눈에 띄는 파손은 없는지 확인하고, 전화를 걸어 화장실 안의 사체 처리를 의뢰했다. 층 전체의 파손이나 더럽혀진 부분을 확인해야만 한다. 더 나아가 건물 안에 설치된 방범 카메라 영상에서 보여 주고 싶지 않은 장면을 삭제할 필요도 있었다.

손전등으로 바닥을 비추며 돌아다니다 나노무라는 아들 문제에 대해 잠시 생각했다.

풍뎅이가 나쁜 친구들을 혼내 준 결과 아들의 환경이 좋은 방향으로 바뀔 가능성은 있지만, 아들 자신이 변하지 않으면 근본적으로 개선되지 않는다는 건 나노무라도 알고 있었다.

걱정이다.

하지만 걱정할 수 있는 것 자체가 고마운 일이라고도 할 수 있다.

방금 전, 자신은 죽었을지도 모른다. 풍뎅이에게 목숨을 빼앗겼더라면 아들을 걱정할 수도 없었다. 살아 있다는 것에 감사한다는 말은 어디 절에나 장식되어 있을 법한 말이었지만 나노무라는 그것을 절실히 실감하지 않을 수 없었다.

등 뒤로 기척을 느낀 것은 계단 쪽으로 가려고 했을 때였다.

풍뎅이가 돌아온 건가 하고 생각한 건 한순간이었고, 곧바로 아니라는 걸 알았다.

돌아보니 띠동갑이라 해도 한 번을 더 돌아야 할 만큼 연상인, 야근을 함께하는 동료가 서 있었다. 백발의 머리에 몸집은 중간 정도, 낮이든 밤이든 늘 권태로워 보이는 표정을 하고 있었지만 지금은 눈초리가 예리하여 어둠 속에서도 빛이 난다.

그의 손에 권총이 들려 있어서 나노무라는 비로소 이 남자도 자신을 노렸었구나, 하고 이해했다.

자기 마음대로 일을 그만두는 건 꽤 힘들구나. 어이없어하면서도 감탄한다.

그리고 문득 자신에게 일을 보내 주는 남자, 중개인 의사에 대해 생각했다. 그 의사는 자신과 풍뎅이를 싸우게 하여 둘 다 해치울 생각이 아니었을까. 둘 다 노렸거나 아니면 둘 중 하나가 쓰러져도 나쁘지 않다고 생각했거나, 아무튼 두 사람을 대결시키고 싶었는지도 모른다. 두 사람이 시합을 포기했기 때문에 무승부로 끝났다고 말할 수 있을지도 모르지만, 다음 단계로 이 동료에게 지시를 내렸다. 그런 게 아닐까?

"손 들어." 동료는 말했다. 몸이 긴장해 있는 것 같지도 않았고, 목소리도 떨리지 않는다.

나노무라는 주춤주춤 뒤로 물러섰다. 당장 시키는 대로 할 필요는 없다. 손도 좀처럼 들지 않은 채, 한 걸음 두 걸음 물러섰다.

총구는 똑바로 나노무라의 가슴을 노리고 있었다.

결국 여기서 끝인가. 그저 추가 시간을 얻었을 뿐이었던 건가. 포기하려는 자신에게 희망을 버리면 안 돼, 하고 용기를 북돋운다.

"손을 들어라." 하고 동료는 되풀이하며 다가왔다.

"잠깐만 기다려 줘요. 왜 나를."

"알 텐데."

"아니, 정말 몰라요."

"널 없애면 인정받을 수 있을 것 같아서야."

"무슨 말이죠?"

"난 이제 나이도 꽤 먹어서 연락책 일만 들어오는데, 이걸로 조금은 더 현역으로 남을 수 있다는 걸 증명할 수 있어."

"잠깐만 기다려 주세요." 나노무라는 애원했다.

"기다릴 수 없어."

"기다려 주세요. 딱 하나 부탁이 있어요."

"뭔데?"

"이 자동판매기의 잔돈을 꺼내야만 해요." 계속 물러서기만 했더니 바로 뒤가 자동판매기였다.

"잔돈?"

"아까 사고 남은 잔돈이에요."

동료는 웃었다. "이 상황에서 잔돈이라니. 죽으면 그게 무슨 소용이라고."

"신경 쓰이잖아요."

"알았다. 잔돈만 꺼내. 이상한 짓은 말고."

동료가 그렇게 말하자 나노무라는 고맙다고 했다.

나와 동료의 차이는 이런 점일 것이라고 생각했다. 그가 일선에서 물러나지 않을 수 없는 건 나이 때문이 아니라 이런 방심 탓이 아닐까. 나노무라는 그렇게 느꼈다. 나노무라는 풍뎅이가 부탁했어도 잔돈 배출구에는 손을 넣게 하지 않았을 것이다. 상대에게 주도권을 빼앗겨서는 안 되기 때문이다.

나노무라는 자동판매기에 등을 향한 채, 오른손을 뒤로 뻗어 잔돈 배출구에 손가락을 넣었다.

확신은 없었다.

그저 희망이 거기밖에 없었던 것이다.

손가락이 잔돈 배출구 안의 그것에 닿았을 때, 정체를 바로 알 수가 없어서 손가락 끝으로 살짝 형태를 확인해야 했다.

"잔돈이 얼만데?"

그렇게 말하는 동료에게 나노무라는 고개를 끄덕였다. "살았네요."

오른팔을 앞으로 내미는 것과 동시에, 발사했다.

손바닥 안에 쏙 넣을 수 있는 크기의 권총이었다. 실물을 만져 보는 건 처음이었지만 총알은 나왔다.

짧고 날카로운 소리가 났다.

엄지손가락만 한 크기면서도 살상 능력이 좋다고 정평이 나 있는 외국의 미니건이었다.

동료의 이마에 붉은 구멍이 뚫리고, 그는 곧게 선 자세 그대로 뒤로 쓰러졌다.

나노무라는 작게 한숨을 내뱉었다. 미야케 씨는 역시 유능했을 거야, 하고 생각한다. 우수한 업자는 다양한 준비를 해 두는 법이다. 무기를 잃었을 때를 대비하여 뭔가 도구를 미리 숨겨 두는 것은 작업 현장을 알고 있을 경우의 기본이다. 총이나 칼을 숨겨 두는 것만으로 형세를 역전시키는 경우도 있다. 그래서 발견하기 어려운 장소에 미니건을 숨겨 두었을 것이다.

미야케 씨, 살았어요.

나노무라는 다음에 만나면 직접 고맙다는 말을 해야겠다고 생각했다. 시간이 걸려도 좋으니 또 예전과 다름없는 관계로, 친한 지인으로 돌아갈 수 있을까요, 하고.

FINE

가쓰미
⌣

중요한 시험 당일인데 아무런 준비도 하지 않았고, 게다가 지각까지 했다.

하다못해 학교 가는 동안 최대한 교과서를 외우려고 했는데, 넘기고 또 넘겨도 페이지는 하얀 종이일 뿐. 학교 가는 길마저 공사 중이어서 아무리 해도 학교에는 도착하지 못한다. 그렇게 애태우고 애태우다가 눈을 뜨고 시계를 보니 이미 아침 여덟 시가 지나 있었다. 이거 회사 지각인데, 오늘 회의 있는데, 하며 벌떡 일어났다.

"아빠!" 방 입구에 아들인 다이키가 서 있었다. "엄마, 아빠 일어났어." 하고 말하면서 저편으로 간다. 이부자리에서 일어나 스마트폰의 버튼을 눌러 날짜와 요일을 확인한다.

"월요일인 줄 알았어." 하고 쓰게 웃으며 거실로 가자 아내인 마유가 "그렇게 회사가 좋아?" 하며 놀려 댔다. "아무튼 나, 오늘이야말로 미용실 갈 거야."

"아아, 그랬지." 보통은 세 살이 갓 지난 다이키와 둘이 하루를 보내야만 하는 그녀는 자신만의 시간을 갖기가 어려워 머리가 길게 자라 있었다. 파마는 바라지도 않고 그냥 커트만 했으면 좋겠다고 오래전부터 희망해 왔다.

좋아하는 만화영화가 나오는 텔레비전 앞에 진 치고 앉은 아들을 바라보며 아침 식사를 하고 있는데, 아내가 세탁물을 들고 오른쪽 왼쪽으로 오가는가 싶더니 설거지를 하고 청소를 한다. 그야말로 팔방미인처럼 활약하는 모습에 자신은 과연 여기서 농땡이를 부리고 있어도 되는 건가, 하고 불안해져서 아버지를 떠올리고 말았다. 어머니가 집안일로 바빠서 기분이 나빠진 것을 눈치채면 갑자기 움츠러들어 어떻게 하면 좋을지 모르겠는지 안절부절못하다가 그 경거망동 때문에 결국 어머니한테 혼나는 경우가 많았다.

"아, 가쓰미, 그러고 보니 어머님한테 전화 왔어. 연말에 아버님 성묘 가자시던데."

마유가 그렇게 말했다. 아직 가을인데 연말 이야기인가. 우리는 매일매일 일과 육아로 죽을 지경이라 그렇게 먼 훗날의 일을 말해 봤자 소용없어, 하고 불쾌해졌지만 어머니 입장에서 보면 중요한 일일지도 모른다.

"전화드려. 어머니, 요즘 좀 기운이 없으시더라."

설마. 최근 몇 년 사이 어머니는 신경정신과에 가지 않고도 일상적으로 생활할 수 있게 되었다. 아마 첫 손자의 탄생이 큰 계기가 되었을 것이다. 처방받은 약을 정기적으로 먹는 것도 이제는 먼 옛날이야기다 싶어 완전히 안심하고 있었다. 방심해서 문제가 생긴 걸까. 아버지가 죽고 난 후 표정이 사라지고 그저 숨만 쉬며 사는 듯한 어머니의 모습이 떠올라 또다시 그렇게 되면 안 되는데, 하고 무서워졌다.

"웬일이니, 그렇게 걱정스러운 목소리로." 전화를 받은 어머니가 어안이 벙벙한 듯 말하여 안도하는 동시에 힘이 쭉 빠졌다. 자신은 회사를 조퇴하고 집으로 찾아가 볼 생각까지 하고 있을 정도였던 것이다.

"아니, 마유가 엄마 기운이 없으시다고 걱정해서."

"기운이야 늘 없지. 아무리 10년 전이라고는 하지만 남편이 자살해 버렸는데." 하고 가족조차 웃어도 괜찮을까 주저되는 농담을 할 정도라면 완전히 회복되었다고도 할 수 있지 않을까. 사람을 잃은 괴로움에 가장 효과적인 약은 시간밖에 없다고들 흔히 말하는데, 10년은 나름대로 긴 세월이라 할 수 있었다. 아버지가 생각날 때마다 힘들어지면 차라리 그 아버지에 대한 이야기를 자주 하는 편이 낫고, 그러다 보면 마비되지 않을까 하고 어머니 나름대로 생각한 끝에 나온 대처법인지도 모른다.

"연말에는 늘 그랬듯이 엄마한테 갈 생각인데."

"다이키도 같이 오지?"

이제 자신은 손자의 덤 같은 존재다. "그럼. 뭐 힘든 건 없고?"

"아아, 맞다, 맞다. 실은 말이야." 어머니가 목소리 톤을 바꾸었다. "얼마 전에 갑자기 누가 찾아왔어. 젊은 남자가."

"젊은 남자라. 좋네."

"수상쩍은 용건을 가지고서. 아, 지난번에 마유하고 수다 떨 때 그게 영 마음에 걸린 채였었는데, 그래서 기운이 없다고 생각했을지도 모르겠구나. 마유는 참 날카로운 데가 있어. 가스미, 너 쉽게 보다가 바람피우는 거 들킨다."

"내가 바람피우는 게 전제 조건인 듯이 말하는 건 좀 그렇잖아."

그 말에 어머니가 잠시 입을 다물었다. 어머니를 부르자 이번에는 명백히 기운 없는 말투가 되었다. "네 아버지도 나한테 바람피운다는 의심을 받고 그렇게 됐는데."

"무슨 소리야?" 전화에 대고 소리치고 말았다.

'들은 적 없는 신작 이야기를 제일 빨리 듣고 싶어!' 같은 것은 전혀 아니었지만 나는 회사를 마치고 퇴근하는 길에, 즉 직장에서 사이타마의 분양 맨션으로 돌아가는 도중 역에서 내려 본가에 들렀다.

어머니는 태연스레 "그렇게 아버지가 바람피운 에피소드를 신경 쓰다니, 가쓰미 너 정말 바람피우고 있는 거 아냐?" 하고 놀려 댔다.

정색하고 반박할 마음도 들지 않는다. "아버지, 그때 바람피웠어?"

거실에 놓인 불단으로 눈길을 주고 말았다. '아버지, 정말이야?' 영정에 대고 묻는다.

"그날, 분명 전날이었던 것 같은데, 내가 아침에 살짝 뭐라고 했어. 같은 회사 여직원한테 문자가 와서 혹시나 이상한 관계가 아닐까 생각했었거든."

"여자한테 문자가? 엄마가 그걸 봤어?"

"가끔 봤어."

"가끔?"

"그래, 가끔." 어머니는 말했다. "밤에 아버지 휴대전화에 문자가 와서. 시끄러워서 소리를 껐다가, 좀 신경이 쓰여서 읽어 봤지."

의외였다. 아버지가 늘 어머니의 말과 행동에 신경을 썼던 건 초등학생 무렵부터 눈치채고 있었지만 그 반대인 경우를 느껴 본 적은 거의 없었다. "그래서, 어떻게 했어?"

"어떻게 했다기보다는, 물어봤지."

"심문이었겠지."

"그런 건 아닌데. 다만, 그날 유급휴가를 받은 게 혹시나 싶어서."

"엄마가 아버지 바람피우는지 의심해서 그랬다고?"

어머니의 얼굴이 어두워져서 나는 초조했다. 이쪽으로서는 반쯤 농담처럼 뭉툭한 작대기로 살짝 찔러 본 정도였는데, 어머니 입장에서 보면 막 생긴 상처 딱지를 건드린 기분이었는지도 모른다.

어쩌면 아버지가 죽고 나서 어머니가 정신적인 충격으로 병원에 다니게 된 것은 그것도 관계가 있었던 게 아닐까. 자신이 아버지를 괴롭게 만들어서 그런 게 아닐까 하고 죄책감을 느꼈던 것일까.

"하지만 아버지가 바람 같은 걸 피웠을까?"

"의외로 그런 사람이 인기 많아."

"에이, 아무리 그래도." 평상시 어머니에게 그토록 깜짝깜짝 놀라던 모습만 보며 자란 나로서는, 과연 아버지가 그런 위험한 짓을 했을까 싶었다. 하지만 연애나 성욕의 영역은 이성이나 냉정한 판단이 미치지 못하는 부분이고, 그래서 더욱 인간의 역사 속에서 다양한 사건과 드라마가 펼쳐져 왔을 것이라는 생각도 든다. "그래서 결국 어떻게 됐어?"

"바람?" 어머니는 거기서 갑자기 확 늙어 버렸다. 내게는 그런 것처럼 보였다.

열어서는 안 되는 상자의 뚜껑을 연 것처럼 물어서는 안 되는 걸 물어보고 말았다. "그때 네 아버지는, 아마 무슨 실수일 거라고 했어. 그 여직원이 다른 사람에게 보낼 걸 잘못해서 자기한테 보낸 게 아닐까 하고."

"답답한 변명이었네."

"나도 그렇게 생각했어."

아마도 아버지 사후에 그 답답한 변명은 진실이었던 것으로 판명된 모양이었다. 자세히 설명해 주지는 않았지만 아버지한테 잘못 보냈다고 사과하는 문자라도 왔는지 모른다.

"아, 그래서, 젊은 남자가 왔었다는 말은 어떻게 된 거야?"

"젊은 남자라고 했었나?"

"응. 수상한 사람이었어? 아니면 영업 사원?"

"갑자기 찾아와서는 아버지 이름을 대더라고. 남편분 계시냐면서."

"아버지를 만나러 온 거야?"

"그래. 처음에는 순간적으로 숨겨 놓은 자식이 아닐까 생각했지만."

"몇 살 정도 돼 보였는데?"

"스물 안팎이려나?"

어머니가 찬장 속 편지함에서, 방금 알아챈 거지만 그것은 내가 초등학생 무렵 공작 수업 때 조각도를 이용해 장식을 새겨 넣은 작품이었는데 아직도 그게 현역 선수로 거기 있다는 게, 물론 새로운 선수의 도전이 없었다고는 하더라도 감동적이기까지 했지만, 아무튼 거기에서 작은 종이를 가져왔다.

"명함을 놓고 갔어."

들여다보니 스포츠 센터 트레이너의 명함으로, 다나베 료지라는 이름이었다.

"왜 아버지를 만나고 싶어 한 거지?"

"기분이 안 좋아서 그냥 돌려보냈어."

"이야기도 안 들어 보고?"

"듣고 싶을 리가 있겠니."

"음, 어떻게 하면 좋을까."

"그나저나 많이 컸네."

"응?"

"가쓰미도 벌써 아버지가 됐고, 빠르다."

"갑자기 무슨 뜬금없는 소리야." 오히려 어머니의 인지 능력에 문제가 생긴 건 아닐까 싶어서 불안해졌다.

"아버지랑 닮았어."

가쓰미

다나베 료지는 스포츠센터 트레이너라고 했던 만큼 체격이 좋았다. 찰랑거리는 머리칼에, 시원스러운 대학생처럼 보였다.

"만나 주셔서 기쁘네요."

"아뇨, 무슨, 네." 나는 애매하게 대답했다. 어떤 사람인지도 모르고 이상한 단체에 들어오라고 권유할 가능성도 높으니까 만날 때는 충분히 조심하라고 아내 역시 사전에 단단히 못을 박아 두었다. "저기, 대체 무슨 이유로 우리 집에 오셨었는지……."

"갑자기 죄송했습니다. 어머님도 불안해하시는 것 같던데."

어머님이라는 말이 신경에 거슬린다. "아뇨, 불안이라뇨."

"제대로 설명을 못 드려서요. 저로서는 그냥 아버님에 대해 이야기하고 싶었던 것뿐이었어요. 저기, 자초지종 다 말하면 길어질 텐데 괜찮으시겠어요?"

안 괜찮아요, 하고 말할 수도 없어서 가급적 짧은 버전으로 부탁한다고 말하자 그는 "알겠습니다." 하고 대답했지만 이게 또 깜짝 놀랄 정도로 긴 이야기였다. 존재감 없던 초등학교 시절 이야기부터, 조금씩 성격이 밝아져 몸을 단련하기 시작하고 그러다 핸드볼에 푹 빠졌던 10대, 운동 능력을 인정받아 추천으로 입학한 대학에서의 생활 등등, 결혼 피로연 때의 소개도 이러려나 싶을 만큼 오랫동안 말했다. 나더러 자기 자서전이라도 쓰게 만들고 싶은 걸까.

"지금은 트레이너로서 그럭저럭 생활하고 있습니다만 그건 어디까지나 그럭저럭입니다." 하고 이번에는 현재의 불만과 불안을 거침없이 이야기하는 통에, 리모컨이 있다면 빨리 감기를 하고 싶었다. "그래서 말이죠. 최근 도내에서도 유명하다고 소문난 점집에 갔어요. 제 인생을 업그레이드하려면 어떻게 해야 할까 싶어서요."

"업그레이드라."

"그랬더니 점 보는 사람이 '당신, 옛날에 뭔가 미처 처리하지 못한 일이 있지 않나요?' 하더군요. 꼭 해야만 했던 일을 잊어버린 채 그대로 놔둔 게 아니냐고요."

눈을 빛내며 말하는 다나베 군에게는 미안했지만 그것은 분명 입에 발린 점술사 특유의 수법이었다. 회사원에게 '인간관계 때문에 힘들겠군요.' 하면 거의 90퍼센트는 해당될 것이고, '사실은 남보다 유독 외로움을 많이 타는군요.' 하면 짚이는 구석이 반드시 나온다. 게다가 다나베 군에게 한 말은 '뭔가' '옛날에' '꼭 해야 했지만 하지 못했던 일' 같은 추상적인 것에 추상적인 것을 다시 끼워 넣은, 해석의 여지가 너무 많은 모호함의 왕 같은 것이었다.

"그래서 저, 생각났습니다. 굉장하죠. 10년 동안 까맣게 잊고 있던 걸 번뜩하고 말입니다."

"드디어 우리와 관계된 이야기가 나오는 건가요."

빈정거림을 담아 그렇게 말하고 말았지만 그는 개의치 않고 "그렇습니다." 하며 고개를 끄덕였다. 미소마저 띠고 있었다. "10년 전, 제가 아직 초등학생이었을 때였습니다. 6학년이었죠. 그날은 학교를 쉬었습니다. 방금 전에도 말한 것처럼 당시 저는 학교에 적응을 못했어요. 그래서 하릴없이 여기저기 돌아다녔죠. 그러다가 무서운 연상의, 그래 봤자 중학생이었을 테지만 그들이 저를 에워싸고는 용돈 좀 줘, 하더군요."

여전히 내용을 파악하기가 어려워 화가 났지만 나는 참았다. 흥미 있는 척하며 고개를 끄덕였다. "삥을 뜯겼군요."

"저는 너무 무서워서 어쩔 줄을 몰랐죠. 그러고 있는데 어떤 남자가 다가와 그들을 쫓아 줬어요."

설마 했지만 다나베 료지는 "그 사람이 아버님이셨습니다. 가쓰미 씨의 아버님이요." 하고 말했다.

"아버지가요?" 우연히 불량소년들의 공갈 현장에 있다가 그런 행동을 했으리라고는 생각하기 어려웠다. 상식적인 회사원이었지만 과연 그렇게까지 정의감이 투철했느냐고 한다면, 그런 분위기는 아니었다. 다만, 공정이니 뭐니 하는 걸 중요시했던 기억은 있다. 이 세상에서 무엇이 옳은지는 모르겠지만 공정함은 있는 편이 좋다고 내게도 이따금 말했었다.

"그리고 가시기 전에 호주머니에서 사탕을 꺼내 제게 주셨는데, 그러다가 이걸 떨어뜨리셨어요. 주워서 다시 드리려고 했을 때는 금방 사라지셨고요."

그가 자신의 지갑에서 꺼낸 것은 작은 카드였다. 제법 오래되어 직사각형의 모서리가 너덜너덜해져 있었다.

병원 진찰권으로, 아버지의 이름이 적혀 있었다.

"그때 전 이걸 가지고 그냥 집에 갔어요."

진찰권 정도라면 다시 발행할 수도 있으니 귀중품이라고는 말하기 어렵다.

"어렸거든요. 꼭 돌려줘야만 한다고 생각했으면서, 그만." 다나베 료지는 죄를 고백하는 듯한 표정이 된다.

"아, 네."

"점술사에게 그 말을 들었을 때, 제 인생이 지금 한 발자국 크게 떼지 못하고 있는 건 바로 이것 때문이라는 걸 알았죠."

아마도, 하고 나는 상상했다. 다나베 군은 점술사의 추상적인 충고를 진지하게 받아들여 '미처 처리하지 못한 일'을 찾아내려고 자기 집 방을 발칵 뒤집어 놓은 채 저게 원인일까, 이게 모든 악의 근원일까, 그런 게 어딘가 있을 게 틀림없다고 생각하며 뒤지던 끝에 이 진찰권을 발굴했을 것이다.

옛날에 미처 돌려주지 못한 진찰권을 10년이 지난 후에 주인에게 돌려준다고 해서 인생이 확 뒤바뀔 만큼 단순하지 않다는 것 정도는 알고 있을 텐데. 그렇게 생각했지만 눈앞에 있는 다나베 군의 눈동자는 순진무구한 빛을 띠고 있었다. 인생이란 의외로 단순하다는 말을 믿는 자만이 보일 수 있는 반짝거림이었다.

"그래서 일부러 이렇게." 고맙다고 말해 두는 편이 무난할 게 틀림없다. "정말 고맙습니다."

"아뇨, 이제야 안심이 되네요." 봉인의 부적이 떨어진 듯, 앞으로의 내 인생은 장밋빛입니다, 하고 말하는 듯했다.

이제야 다나베 군의 운이 활짝 트일 의식이 끝났구나 싶은 기분이 들었지만, 받아 든 진찰권을 뒤집어 본 순간 상황이 살짝 변했다. "아!" 하고 자신도 모르게 소리를 낸 것은 거기에 적힌 진찰 예약 날짜가 마음에 걸렸기 때문이었다. "이건, 다음 날인데."

"다음 날이요? 무슨 뜻이죠?"

아버지가 돌아가신 다음 날이요. 나는 말했다. 이 예약 전날에 자살하셨어요, 하고.

다나베 군이 어리둥절해했다. "앗, 아버님이 스스로."

"그래요. 본인 스스로." 건물에서 뛰어내렸다.

"지난번에 어머님께 아버님이 돌아가셨다는 말을 들었을 때는 틀림없이 병 같은 걸로 그렇게 되신 줄 알았는데."

'그랬더라면 우리도 좀 편했을지도 모르죠.' 하고 말하려다가 그만두었다. 병으로 가족을 잃은 자와 자살로 가족을 잃은 자 둘 중 누가 더 괴로운가 하면, 둘 다 괴로울 게 뻔하다.

"어, 잠깐만요. 그럼 제가 만난 날 아버님이 돌아가셨다는 건가요?"

"그렇게 되나요?"

"그걸 주웠을 때, 저도 진찰권 날짜를 봤어요. 그래서 내일이네, 하고 생각했던 기억이 납니다. 그러니까 바로 돌려 드리지 않으면 곤란하시겠다고 생각했었는데."

나는 다나베 군을 찬찬히 바라보았다. 이 사람은 죽음을 맞이하기 직전의 아버지와 만났던 것인가.

"믿을 수가 없군요." 그는 말했다.

"우리도 그랬어요."

"아뇨, 그런 말이 아니라요. 정말 믿을 수가 없습니다."

가족인 우리보다 더?

"그러니까 전, 기억하거든요. 아버님의 말을요."

"아버지가 한 말을요?"

"그렇습니다. 어릴 땐 여러 가지로 힘든 게 많을 테지만 힘내거라, 하고 말해 주셨어요."

그리고 나서 다나베 군이 자기는 친구가 없다고 털어놓자 아버지는 "나도 없어." 하고 웃은 후 이렇게 덧붙였던 모양이었다. 하지만 행복해. 축복받은 나날을 보내고 있어, 하고.

"그런 말을 한 사람이 죽다니. 게다가."

건물에서 뛰어내리다니.

그때까지 안개가 끼어 있던 머리가 그 순간 활짝 개는 것 같았다.

어머니는 아버지의 외도를 의심했고, 그걸로 아버지를 다그친 것을 후회하고 있었다. 하지도 않은 일을 의심받고, 설명해도 믿어 주지 않아 충격을 받은 게 아닐까 하고. 나도 절반쯤은 그렇게 납득하고 있었다. 하지만 잘 생각해 보니, 그런 일 정도로 아버지가 목숨을 끊을 리 없었던 것이다.

오히려 어머니가 화나 있는데도 사실에 대해 설명하지 않고 모습을 감추는 편이 더 아버지답지 않다. 아버지는 언제나 어머니를 두려워하지 않았던가. 죽은 후에도 어머니 눈치를 보고 있을 게 틀림없다. 죽더라도 누명만은 벗고 죽었을 것이다.

전혀 논리적이지는 않았지만 나는 확신하고 있었다.

지난 10년 동안 내 가슴속에 품고 있던 상자, 슬픔과 후회의 색으로 덧칠된 그 상자 속 내용물은 내가 생각했던 것과는 전혀 달랐던 게 아닐까.

나는 다나베 군에게 고맙다고 말했다.

그는 아직 자신이 생각하는 모든 것을 말하지 못한 듯한 얼굴이었지만 왠지 가만히 있을 수가 없어서 그곳을 나왔다.

아버지는 왜 죽은 걸까.

"미야케 씨, 이 벨트도 세탁할까요?"

집 근처에는 왠지 세탁소가 많아서 군웅할거群雄割據, 세탁 전쟁이라고 부르고 싶을 정도였다. 실제로 그렇게 부르는 것은 아내와 나 정도였지만 가게 위치도 거의 일정한 간격을 두고 붙어 있어서 어디를 이용할지는 집마다 제각각이었다. 포인트 카드가 있나 없나, 손님 대하는 태도가 좋은가 아닌가, 실력이 좋은가 혹은 빠른가 하는 요소가 판단의 재료가 되었다.

우리 집이 그 나노 짱 세탁소를 이용하는 것은 단순히 간판에 그려진 유채꽃(일본어로는 '나노하나'이다 - 옮긴이) 그림이 귀여워 아들이 자주 손으로 가리켰다는 이유 때문이었지만 일하는 사람의 인상도, 세탁 솜씨나 가격도 만족할 만했다.

"벨트요?"

"이 코트의 벨트는 빼낼 수 있는 거라, 따로 취급합니다. 별도 요금으로요."

"아아, 그렇군요." 나는 별 생각 없이 "그럼 그것도 세탁해 주세요." 하고 대답했다.

"알겠습니다." 하고 대답하는 점원이 여기 주인이라는 건 최근 들어 알았다. 40대 후반이거나 50대쯤 되었을 것이다. 싹싹하고 시원시원하여 이야기하기가 편했다.

요금을 지불하고 가게를 나온 후 문득 아버지 생각이 머리를 스쳤다. 어린 시절, 아버지를 따라 세탁소에 갔을 때의 일이었다. 비슷한 일이 있었던 것이다.

어머니의 코트를 건네주는데 벨트는 별도 요금인데 어떻게 할까요, 하고 점원이 물었다. 아버지는 지금의 나와 똑같이 "벨트도 해 주세요."라고 말했다가 바로 고민했다. 요컨대 요금이 쓸데없이 더 든다면 벨트는 세탁하지 않는 편이 낫지 않을까, 나중에 엄마한테 왜 별도 요금인데 맡긴 거냐고 혼나지나 않을까 걱정이 되었을 것이다. 하지만 한편으로는 벨트만 가지고 돌아가면 '벨트는 더러워도 괜찮다고 생각한 거야? 혹시 어차피 내 코트니까 상관없다고 생각한 건 아닐 테지?' 하고 핀잔 듣는 것도 무서웠을 것이다.

초등학생 때는 나도 아버지가 그렇게 필요 이상으로 어머니 눈치를 살피는 성격인 걸 알고 있었기 때문에 전화해서 물어보라고 충고를 하지 않았던가. 다만 전화를 했는데도 어머니가 받지 않았거나 또는 그런 일로 전화 좀 하지 말라고 혼날지도 모른다며 걱정해서 전화를 안 했거나, 아무튼 해결이 나지 않았다. 결국 어떻게 됐는가 하면, 아버지가 자기 지갑에서 돈을 지불하고 벨트까지 세탁을 맡겼다.

"간단한 거였잖아, 가쓰미." 아버지는 만족스러운 듯 말했다. "엄마 반응을 봐서 만약 벨트 요금을 절약하는 편이 더 나았을 것 같으면 벨트가 별도 요금이었다는 건 말하지 않으면 돼."

어머니가 벨트의 세탁 요금 같은 건 별로 신경 쓰지 않는 것 같아서, 왜 아버지는 늘 벌벌 떠는 건지 신기해서 견딜 수가 없었다.

"가쓰미 군 아버지는 아마 다른 사람들과 어떻게 지내면 좋을지 모르는 아이 같았던 게 아닐까."

아내가 예전에 그렇게 말했다. 우리가 결혼했을 때 아버지는 이미 죽었기 때문에 그녀는 내가 재미있고도 이상하게 이야기하는 아버지의 에피소드를 통해 느낀 것일 뿐이겠지만 "나, 어렸을 때 친구가 얼마 없어서 왠지 알 것 같아." 하고 공감했다. "그래서 소중한 사람이 생기면 사소한 일로도 상대가 떠나 버리지는 않을까 무서워져."

"아니, 우리 아버지는 그런 거창한 게 아니야." 단순히 아내에게 눌려 사는 공처가라고만 생각했다.

어렸을 때는 자신도 결혼하여 아이를 가지면 아버지의 마음을 알게 될 거라고 생각했었지만, 실제로 그렇게 되어 보니 아버지에게 공감하는 기분보다는 왜 그렇게까지 했는지 어이없어지는 경우가 더 많았다.

아버지가 자살한 게 아니라면?

고민하던 끝에 어머니에게는 다나베 군 이야기의 일부밖에 전하지 않았다. 아버지의 죽음에 대한 걸 다시 끄집어내는 게 잘하는 짓 같지 않았고, 무엇보다 결론은 여전히 알지 못하는 상태인 것이다. 그렇지만 "그 다나베라는 사람, 무슨 말을 하든?" 하고 물어봤을 때 아무런 대답도 하지 않으면 오히려 더 걱정만 끼칠 것 같아서, 위험에 처한 그를 아버지가 도와준 적이 있었나 봐, 하고만 말했다. 그러자 어머니는 "어머나, 그래?" 하며 약간 눈시울을 붉혔다.

내 안에서는 매일매일 아버지의 죽음에 대한 의문이 커져만 가기 시작했다.

아버지가 자살할 리 없다. 지난 10년간, 나는 그렇게 생각하고 있었다. 하지만 아버지가 자살한 현실이 바로 앞에 있었으니 내 생각을 부정하는 것 말고는 다른 도리가 없었다.

어머니 정도는 아니었지만 아버지의 죽음으로 오랫동안 힘들었다. 함께 생활했던 내가 왜 스스로 목숨을 끊고 싶어 하는 마음을 눈치채지 못했을까, 말리지 못했을까, 하고 자책하느라 한동안 우울한 나날을 보냈다. 죽기 직전까지 아버지의 모습이 딱히 이상하지 않았던 것은 죽기 직전의 상태가 한참 지속되었다는 증거가 아닐까. 그러니까 나와 즐거운 한때를 보낼 때도, 시시한 잡담을 나눌 때도, 늘 힘든 상태였던 걸까. 그렇게 생각하면 대체 무엇을 믿어야 할지 알 수 없어서 몹시 울적해지곤 했다. 어머니처럼 신경정신과를 다니지 않았던 것은 그 무렵 마유와 만날 수 있었기 때문이리라. 그렇지 않았더라면 어머니와 함께 병원에 다녔을 가능성도 있다.

자살이 아니었나? 그럼 어떻게 죽은 걸까.

실마리가 될 만한 게 전혀 없어서, 군이 꼽자면 다나베 군이 10년 후에 돌려준 진찰권 같은 것 정도였다.

인터넷으로 조사해 보니 진료소는 아직도 존재하고 있었다. 갑자기 전화를 걸어 '10년 전에 진찰을 받았던 미야케 씨를 아십니까?' 하고 물어 봤자 '네?' 하고 수상쩍어할 게 뻔했다.

어떻게 할까 고민하는 가운데, 그 진료소 앞까지 와 있었다. 영업하러 돌아다니다 들른 것이다. 정확히는 거기에 들를 수 있도록 거래처 방문 순서를 짜 놓았다. 건물에 세 든 상가 중 하나로, 3층 모퉁이에 있었다. 간판에 적힌 진료소 이름이 진찰권의 그것과 같은 걸 보면 원장도 바뀌지 않았을 것이다. 내과와 순환기과였는데, 아버지는 과연 무슨 병으로 치료를 받았던 걸까.

아니, 왜 여기로 다닌 걸까 하는 의문이 컸다.

단골 병원이라면 집 근처에 있었다. 처음에는 회사에서 다니기 편한 건가 하고도 생각해 보았지만, 당시 아버지의 회사와는 제법 떨어져 있었다. 그렇다면 특별한 검사를 받을 수 있는 병원인가? 겉만 봐서는 지극히 평범한 동네 병원에 가깝다.

왜 여기로?

업무와 관련하여 알게 된 곳일까. 아버지는 문방구 제조업체의 영업 사원이었지만, 이를테면 이 진료소에서도 한두 가지 문구류는 사용했을 테니 그걸 담당했을 가능성이 아주 없는 건 아니다. 그런 사정으로 별것 아닌 병을 여기에서 진찰받았던 게 아닐까.

"어떻게 오셨나요?"

목소리가 들려와 돌아보니 하얀 옷의, 살짝 분홍색이 섞이긴 했지만 분명히 의료 관계자 중 한 사람으로 보이는 여성이 있었다. 어머니와 비슷한 또래쯤 되려나, 키가 크고 자세가 곧다. 밖에서 일을 보고 막 돌아오는 참인 듯했다.

"아, 네." 대충 얼버무려 봤자 나아지는 건 아무것도 없다. "저기, 실은 10년 전에 아버지가 여기로 통원 치료를 다니셨던 것 같은데요."

상당히 수상하게 여기리라 예상했던 것과는 달리 그녀는 "어머, 그분이 누구신데요?" 하고 매우 차분한 말투로 물어 와서 내 쪽이 오히려 당혹스러웠다. "10년이나 전의 일이라서."

"10년 넘게 있었거든요, 저도." 그녀는 시원스럽게 말했다. 듣기에 따라서는 차갑기도 한 말투였다. "기억력도 좋고요."

안드로이드 간호사라는 표현이 머리에 떠오른다.

내가 어느새 진찰권을 건네주었는지 그녀가 그것을 보고 있다. "아아, 미야케 씨. 그리운 이름이네요." 도저히 그리운 것처럼은 보이지 않았지만, 거짓말은 아닌 것 같았다. 실제로 거짓말을 한다고 득 될 건 아무것도 없으니까.

"아버지에 대해 좀 알고 싶어서요."

"알고 싶다고요? 모르셨어요?"

"최근에 이 진찰권을 발견했어요. 그리고 이 진찰권의 진찰 예정일이."

"적혀 있죠. 요즘은 좀 더 확실한 카드로 바뀌었지만요."

"그 날짜가, 아버지가 돌아가신 다음 날이에요."

그녀가 말없이 흘깃 나를 보았다. 시선으로 뢴트겐 사진을 찍히는 기분이 든다.

"아버지는 자살하셨죠." 마음 편히 들을 이야기는 아니었지만 눈앞의 그녀는 무슨 말을 듣든 전혀 동요하지 않을 것 같았다. "그래서 당시 어떤 병을 앓으셨는지 신경이 쓰였습니다."

"병 때문에 자살하신 건가요?"

"그것조차도 알 수 없습니다."

그녀는 진찰권과 나를 번갈아 본 후 "잠깐만 기다려 주시겠어요?" 하는 말을 남기고 진료소 안으로 들어갔다. '가만히 있을 수 있지?' 하는 말을 들은 어린아이가 가만히 있지 않으면 안 되듯이 '기다려 주시겠습니까?' 하는 말에는 그저 기다리는 수밖에 없었다.

"미야케 씨 말입니까. 10년 전 일이라 기억하고 있다고는 말씀드리기 어렵습니다만, 어느 정도라면 기억에 남아 있습니다."

마주한 의사는 쉰 살로도 일흔 살로도 보였다. 짧은 머리는 새하얬지만 얼굴에 축 처진 살도 없고, 주름 또한 노화 때문이 아니라 일부러 조각도로 새겨 놓은 듯했다. 눈빛은 날카로웠고 등도 꼿꼿했는데, 유일하게 온화해 보이는 건 이야기하는 말투뿐이었다. 처음에 대화를 나눈 여성 직원처럼 기계 같았다.

진찰 시간인데도 나를 안으로 안내하여 이야기를 시작한 바람에 다른 환자들에게 피해를 주는 게 아닐까, 가령 환자가 없다 해도 무슨 법률 같은 데 어긋나는 건 아닐까, 불안해서 어깨를 잔뜩 움츠리고 있는데 "휴진 시간이거든요." 하고 속마음을 꿰뚫어 본 듯 말했다.

초음파 검사용 기구를 갖다 대듯 시선을 이쪽 얼굴로 쏟아붓는다. "아버님을 닮으셨군요. 미야케 씨를 이렇게 보니, 아버님이 기억납니다."

"아버지는 여기에 환자로 다니셨나요? 아니면 업무 때문에?"

이쪽을 묵묵히 바라보던 의사가 위중한 병이라도 말하려는 것처럼 보여 긴장되었다. "업무라면?"

"문방구 제조업체의 영업을 하셨거든요."

"아아, 그쪽 일이군요."

"그쪽 일이요? 네, 그렇습니다. 영업 일이요." 아버지가 일했던 제조업체의 필기도구가 어디 없나, 하고 의사의 책상 위를 바라보았다.

"아버님은 환자로 오셨습니다."

"어디가 안 좋으셨나요?"

"그와 관련해서는 원래 가르쳐 드릴 수 없습니다만, 그다지 큰 병은 아니었다는 말씀은 드릴 수 있습니다. 위장약과 두통약을 처방해 드리는 정도였죠."

위중한 병을 이겨 내지 못하고 자살했다고까지는 생각하지 않았지만, 일단 그 가능성은 사라진 셈이 되었다.

"그런데 이곳은 아버지의 직장과도, 집과도 가깝지 않아서 왜 여기로 다니셨는지 신경이 쓰였습니다."

"왜 이제 와서?" 의사가 차갑게 말했다.

왜 그렇게 악화되도록 방치했습니까, 하고 꾸짖는 듯한 기분이 들었다. "우연히 진찰권을 발견했거든요. 그게 아무래도 신경이 쓰이더군요. 아버지가 돌아가신 바로 다음 날 여기 예약이 되어 있어서요."

예약이 되어 있어서? 그래서 어쨌다는 건가. 기념이 될 만한 장소를 찾아와 보고 싶었어요, 하고 덧붙일 수는 없었다.

의사는 나를 보았다. 그 밖에 또 신경 쓰이는 부분은 없으십니까, 하고 문진을 받고 있는 듯한 기분이 들었지만 결국 "그럼 수고하셨습니다. 이런 일은 처음이라 신선했습니다." 하는 말과 함께 끝났다. 냉정하고 침착한 연구자처럼 보였다. 하지만 연구자치고는 절대 없어서는 안 될 호기심이 전혀 없었다.

의자에서 일어나 진료실을 나오려는데 "아아, 실례지만." 하고 의사가 불러 세웠다. "아버님으로부터 뭔가 들은 말은 없으십니까?"

"무슨 말이요?" 그야 오랫동안 키워 주셨으니 수많은 말을 들었다. 주로 들은 말은 어머니에 대한 불평, 불평이라기보다는 앓는 소리였지만요, 하고 말하고 싶었지만 의사가 원하는 건 그런 말이 아니란 것 역시 알았다.

"10년 전이었던가, 그 무렵 제게 말씀하셨습니다. 자식에게 남기고 싶은 게 있다고."

"남기고 싶은 거라."

"짚이시는 게 없으면 대수롭지 않은 거겠죠."

진료실을 나왔을 때 대기실에는 아무도 없었고 약간 어두운 느낌이었다. 조명을 몇 개 꺼 놓았는지도 모른다. 이 진료소 의사는 정말 지금도 현역으로 환자를 진찰하고 있을까. 그조차도 의심하고 싶어진다.

계산을 해야 할지 말지 망설이다가, 창구에 있는 여성이 고개를 숙이고 있었기에 "고마웠습니다." 하고 작게 말한 후 인사를 하고서 서둘러 그곳을 나왔다.

아버지가 죽은 이유를, 병사였는지 아니면 사고사였는지조차 의사가 물어보지 않았다는 사실을 깨달은 것은 내려가는 엘리베이터에 올라탔을 때였다. 혹시 내 쪽에서 먼저 말했나.

가쓰미

"갑자기 왜?"

"갑자기는 아니야. 10년이 지났으니까." 나는 그렇게 대답했지만 어머니가 말하고 싶은 것은 10년 동안 아무 일 없다가 갑자기 왜 그러는 거냐는 뜻일 것이다.

주말에 아버지 방을 조사하기 위해 본가로 온 것이다. 10년 전의 아버지가 무슨 생각을 했는지, 이를테면 죽음에 대해 또는 그와 관련해 뭔가 알 수 있을 만한 물건이 없을까 해서.

어머니에게는 "지난번에 다나베 군과 이야기를 나누다 보니, 아버지 방 정리가 하고 싶어졌어." 하고 대충 설명했다.

지난 10년간, 어머니는 아버지 방에 들어가 보려고도 하지 않았다고 한다.

아버지의 방, 이라고는 하지만 그리 대단한 게 아니어서 원래는 창고 방이었던 것을 고친 것이다.

아아, 맞아, 그렇다.

내가 중학생 무렵이었을까. 아버지가 갑자기 "내 방이라는 걸 동경했었지." 하고 말하기 시작했다. 집이 지어진 햇수를 생각하면 재건축을 해도 될 시기일지도 모른다고 아버지는 의기양양하게 호소했다. 다만 평민의 목소리는 윗분들에게 잘 닿지 않고 닿았다 해도 잘해야 타협안 정도가 현실인 건지, 어머니는 재건축 비용으로 돈을 쓰는 것보다는 자식 교육에 써야 하지 않겠느냐며 방이라면 창고를 조금 손보면 된다고 제시했다. 아버지는 곧바로 손뼉을 쳤다. "기막힌 방법이네! 왜 그 생각을 못했지?"

당시의 나는 그런 아버지를 볼 때마다 기회주의라는 말이 떠올랐지만, 엄밀히 말하면 그와는 달랐다. 기회주의란 한 가지 입장을 고수하지 않고 있다가 형세가 유리한 쪽에 붙는 것을 가리킨다. 아버지는 아마 어머니가 압도적으로 불리한 상황이었어도 어머니의 의견을 따랐을 것이다.

텔레비전의 야구 중계를 볼 때 심판의 볼 판정에 "뭐야, 들어갔는데." 하고 어머니가 화를 내면 아버지도 "너무하네. 저건 아무리 봐도 스트라이크인데. 눈이 제대로 달린 거야?" 하고 맞춰 주었고, "어, 정말 스트라이크였나?" 하고 어머니가 바꿔 말하면 "확실히 아슬아슬해 보이기는 하네. 아주 살짝 스트라이크 존에 걸쳤어." 하고 자연스럽게 의견을 바꾸었다. 그런 장면을 몇 번이나 보았다.

내가 아버지 방을 정리하는 것에 대해 어머니 역시 이제 그럴 때가 되었다고 생각했는지, 몇 년 전 방 정리를 제안했을 때 같은 감정적인 반발은 없었고 "버리는 게 좋겠다고 생각되는 건 여기 넣어 둬." 하며 쓰레기봉투를 건네주었다.

작업은 그리 어렵지 않았다. 방이라고 해 봤자 큰 창고 정도라서 정리하는 데 시간은 걸리지 않았다. 캐비닛 안을 뒤져 버릴 것과 남길 것을 구분해 갔다.

물건이 나올 때마다 아버지와의 시간이 떠올라 코끝이 찡해지고, 그걸 정리하면 다음 물건이 아버지와의 기억을 자극하고, 그 반복이라 작업이 전혀 진척되지 않았다, 와 같은 일 없이 담담히 짐 정리를 해 나갔다. 애당초 아버지의 짐은 특별히 내 심금을 울릴 만한 것이 없었다. 회사에서 받은 비품이라든가 자석이나 집게, 회사 자료 같은 무미건조한 물건이 많았던 것이다.

그냥 창고 정리로 끝나겠다고 느끼기 시작했을 때, 그것을 발견했다. 무거운 종이 상자가 있고, 그 안에 숨겨 놓기라도 한 듯 종이봉투가 있었다. 종이 상자를 겨우 밖으로 끌어낸 후 봉투의 내용물을 확인했다.

처음 나온 것은 도화지였다. 뭘까 했는데 크레용 인물화가 있고 '아빠, 힘내 줘서 고마워요.'라는 서툰 글자가 적혀 있었다. 내가 어렸을 때 그린 건가. 그린 기억은 없는데, 아마 그럴 것이다. 이런 걸 보관했던 건가.

대학 노트가 세 권 나왔다. 표지에는 몇 권째인지를 가리키는 숫자가 무뚝뚝하게 적혀 있었다.

넘겨 보니 아버지의 글씨로 빼곡했다. 수험생이나 대학생이 수업 내용을 꼼꼼하게 정리해 놓은 듯해 아버지가 젊은 시절 공부할 때 썼던 노트일까 생각했는데 읽어 보고서 그렇지 않다는 걸 금방 알 수 있었다.

'왜 화났어?' 하고 물어봤을 때 '별로 화나지 않았어.'라고 대답하는 경우는, 기본적으로 '화가 나 있다'.

격언 같다. 하지만 격언보다는 실천적인 생활의 지혜 같은 것으로, 굳이 말하자면 매뉴얼에 가까웠다. 아버지는 문방구 제조업체에서 일했기 때문에 클레임 대응 방법 같은 게 아닐까 상상했지만, "상대방의 이야기에는 늘 요란하게 맞장구를 쳐 줘야만 한다. 아주 심각한 경우가 아닌 한 오버 리액션으로 화내는 일은 없다."라거나 "직접 만든 요리는 어떤 맛이든 한 입 먹고 그만두면 안 된다." 같은 내용을 보면, 이것이 특정 상대에 대한 대응책임을 알 수 있었다. 틀림없이 어머니였다. 어머니를 대할 때 어떻게 행동해야 할지, 그 요령이나 지혜가 적혀 있었다. 순서도 같은 그림이 그려진 페이지도 있고, 자신의 말과 행동에 의해 어머니의 태도가 어떻게 변하는지 자세히 기록되어 있다.

아버지가 늘 어머니 눈치를 봤던 건 물론 알고 있었지만 설마 이렇게까지 본격적으로 공부했을 줄은, 공부라고 부르는 게 옳은 건지와는 별개로, 상상도 하지 못했다.

잘도 이런 짓을.

동시에, 어머니의 안색을 살피면서 식기를 정리하거나, 늦은 밤에 들어왔을 때 화장실에 가느라 깬 나를 어머니로 착각했는지 차렷 자세로 사과하기 시작하거나, 어머니의 요리를 맛있어 맛있어, 하며 입 안 가득 넣던 아버지가 떠올랐다.

그렇게 열심히 애쓰지 않아도 되는데, 하고 당시의 나는 생각했었다. 지금도 그렇게 생각한다. 방금 전의 그림을 다시 한 번 펼쳐 본다. 아빠, 힘내 줘서, 라는 글자가 눈에 들어온다.

울고 있다는 걸 알아차릴 때까지 제법 시간이 걸렸다.

웃고 있을 텐데 이상하네, 하고 스스로도 당혹스러웠고 마음속으로도 결코 울 생각은 없었는데 뺨이 좀처럼 마르지 않았다.

눈이 흐릿했지만 나는 그 노트를 계속 읽었고, 군데군데에서 웃음을 터뜨리며 단 하나만을, 또 만나고 싶다고, 그것 하나만을 생각했다.

요즘 통 못 만났네요, 하는 생각마저 든 걸 보면 나야말로 아버지의 죽음을 실감할 수 없었는지도 모른다.

또 뭐가 없을까 싶어서 뒤지는데, 광고 전단지가 나왔다. '키즈 파크 개장'이라고 적혀 있다. 언젠가 가 보려고 했던 걸까.

그리고 마지막으로 발견한 것이 작은 봉투였다. 이혼 서류라도 들어 있나 생각하면서 들여다보는데, 열쇠가 떨어져 나왔다.

"아버지가 그 당시 어딘가에 창고 같은 걸 빌렸었나?"

정리를 마친 후 쓰레기봉투를 들고 어머니가 있는 1층으로 내려가 물었다.

"창고?" 어머니가 눈살에 주름을 만들었다.

열쇠가 나왔거든, 하고 솔직히 보고해도 됐지만 만에 하나 어머니가 그건 역시 바람피운 증거가 아닐까, 불륜 상대의 맨션 열쇠가 아닐까, 이런저런 상상을 할 위험성도 있었다.

"아니, 아버지 물건이 너무 없는 데다가 옛날에 본 적 있는 트로피 같은 것도 없어서 어디 다른 데 모아 놓은 게 아닐까 해서." 입에서 나오는 대로 아무렇게나 말하는 것도 어렵다. 눈에 잘 띄는 귀중한 물건이라는 점 때문에 트로피라고는 말했지만 물론 그런 물건들을 본 적은 없었다.

"트로피라니, 무슨?"

"글쎄." 공처가 그랑프리 같은. "아무튼 창고나 맨션 같은 건 없었겠지?"

"우리한테 무슨 돈이 있다고." 어머니는 그렇게 말하다가 "아아." 하고 허공에 날아다니는 솜먼지라도 바라보는 표정이 되었다. "그러고 보니, 그거."

"그거?"

"가쓰미 네가 말했었잖니."

"내가?" 설마 내게로 창끝이 날아올 줄은 생각지도 못했다.

"혼자 자취하고 싶다고 말이야."

"아아!" 그거라면 기억난다. 대학 입학 후 학교까지 전철을 타고 다니기가 힘들었고 무엇보다 귀가 시간이 너무 늦어지는 경우도 잦았기 때문에 어딘가에 아파트를 빌리고 싶다고 생각했던 터라 어머니와 아버지에게도 그렇게 말했었다. 아르바이트 비용도 저축하고 있었기에 슬슬 본격적으로 집을 알아보려던 차에 아버지가 죽었기 때문에 결국 본가에서 나가는 건 무산되었었다.

"네 아버지는 상당히 진지하게 고민했었어."

"진지하게 뭘?"

"가쓰미 널 위해 좋은 집을 구하려고 여기저기 알아보고 다녔던 것 같아."

"부동산에 대해 잘 알지도 못했을 텐데." 말하고 나서 생전의 아버지가 이와 똑같은 대사를 한 적이 있었을지도 모르겠다는 생각이 불쑥 떠올랐다.

풍뎅이

"가쓰미, 자취한다면 어디쯤이 좋을 것 같니?" 나는 2층에서 졸린 표정을 짓고 있던 가쓰미에게 물었다.

"어?"

"어제도 늦었잖아. 게다가 전에 말했었잖아. 집까지 오는 게 힘들다고. 확실히 대학에서 멀긴 많이 멀어. 친구들과 어울리는 것도 늦게까지는 무리일 테고."

"내키지 않을 때는 막차 끊겼다는 핑계로 안 들어오는데."

"내가 괜찮은 집 한번 찾아볼까?"

"집?"

"아파트나 맨션 같은."

"아버지, 언제부터 부동산 시작한 거야?"

가쓰미는 어쩌면 내 이야기를 근거 없는 농담이라고 생각했는지, 이미 대충 흘려듣는 모습이었다.

나는 반쯤 진심이었다. 물론 아들이 집을 나가는 게 쓸쓸하기는 했지만 같은 도내에 산다면 어렵지 않게 만날 수 있다. 무엇보다 나나 아내가 이대로 가쓰미와 영원히 함께 살 거라고 생각해 버리는 게 더 두려웠다. 언젠가 가쓰미가 이 집에서 떠나갈 테니까, 그렇다면 지금이 적당한 시기 같았다.

"왜?" 그 이야기를 했을 때 아내는 도전적으로 물어 왔다.

"그냥 집에서 다녀도 되잖아."

"뭐, 그렇긴 하지만. 그래도 언젠가는 나갈 텐데. 취직하고 나가는 것보다 학생 때 나가는 게 시간적으로 여유도 있을 테고, 그러면서 혼자 생활하는 것에 익숙해지는 편이 나을 것 같은데."

"그럴까?"

나도 내 의견이 옳다고 진심으로 생각한 것은 아니었다. 가쓰미가 어떻게 생활할지는 스스로 고민하는 게 더 낫다고 생각했다. 실제로 내가 염두에 둔 것은, 집과는 다른 피난 장소가 필요하게 될지도 모르겠다는 것이었다.

그 백화점에서의 사건, 즉 야근하던 나노무라가 식칼을 들고 나와 마주했던 게 이틀 전이다.

그 후 의사에게는 한 번 연락해서 수술을 그만두겠다고 통보했다.

"왜 그러십니까?"

"그만두기로 했어요." 몇 번이나 되풀이해 왔던 그 의사 표시를 그동안과는 전혀 다른 개운한 기분으로 전했다.

의사는 평소와 마찬가지로 묵묵히 있다가, 평소보다 무거운 목소리로 "그렇습니까?" 하고 대답했다. 그만두려면 좀 더 일을 해야만 한다고도 말하지 않았다. 참는 데도 정도가 있는 건지, 역시 더 이상 '은퇴 시의 주의사항'을 친절하게 가르쳐 줄 필요가 없다고 생각했는지도 모른다.

예전 같았으면 가족에게 피해가 미칠 것이 두려워 의사의 말을 들으려고 했겠지만 이번에는 달랐다.

일을 그만두려면 좀 더 돈을 벌고 나서가 아니면 안 됩니다. 의사는 늘 그렇게 말했지만 그 말을 따를 필요가 없다는 걸 비로소 깨달았다. 의사와 나 사이에는 비즈니스로서의 관계밖에 없는, 대등한 입장이었던 것이다.

선택지는 의사가 제시한 것 말고도 있을 것이다.

아침의 와이드쇼에서 어느 희극 배우가 소속사에서 나와 독립하려고 협상을 하다가 결렬되어 옥신각신하고 있다는 뉴스를 보면서, 하긴 소속사 입장에서 보면 무명 시절부터 돈과 시간을 들여 키워 왔는데 이제 겨우 제 몫을 하게 된 시점에서 나가겠다니 아쉬움도 있을지 모르겠다고 생각했다. 하지만 자신과 의사의 관계는 경우가 다르다는 것도 알았다.

나는 특별히 독립할 생각도 이적할 생각도 없이 그냥 은퇴하고 싶을 뿐이다. 덧붙여 신입 사원이나 신인 탤런트와 달리 처음 한 일부터 결과를 냈고, 중개업자인 의사에게는 이익도 가져다주었다. 그는 거액의 비용이 들었다고 주장했고 나 역시 그런가요, 하고 받아들였지만 잘 생각해 보면 어디에 그렇게 많은 비용이 필요했다는 말인가.

"비상계단은 저쪽입니다."

부동산 중개소의 후도 씨의 목소리에 퍼뜩 정신이 돌아왔다. 그는 우연히도 성이 '후도'인 모양이었다('부동산'의 '부동'은 일본어 발음으로 '후도'이다—옮긴이).

얼굴을 들자 맨션의 통로 부분에 서 있었다.

집 안내를 받고 있었다. 지은 지 30년 되는 관록 있어 보이는 겉모습에 햇볕도 잘 들지 않는다. 그런 만큼 위치 대비 임대료가 쌌다.

열어 준 현관문 안으로 들어갔다.

"이사 준비 중이신가요?" 후도 씨는 30대 중반쯤 되는 듯, 내가 미리 적은 희망 조건들을 보며 물었다.

"혹시나 괜찮은 물건이 있을까 해서요. 사실은 아들이 학생인데, 자취를 하고 싶어 하거든요."

학교가 어디쯤이냐는 질문에 대답하자 그는 "여기서는 좀 멀겠는데요." 하고 말했다.

"그렇게 멀까요?"

"아주 먼 건 아니죠. 지구는 둥그니까요." 후도 씨는 재치 있는 농담처럼 말했지만, 지구가 아무리 둥글어도 목적지와 어긋난 방향으로 걸어가다 보면 영원히 도착할 수 없다는 건 분명했다. 대답하기가 곤란했다.

집은 좋다고도 안 좋다고도 할 수 없었고 아니, 사실 안 좋은 점이 훨씬 더 많았음에도 싼 임대료로 어떻게든 그것을 상쇄할 수 있다는 점에서 나 자신은 물론 불만이 없었다. 하지만 당사자인 가쓰미에게 이 집을 보여 주었을 때 '아버지, 고마워.'라는 말이 나올 예감은 전혀 들지 않았다.

아내의 말을 떠올렸다. "나는 굳이 고맙다는 말을 듣고 싶은 건 아니야. 집안일도 그렇고, 학부모회 모임도 그렇고. 다만 그게 당연히 내 일인 것처럼 생각한다면, 아무래도 한마디 하고 싶기는 할 거야."

가쓰미 역시 독립해서 혼자 살 맨션은 부모가 준비해 주는 게 당연하다고는 생각지 않을 테지만 그래도 기뻐해 주지 않는다면 쓸쓸할 것이다. 더 나아가, 억지로 기쁜 척하는 것도 괴로울 것 같다.

"조금 더 가까운 곳으로, 어디 없을까요?"

"임대료가 비싸질 텐데요. 아드님 혼자 산다면 원룸도 괜찮을 것 같네요."

"아아, 그건. 어쩌면 가끔 내가 자고 갈지도 모르는데."

그는 내 온몸을 위에서부터 아래로 재빨리 훑어본 후 뭐라고 한마디 하고 싶은 표정을 지었지만, 아무 말도 하지 않았다. 부디 하고 싶은 말이 있으면 해 주세요, 하고 내가 어깨를 으쓱이는 몸짓으로 재촉하자 "아드님이 싫어하지 않을까요?" 하며 웃었다.

"그럴지도 모르죠. 하지만 물론 자주 올 생각은 없어요. 정말 급할 때만."

"급할 때요? 그런 일을 하세요?" 하고 내가 미리 기입한 종이로 눈길을 준다.

"문방구 제조업체의 영업 일을 합니다만."

"샤프펜슬 관련해서 긴급 사태 같은 게 생기나요?"

"고무지우개로도요."

그가 곤혹스러운 표정이 된다. "사모님과 부부 싸움 했을 때도 대피할 수 있도록 말인가요?"

"맞아요." 그렇게 대답했지만, 사실 나와 아내 사이에서는 기본적으로 큰 싸움은 일어나지 않는다. 동물은 집단 안에서 다툼을 벌이는 게 기본이지만 서열이 확실한 경우에는 다툼이 일어나기 힘들다고 들은 적이 있다. 다툼은 서열을 만들기 위해, 권력 투쟁 때문에, 영역 다툼을 위해 발생하는 것이다. 아내는 동의하지 않더라도 내 마음속에서는 나와 아내 사이에 서열이 명확히 형성되어 있기 때문에 다툴 이유가 없다. 그래서 내가 긴급 사태로 상정하고 있는 것은 나를 성가셔하는 자들이 공격해 왔을 때의 경우다. 가족을 대피시킬 장소가 필요한 것이다.

"아아, 그런 의미에서 더 말하자면."

"뭔가요?"

"임대료는 조금 비싸도 상관없지만 이거 참, 뭐라고 말하기가 힘든데, 이를테면 관리가 허술한 물건은 없을까요?"

"네? 관리가 철저한 곳이 아니고요?"

"관리인이 있다 해도 융통성이 좀 있는 분이라면 좋겠는데."

가령 위험한 무리가 아내와 가쓰미 가까이 접근한다면, 그 맨션이나 아파트에서 싸울 필요가 생긴다. 관리인이 꼬치꼬치 시끄럽게 참견하는 건물이라면 생각처럼 움직이지 못할 가능성이 있다.

"귀가 어둡고 일 처리가 똑 부러지지 않는, 노인 관리인이 있는 그런 곳이요." 나는 그렇게 말한 후 그런 무해하고 허약한 노인을 끌어들이는 건 미안한데, 하고도 생각하며 덧붙였다. "게다가 왠지 싫은 느낌의 관리인이 있는."

"지금 당장은 무리입니다만, 찾아볼까요? 오늘은 시간이 별로 없으시다고 했죠?"

시간이 없는 이유는 의사가 호출을 했기 때문이다. 전날 "곧바로 진찰받으러 와 주십시오." 하고 연락이 왔다.

호출했다고 해서 태연히 가 버리니까 문제인 것이다. 인연을 끊었으니 무시하면 된다.

만약 나의 인생을 지켜보고 있는 자가 있다면 그렇게 말하고 싶을 게 틀림없다. 그러니까 아무리 시간이 지나도 일을 그만둘 수 없는 거라고. 하지만 밖에서 훈수 두는 건 쉽다. 당사자

입장에서 보면 모든 일이 그리 단순하지 않다. 이쪽도 나름대로 생각하며 행동하고 있는 것이다.

협상이 결렬된 순간 의사는 좀 더 직접적으로 나와 내 가족에게 공격을 가해 올 것이다. 그로서도 손을 씻으려고 하면 이렇게 된다고 다른 하청 업자들의 주의를 환기시켜 주어야만 한다.

완전히 결렬되는 건 조금 더 후. 지금은 협상 중이라고 생각하게 만들 필요가 있었다.

"치료를 그만두겠다는 생각은 변함이 없으십니까?" 마주한 의사가 말했다.

"뭐, 그렇죠. 이대로 계속하는 건 피차 좋지 않아요."

"피차?"

"의욕 없는 직원을 둔 가게는 소문만 나빠지죠."

"저는 별로 상관없습니다만."

의욕이 없어도 막상 하게 되면 제대로 일을 처리한다. 그게 나였다. 의사도 알고 있는 것이다. 일을 계속 주면 가마우지로 물고기를 잡는 어부처럼 의사에게는 이익이 들어온다.

"아뇨, 이제 됐어요. 은퇴할래요."

"그러려면 조금 더."

"그것도 이제 됐어요. 더 이상 안 해요."

의사는 곧바로 대답하지 않았다. 이 대화 자체가 이미 몇 번째인지도 모를 정도라 '그만 이혼해!'라는 말이 빈번히 오가는 부부나 다름없었다.

여기서 공격해 온다면.

나도 모르게 그런 생각을 하고 있었다. 아마도 밖에서 나를 지켜보고 있을 여러분, 있을지 없을지 모르겠지만 만약 있다면 그들도 똑같은 생각을 하고 있을 것이다.

진찰실에서는 의사와 나 둘만 마주하고 있다. 무릎이 닿을락 말락 한 거리다. 도구를 쓰지 않더라도 상대의 숨통을 끊을 방법이라면 대충 열 가지 이상은 떠오른다. 그것은 처음 여기에서 의사와 이야기했을 때부터 생각한 것이었다.

하지만 쉽지는 않을 것이다.

"제 신변에 무슨 일이 생기면." 처음 만났을 때 의사가 말했었다. 대개는 진찰과 관련된 용어나 증상, 치료를 연상케 하는 말을 사용했지만 그때는 단도직입적이었다. "진료소에서는 나갈 수 없게 됩니다. 이 진료실은 물론이고 외부 출입구도 봉쇄됩니다."

그리고 유독 가스가 나와 단숨에 끝장나는 구조인 듯했다. 물론 다른 직원이나 환자까지 말려든다. 만약 나에게 위해를 가한다면 무슨 일이 있어도 길동무를 삼을 겁니다, 하는 의미였다.

결국 목숨을 빼앗으려면 진료소 밖이어야만 하는데, 이 의사로 말하자면 거의 진료소 밖으로 나가려 하지 않았다. 뿌리라도 내린 건가 싶을 정도였다. 억지로 유인하여 진료소 밖으로 불러낼 수는 있겠지만 그럴 경우 몹시 경계할 게 틀림없다.

"그렇다면 이제 미야케 씨는 치료받지 않겠다는 말로 이해해도 되겠군요."

"예전부터 그렇게 말했어요."

"다만 그렇게 되면 악성뿐만 아니라 정상적인 세포도 데미지를 받습니다."

가족에게 위해를 가하겠다는 뜻이다. "악성인 부분만 바늘 끝으로 노릴 수도 있지 않을까요? 의학은 진보하고 있는데요."

"그렇게는 안 됩니다."

"조금 생각해 주실 수 없을까요?"

"오히려 그쪽에서 잘 생각해 주십시오."

지난 몇 년 동안 되풀이해 온 대화였다. 결국 가족이 걸려 일을 그만두지 못할 것이라고 의사도 생각하고 있을 것이다.

"생각이 정리되면 연락할게요."

"수술은 얼마든지 제안드릴 수 있습니다."

진료소를 나와 평소 같으면 엘리베이터로 내려갔을 것을 그렇게 하지 않고 불편한 계단을 이용하기로 한 것은 역시 안 좋은 예감이 들었기 때문일 것이다. 의사의 표정은 평소와 다름없었지만 평소 이상으로 나와 눈을 마주치려 하지 않았다.

그래서 나는 늘 진료소를 나온 후면 그렇게 하듯이 건물을 나오자마자 택시를 타고 회사로 돌아가기로 했다.

이 앞에서 사고가 난 모양이라 약간 돌아가겠습니다, 하고 기사가 말해 나는 반대하지 않았다.

교차로에서 좌회전하여 다음 네거리에서 오른쪽으로 꺾은 지 얼마 안 되어 스마트폰으로 문자가 왔다. 열어 보니 회사의 사무 담당 여직원으로부터 온 것이었는데, 아무리 읽어 봐도 사적인 내용이라 곤혹스러웠다. 잘못 보낸 것임을 깨달을 때까지 약간 시간이 걸렸다. 그리 친하지는 않았지만 주의 부족으로 인한 실수가 많은 사람인 것 같기도 했다.

'다른 사람에게 보낼 문자를 잘못 보내지 않았나요?' 하는 문장을 작성하여 발신 버튼을 누르기 바로 직전, 차 달리는 소리가 변한 걸 눈치챘다. 이상한 가속에 처음에는 운전기사가 의식을 잃은 건가 의심했지만 백미러 너머로 얼굴이 보였다.

정확히 앞을 보고 있었다. 의도적으로 가속한 것이다.

의사의 얼굴이 머리에 떠오른다.

이대로 어딘가에 격돌할 생각인가.

진료소를 나온 후에는 늘 건물 앞에서 택시를 잡는 행동 패턴에 착안한 것일까.

운전석과의 사이에는 투명 칸막이가 있다. 시트에 몸을 젖히는 자세를 취하며 두 다리를 있는 힘껏 뻗어 그것을 파괴했다.

운전기사가 핸들을 기울였다. 팔을 돌려 운전기사의 목을 조인
다. 적당히 봐줄 여유도 이유도 없어서 거의 목뼈를 부서뜨릴
작정으로 힘을 주었다.

　발은 액셀에서 떨어졌지만 차의 속도는 줄지 않았다. 앞 유
리창 너머로 도로를 따라 늘어선 건물들이 보인다. 보행자가
있었다. 젊은 여성이었다. 뒤에서 운전석 쪽으로 억지로 비집
고 들어가 핸들을 겨우 비틀었다. 여자는 피했지만 그대로 빌
딩 옆 전신주에 부딪히는 건 피할 길이 없었다.

　피해를 최소화할 수밖에 없어서 뒷좌석에서 몸을 둥글게 말
았다. 목이 부러지면 끝장이다. 등을 앞으로 하고 운전석 쪽으
로 향했다.

　그 직후 충격이 전해졌다. 등받이에 몸을 기대면서 충격을
간신히 죽인다. 에어백이 터진 걸 알았다. 택시는 비스듬히 충
돌했다가 반원을 그리듯 수평으로 회전했다. 반대쪽 벽에 부딪
친 듯, 큰 흔들림이 몸을 덮쳐 왔다. 나는 날아가 문에 세차게
부딪쳤고, 머리로 통증이 전해졌다. 앞 유리창이 무너지듯 깨
진 것을 소리로 듣고 알았다.

　회전이 멈추고 몸이 움직이는 것과 문이 열리는 것에 행운이
라고 생각하면서 밖으로 나왔다. 연기를 피워 올리는 차를 그
대로 두고 인도를 거슬러 돌아갔다.

　몸의 심지가 계속 진동하는 듯한 상태는 지속되었지만 이 정

도로 끝났다면 그나마 다행일 것이다.

의사는 나를 처치하기로 한 것일까. 또는 위협할 셈일까?

여기서 죽을 정도의 업자라면 더 이상 쓸모없다는 생각도 있었을지 모른다. 여유나 부리고 있을 때가 아닌 것이다.

차가 부딪치는 소리 때문인지 건물 여기저기에서 벌집을 쑤신 듯 사람들이 뛰쳐나온다. 나는 그 사이를 비집고 돌아갔다.

길을 한 블록 정도 벗어났을 때 "저, 실례지만, 다친 것 같은데 괜찮으세요?" 하는 말이 들려왔다. 돌아보았을 때 그 여자가 방금 전 차에 치일 뻔한 보행자인 걸 알았다. 찌릿찌릿한 긴장감을 알아챘다. 상대가 칼로 찌르려 든다. 머리에 욱신거림이 느껴졌지만 그래도 내 쪽의 움직임이 더 빨랐다.

가쓰미

"이 열쇠인가요? 조사해 볼 수는 있습니다. 아마도요. 네, 아마도입니다만." 양복을 입고 시원스러운 표정을 한 그는 판에 박힌 미소를 짓고 있었다. 의뢰인인 나를 친근하다고도, 예의 바르다고도 할 수 없는 어중간한 태도로 대하고 있지만 시원스러운 미소 때문인지 불쾌하지는 않았다.

아버지의 방에서 나온 열쇠가 어디의 자물쇠를 여는 건지 알고 싶어서, 처음에는 열쇠 가게나 부동산 중개소에 "가능할 리 없겠지만." 하면서 상담했지만 돌아오는 것은 당연히 "가능할 리 없죠."였다. 역시 이건 무리겠구나 싶던 참에 어느 열쇠 장인으로부터 "우리끼리만 하는 말인데, 열쇠 만들 때의 데이터를 제법 수집한 업자가 있어요." 하는 말을 듣게 되었다.

"그런 걸 수집해도 되는 건가요?" 내가 놀라서 묻자, 그는 웃으며 말했다. "물론 괜찮을 리 없죠."

불법적인 개인 정보 수집 업자 같은 것일까.

돌아가신 아버지의 방에서 나온 열쇠라고 설명했던 게 동정심을 끌어낸 듯하다. "자네가 악용할 것 같지는 않으니까." 하고도 말했다. 그런 정도로 믿어도 되는 건가 하고 어이가 없으면서도 고마웠다.

그리고 나타난 것이, 눈앞의 잡지 모델을 두 단계 정도 서민적으로 끌어내린 듯한 외모의 시원스러운 젊은이였다.

"어디 아파트 같은 곳의 열쇠일까요?" 10년 전 내가 혼자 자취하고 싶다고 생각했던 것과 결부하여, 임대 아파트나 맨션 열쇠가 아닐까 추측해 보았다.

"아마 그럴 거예요. 네, 틀림없이. 가지고 가서 우리 데이터베이스로 검색해 보겠습니다. 직접 알 수는 없더라도 어느 가게에서 만든 열쇠인지 알면 그걸 실마리 삼아 조사해 볼 수도 있죠."

"금방 알 수 있을까요?"

그는 나를 가만히 바라보며 "컴퓨터의 처리 속도가 어느 정도일 것 같으세요?" 하고 물었다.

기분을 상하게 하는 말이었나, 하고 반성했다. "어느 정도인가요?"

"글쎄요, 모릅니다."

명경지수, 맑은 눈동자로 그렇게 대답하니 화도 나지 않는다.

"아버님은 자기만의 비밀 집을 가지고 싶었던 게 아닐까?"

저녁 식사를 하고 있는데 아내인 마유가 말했다.

"비밀의 집?"

"남자는 혼자 있고 싶을 때가 있다고 하잖아."

"아마 혼자 있고 싶은 남자가 한 소리일 뿐이라고 생각하는데." 여자도 혼자 있고 싶을 때는 있을 것이다.

아내 옆에 있는 아들은 텔레비전에 푹 빠져 입 안에 넣은 음식을 전혀 씹지 않고 있어서 볼만 불룩 튀어나온 상태 그대로인지라 "멈췄네." 하고 지적했다. 한 번 두 번 입을 움직였지만 이내 다시 멈춘다.

"하지만 확실히 아버지는 엄마 눈치만 봐서 숨 돌릴 곳이 필요했을지도 모르지."

"어머니 착하신데."

"부부 사이에 무슨 일이 있는지 누가 알겠어."

내가 보는 한 아버지는 분명히 어머니에게 너무 겁먹어 있었다. 그렇다고 어머니가 가정 내 권력을 장악했느냐 하면 결코 그렇지 않았고, 부부 사이도 나쁘지 않았다.

"아버님에 대해 제일 먼저 기억나는 건 뭐야?"

"무슨 소리야, 갑자기?"

"참고하게. 그러니까, 우리 집은 아버지가 안 계셨잖아."

"글쎄, 뭘까."

"왜 웃고 있는데?"

그 말을 듣고 떠올린 기억 때문이었다. "아침에 일어나 보니 우주에서 돌아온 것 같은 옷차림으로 쓰러져 있었던 적이 있어."

"아버님이? 우주복 같은 게 있었어?"

"마당에 커다란 벌집이 생겼었거든."

아침 네 시인가 다섯 시인가. 아무튼 새벽 시간에 대체 왜 그리 열심이었는지는 모르겠지만, 우리가 깨기 전까지 처리해야만 한다는 사명감이라도 있었는지 스프레이를 사용해서 맞서 싸웠다. 싸웠던 것 같다. 내가 일어났을 때는 다 끝나 있었다. 분사된 액체 때문인지 벌집은 다 녹아 떨어져 있고, 수많은 벌의 사체가 나뒹굴었다. 잔인한 짓을 했어, 하고 신음하던 아버지는 진심으로 그렇게 생각하는 것 같았지만, 아무튼 스키복이며 다운재킷을 포개 입은 완전 방어 차림이 더워서 견딜 수 없었는지 그날 하루 종일 누워 있었다. 뭘 그렇게까지 하냐며 어머니에게 한 소리 듣지 않았을까.

지금 생각해 보면 아버지는 그렇게 우리가 모르는 동안 우리를 지켜 주었던 건지도 모른다.

다이키가 어느새 의자에서 내려와 내 옆에 와 있었다. 왜 그러지, 하고 이상하게 생각하고 있는데 "좀 무서웠는지도 모르겠네." 하며 아내가 텔레비전을 가리켰다.

만화영화였는데, 괴물이 나오는 장면이었던 듯 공포심을 부채질하는 음악이 흐르고 있었다.

나는 아들을 안아 무릎에 앉힌 후 "괜찮아. 아빠가 있으니까." 하고 말해 주었다. 아들을 안심시키기 위한 입 발린 소리가 아니라 진심이었다. 진심이라는 것을, 스스로 말하고 나서야 실감했다.

이 아이가 앞으로 살아가며 체험할 무서운 것, 불합리한 것으로부터 내가 지켜 주고 싶다, 지켜 보이겠다고 당연한 일처럼 생각했다. 물론 그런 한편으로, 살아가면서 무서운 것이나 괴로운 것을 피해 갈 수 있을 리 없다는 것도 안다.

힘내라. 속으로 아들에게 응원을 보내다가 나도 아직 힘내고 있는 중이지 않은가 싶어 쓰게 웃고 만다. '아빠, 힘내 줘서 고마워요.'라고 쓴, 크레용으로 그린 자신의 그림을 떠올린다.

"아버님과 마지막으로 무슨 이야기를 했는지 기억해?"

"어?"

"아버님이 돌아가시기 전에 제일 마지막으로 무슨 말씀을 하셨는지."

"아." 그것에 대해서는 10년 전부터 생각해 왔다. 아버지는 아무런 조짐도 없이 갑자기 건물 위에서 뛰어내렸다. 그것을 예감케 할 만한 말이나 행동은 없었는지 생각해 보았던 것이다. "이상하게 잘 생각이 안 나. 생각하려고 하면 할수록, 모래 사장에서 모래를 퍼 올리면 퍼 올릴수록 깊이 가라앉는 것처럼 기억이 도망쳐 가는 느낌이야."

"기억 안 나?"

"그래." 하고 대답하는 순간 문득 떠올랐다. 파고 또 파도 솟지 않던 샘이, 10년이 지나 가볍게 손톱으로 문지르자 분출된 듯한 싱겁기 그지없는 것이었다.

그때는 아침이었다. 내가 2층에서 내려가자 아버지가 푸딩이었나 아이스크림이었나, 그것의 뚜껑을 막 열고 "이거 먹어도 돼?" 하고 물었다. 그러고는 아버지가 "요즘 어때?" 하고 애매한 질문을 해서 나도 "뭐, 그럭저럭." 하고 애매하게 대답하지 않았나.

"아, 그거, 엄마가 먹으려고 했던 거 아닌가?" 내가 그렇게 지적했다.

아버지는 이미 그 푸딩이었나 아이스크림이었나를 먹는 중이었기 때문에 "큰일 났다." 하며 얼굴을 찌푸렸다.

"그렇게 심각한 문제는 아니야."

"심각한 문제야." 아버지는 그렇게 말하며 "나중에 사다 놓지, 뭐." 하고 변명하듯 말했다.

그게 마지막 대화였던가. "10년이나 지나서야 생각났어. 하지만 굳이 말하자면 특별할 건 없는 대화였어." 하고 웃었지만 잊지 않았다는 게 스스로도 기뻤다.

"나중에 사다 놓겠다고 했던 아버님이 스스로 뛰어내렸을 것 같지는 않은데."

사람의 말과 행동은 논리적이지 않아서 돌발적으로 자살하는 경우도 있다. 10년 전이라면 아마 그렇게 생각했을지도 모르겠지만 다나베 군의 이야기를 들은 지금은 다르다. "맞아, 이상하지."

"그게 마지막 대화였다고?"

"확실히 그날이었어. 그 후에도 대화가 더 이어졌던 것 같긴 하지만 생각이 나지 않아." 좀 더 시간이 지나면 지금처럼 훌쩍 기억이 되살아날까. 그 후 아버지와 무슨 이야기를 했었는지.

다이키의 머리를 바라보면서 자신도 이렇게 아버지의 무릎에 앉아 있었을 때를 상상해 본다. 당연한 일이지만, 전혀 기억나지 않는다.

"전화 온 것 같은데." 아내의 지적에 스마트폰을 보니 전화가 울리고 있었다. 모르는 번호여서 그냥 무시할까 망설이면서도 그럴 수 없었던 것은, 아버지의 그 열쇠와 관련된 연락이지 않을까 생각했기 때문이었다.

예상과 어긋나기는 했지만 아주 생뚱맞은 것은 아니었다고나 해야 할지, 전화를 건 사람은 지난번 내가 방문한 진료소의 의사였다. 건강 검진을 받고 나쁜 부위가 발견되었다는 통보를 받은 것처럼 좋은 기분은 아니었다.

"아버님 문제로 전화드렸습니다."

"아아, 지난번에는 갑자기 실례했습니다." 그렇게 말하면서 나는 아내에게 그 의사가 전화한 거라는 뜻을 전하기 위해 몸짓을 했는데, 당장 떠오른 것이 청진기로 상대의 심장 소리를 듣는 시늉 정도밖에는 안 되었다. 아내는 이해했는지 못했는지, 어느 쪽이라고도 할 수 없는 표정으로 고개를 끄덕였다.

"실은 우리 직원 중에 아버님을 기억하는 사람이 있어서요."

"간호사신가요?"

"당시 일 문제로 고민이 있었던 모양입니다. 그런 방면의 의사를 찾고 계셨던 것 같아요."

애매하게 말하는 걸 보면, 10년 전 일이라고는 하지만 사생활과 관련된 문제이기 때문인 걸까. "신경정신과 같은 거요?"

"우리보다는 좀 더 전문적인 의사를 소개해 드리겠다고 했다는 것 같던데요."

"그 직원분에게 이야기를 더 들어 볼 수 있을까요?"

"네." 의사의 목소리는 차가웠다. "그 후, 아버님과 관련해서 더 발견한 게 있습니까?"

"조금요." 하고 대답했다. 열쇠다. 침묵이 흐르자 불안해져서 "조금 있었어요." 하고 다시 말했다. "발견이라고까지 할 수 있는 건 아닙니다만."

"뭔가 나왔습니까?"

"아버지 방에서." 이것 역시 어느 정도까지 말해야 할지 알 수 없어서, 어쨌거나 열쇠의 정체가 확실치 않았기 때문에 애매하게 이야기할 수밖에 없었다. 만에 하나 그 열쇠가 아버지의 애인 집 열쇠라면, 가능성은 낮았지만 아주 아니라고도 단언할 수 없었던 만큼 주절주절 다 털어놓는 건 아버지에게도 미안했다.

수요일 오후는 휴진이니 그 시간에 오시면 됩니다.

의사는 그렇게 말했고 나도 일정을 확인한 후 알겠습니다, 하며 전화를 끊었다.

아내에게 전화의 내용을 말하자 "아버님이 일과 관련해서 고민 같은 게 있으셨나?" 하고 고개를 갸웃거린다. "그런 분으로는 보이지 않았는데."

"만난 적도 없으면서." 나는 장난스럽게 말했다.

"하긴." 아내가 순순히 고개를 끄덕였다. 그러고 나서 "그런데, 아까 자동판매기 버튼을 닥치는 대로 누르는 시늉은 왜 했어?" 하며 눈살을 찌푸렸다.

풍뎅이

관리인은 그것이 마음에 드는 입버릇이었는지 "내가 죽으면 아무 보장도 할 수 없지만." 하고 내 앞에서 또 말했다.

고령인 것은 틀림없었지만 근육질의 체형도 그렇고, 말발이 센 것도 그렇고, 그리 쉽게 죽을 것처럼 보이지는 않았다. 주름은 있어도 피부에는 윤기가 흘렀다.

부동산 중개소의 후도 씨는 성실하고 유능했다. 내 요청에 근접한 물건을 찾아 주었던 것이다.

"난 입주민 생활에는 간섭하지 않소. 나도 여기 살고 있지만, 저기 1층 안쪽에 있는 게 내 집인데 엄청 복잡한 문제가 생기지 않는 한 들여다보지 않을 거요." 관리인 남자가 웃는다.

"집 안에서 프로레슬링을 해도요?"

"미식축구를 하든 말든. 얼마 전에 5층 사는 녀석이 이과 실험인가 뭔가를 하다가 폭발을 일으킨 적이 있었는데."

"그런 일이 있었죠." 하고 후도 씨가 그리운 듯 고개를 끄덕인다. 그 반응으로 보아, 그 역시 보통 사람들과는 약간 다른 감각의 소유자인 것 같았다. "이과였는지 아니었는지는 모르겠지만."

"학과야 뭐 어쨌든, 폭발 소리는 시끄러워. 비상벨이 울리고 소방차 사이렌 소리도 커서, 아주 애먹었지."

"시끄러운 건 안 된다 이건가요?"

"그건 안 되지만, 그렇지만 않다면야 대충 넘어가 주지."

"아무래도 폭발이 일어나면 집 뺄 때 보증금은 돌려받지 못하겠네요." 하고 나는 말했다.

"여기는 원래 분양 맨션이었소. 다만 좀 오래돼서 입주민들이 많이 바뀌기는 했지만. 집주인이 임대를 주기도 하고. 내가 소유한 집도 있소, 아무도 들어오지 않은. 돈이 좀 있으면 그냥 사는 것도 괜찮소."

"사는 게 좋은 이유라도 있나요?"

"임대와는 달리 집을 돌려주지 않아도 되잖소."

"이과 실험도 해도 되고요?"

"시끄럽지 않고 폭발도 없다면야."

관리인은 현역 노병 같았지만 맨션 자체는 비교적 말쑥하여, 몇 년 전 재건축한 듯 오래된 건물치고는 낡아 보이지 않았다.

"여기라면 아들도 그리 싫어하지 않을 것 같네요."

"아들 맨션을 구하는 거였다니. 너무 응석받이로 키워, 요즘 부모들은."

"제 피신처가 될 수도 있어요. 여차하면 여기로 올 테니까."

"아드님이 싫어할지도 모르는데요." 후도 씨가 역시 그렇게 말했다.

"이 맨션을 사 준 게 나야, 하고 말하면 괜찮을지도 모르잖아." 관리인이 말했다. "아무튼 피신처는 필요할지도 몰라. 핵전쟁이나 환경 파괴 등 무슨 일이 벌어질지 모르니까."

"그럴까요?"

"정기적으로 신이 리셋을 하거든. 단샤리(斷捨離, 불필요한 것을 끊고 버리고 집착에서 벗어나는 것을 지향하는 마음 정리법 – 옮긴이) 같은 것도 그렇지. 집이 엉망진창이 되면 다 버리고 다시 시작하는 거야. 그러다 다시 짐이 쌓이고, 수습할 수 없게 되고. 지구가 생기고 나서부터 아마 늘 그랬을 거야."

"정리 정돈 하느라 힘든 신이네요." 나는 그렇게 말하면서도 '리셋'이라는 말을 머릿속으로 반추해 보고 있었다. 지금까지 범해 온 죄를 전부 지워 버리고 없었던 일로 한 후 새하얀 백지 상태에서 다시 시작하고 싶어 하는 자신 입장에서 보자면 아주 매력적인 말이었다. 그런 한편으론 '그런 게 허용되겠어?' 하며 노려보는 눈이 자신 안에는 있었다. 자기만 리셋할 수 있으면 다야?

"그래서, 어쩔 거요? 계약할 건가?" 관리인이 나를 보았다.

"어떡하실래요?"

"임대든 구입이든."

"가령 구입한다면 오늘 사서 내일 입주한다, 그런 게 가능할까요?"

아무래도 일반적으로는 한 달 정도 걸립니다, 하고 후도 씨가 말했다. 실제로 그럴 것이다. 다만 관리인 쪽은 의외로 너그럽게 "대출받지 않는다면 가능한 한 빨리 살 수 있도록 해 줄 수는 있지." 하고 말했다. "내 소유인 것도 몇 집 있으니까, 정 급하면 수속도 전부 처리해 주고."

이 관리인은 부동산 중개업 일도 하고 있는지, 우연히 후도 씨가 소개해 주기는 했지만 융자 문제나 등기 관련해서도 그가 직접 해 줄 수 있다고 했다.

그럼 또 연락드리겠습니다, 하는 내 말에 관리인은 "그런 사람들은 대개 다시 연락하지 않는데." 하며 히죽거렸다.

"풍뎅이, 당신 매니저 요즘 상당히 감정적이 되어 있던데."

돌아가는 길에 들른 가게 주인이 말했다. 포르노 잡지를 대량으로 진열해 놓은 '복숭아'라는 가게의 주인으로, 그녀 역시 복숭아라고 불리는 경우가 많았다. 몸집이 커서 고무공 같은 외모에, 언제나 속옷처럼 속이 다 비치는 옷을 입고 있다. 대체 몇 년 전부터 영업하고 있는지는 알 수 없지만 내가 일을 시작했을 때 이미 '업계의 정보를 얻고 싶다면 복숭아로 가라'는 말이 있었고, 실제로 온갖 소문들이 그녀 주위로 모여들었다.

"매니저는 아니야. 단골 의사지. 게다가 그 남자는 감정적이 되는 일이 없어." 그 남자 자체가 의료 기구 같은 것이다.

"겉으로는 그래도 속은 또 달라. 대개 의사란 자존심이 강한 법이지."

"편견이야."

"뭐 그럴지도 모르고. 하지만 지금까지 투자해 온 선수나 사원이 갑자기 그만두겠습니다, 하면 말이야. 속이 한없이 편할 수만은 없어."

"그럴까?"

"부인이 다른 남자를 만들어서 어느 날 갑자기 헤어져, 하고 말하면."

"그건 싫을 것 같은데."

복숭아가 웃음을 터뜨린다. "그렇겠지? 그렇게 되면 말이지, 더 이상 냉정하고도 논리적인 협상 자체가 무리거든. 상대를 어떻게 곤란하게 만들까, 불행하게 만들까 궁리하다가, 죽더라도 혼자 죽지 않고 저승길 동무로 삼겠다는 심정이 될 거야."

"아무리 그래도, 그 의사가 그렇게까지야 하겠어?"

"하긴, 그렇긴 해." 복숭아도 그 점은 인정했다. "하지만 택시로 습격했다며? 누가 보든 말든 상관하지 않겠다는 거잖아."

"안 그래도 요즘, 서류를 갖다 줘야 하는 부동산 중개소 움직임에도 잔뜩 겁먹고 있는 중이야."

"정말 은퇴할 거야?"

"그럴 생각이야."

"가능할 것 같아?"

나는 복숭아의 얼굴을 가만히 바라보았다. 그녀는 아마도 이루 셀 수 없을 만큼, 마음먹으면 셀 수 있을지도 모르지만, 아무튼 수많은 청부업자를 알고 있을 테고, 그자들의 일 처리나 실패담과 마찬가지로 은퇴에 대해서도 수없이 보고 들었을 게 틀림없다.

"인연을 끊는 게 어려울 거라는 뜻인가?"

"그런 건 아니야. 좀 더 중요한 문제라고. 당신이 지금까지 해 온 일을 돌이켜 봐. 나쁜 짓뿐이었겠지. 누군가의 물건이나 목숨을 빼앗아 왔을 테고. 그런 무서운 짓을 한 인간이 과거를 리셋하고 자, 다시 시작할게요, 라고 할 수 있을 것 같아?"

아픈 곳을 찌른다. 과장이 아니라 신음하고 싶을 정도였지만 겨우 참았다.

지금까지 자신이 해 온 일, 빼앗아 온 목숨의 수, 누군가의 인생을 송두리째 없애 버린 수를 생각하면, 아무리 생각해도 용서받을 수 없으리란 건 알고 있었다. 자신의 인생만은 어떻게든 지키고 싶다고 말할 자격은 없었다.

"잘못을 저지른 사람이 새롭게 마음을 고쳐먹고, 인생을 다시 시작할 수 있는 사회가 아니다 이건가." 나는 겨우 그렇게 말했다.

 "물론 사회 자체도 그럴 테지만, 당신들 같은 인간은 역시 무리야. 마이너스 백 점 정도라면 어떻게 해 볼 수 있다 해도, 마이너스 5만 점 정도는 될 거잖아?"

 "마이너스 5만 점." 채점하는 것만 해도 힘들겠다. "리셋은 무리인가!"

 "역시 화나지?"

 누가, 하고는 묻지 않았다.

 "생각해 봐. 당신 아들의 목숨을 누군가가 돈을 받고 빼앗으러 온다면."

 "마이너스 5만 점으로도 부족하겠지." 즉시 대답했다. 실제로 상상하려니 증오의 불길이 몸에서 분출되어 구체적인 사태까지는 상상해 볼 수가 없었다. "그럼 난 어떻게 하면 좋을까?"

 "몰라, 그런 건." 복숭아가 웃는다. "인터넷으로 검색해서 알아보면 되지 않을까? 다만, 틀림없이 당신 매니저는 더 이상 냉정함을 유지할 수 없을 테니까, 가족 걱정도 하는 게 좋을 거야."

 "가족에게 손을 대면 내가 얼마나 화를 낼지 잘 알고 있을 텐데."

 "감정적이 되면 무슨 짓을 할지 몰라."

머릿속으로 불안이 스치는 것을 복숭아도 눈치챘는지 "경계에 지나침이란 건 없어." 하고 말했다. "택시 기사 정도로 끝나지 않을 거야."

"택시에서 내렸는데 지나던 행인이 칼을 휘둘렀어." 곧바로 대처하기는 했지만 마구잡이로 공격해 온 것은 사실이었다. "무슨 좋은 방법이 없을까? 내 죄를 리셋하고 싶다는 건 아니야. 그저 그 의사가 우리 가족에게 위해를 가하지 못하도록, 무슨 방어책 같은 거."

복숭아는 팔짱을 끼고 소녀가 귀엽게 생각에 골몰해 있는 듯한 자세로 잠시 입을 다물었다. 나도 입을 닫은 채 그녀의 대답을 기다렸다. 그러는 도중 스마트폰에 메시지가 도착했다.

"엄청 무서운 연락이 왔나 봐?" 복숭아가 말했다. "겁먹은 표정을 짓고 있던데."

"집사람이 오는 길에 녹말가루 좀 사다 줄 수 없냐고. 예전에 사다 달라는 걸 잊어버린 적이 있었거든. 서두르느라 깜박하고."

복숭아는 바보 같다고 깔보고 싶은 건지, 아니면 감탄인 건지, 어느 쪽으로도 생각할 수 있는 한숨을 내쉬었다. "아무튼, 당신 매니저가 어떻게 나올지는 알 수 없지만 최소한 보험 정도는 들어 둘 수 있지 않을까?"

"어떤 보험?"

"만약 내 신변에 무슨 일이 생기면 널 고발하는 문서를 매스컴에 보낼 거라든지 말이야."

"그럴듯한데!"

"그게 아니라면, 우리 가족에게 위해를 가할 경우 네가 파멸될 만한 정보를 흘리겠다거나."

"안 하는 것보다는 나으려나?"

"그럴걸. 시간도 벌 수 있고. 그 매니저는 나름대로 베테랑이지만 계속 현역으로 남아 있을 것도 아니고."

"상당히 오래 일할 것 같은데." 10대 후반에 만났을 때부터 그 의사는 최전방에서 일하고 있는 것처럼 보였다.

"당신, 헤이케모노가타리(平家物語, 헤이케 가문의 영화와 멸망을 그린 가마쿠라 시대 초기의 군담 소설-옮긴이)의 처음 부분 알지?"

"세월은 영원한 여행자 같은 것이다, 하는 내용이었나?"

"그건 오쿠노 호소미치(奥の細道, 마쓰오 바쇼가 1689년에 쓴 일본의 대표적인 고전 기행문-옮긴이)고. 아무튼 오랫동안 권세를 누릴 수 있는 사람은 아무도 없으니까. 업계 중심에 있었던 데라하라도, 미네기시도 사라졌어. 인기 순위표는 늘 뒤바뀌고 성희롱 상사도 언젠가는 정년퇴직해서 비실비실 할배가 되지."

"그렇게 될 때까지 나는 일을 그만둘 수 없는 건가?" 요즘 같은 때 인기 순위표에 얼마 만큼의 가치가 있을까 싶기도 했다.

"일을 하고 싶지 않은 거지?"

"폭력을 휘두르거나 누군가의 목숨을 빼앗는 건 이제 싫어."

"이 업계에 막 들어온 젊은 놈이 그렇게 말한다면 또 몰라도, 당신 같은 사람이."

"사춘기가 이제야 찾아온 모양이지." 나는 그렇게 대답하면서 머릿속으로 생각을 정리했다. "그 의사가 겁먹을 만한 재료가 뭐 없을까? 아까, 내 가족에게 무슨 짓을 하면 그걸 바깥세상에 폭로하겠다, 했던 그런 견제에 사용할 만한 거."

"지금 바로는 모르겠어. 하지만 없어도 괜찮지 않을까?"

"없어도 괜찮다고?"

"구체적인 정보가 없는 편이 오히려 상대가 이것저것 의심하게 만들어서, 더 조심할지도 몰라. 위험한 정보를 가지고 있다고만 넌지시 암시하는 거지. 그와 동시에 누군가에게 부탁하는 건 어떨까? 그 의사를 살해해 달라고."

"부탁할 정도라면 내가 직접 하지." 그렇게 말은 하지만 그 의사를 진료실에서 죽일 수는 없는 데다, 진료실에서 나오는 일도 거의 없다.

내가 그렇게 말하자 복숭아는 "나오도록 유인할 수밖에 없겠는데. 그야말로 당신이 그 미끼가 돼서." 하고 말했다.

"어떻게?"

"그러니까 그건 모른다고. 대신, 밖으로 나오면 경계할 테니까 다른 업자한테 부탁해서 빈틈을 노리면 되겠지."

"어떻게든 다른 업자를 소개하고 싶은 모양이네?" 나는 그렇게 놀렸다. 수수료 욕심에 다양한 상품을 추천하는 듯하다.

"좋을 대로 생각해. 아무튼 소개해 봤자 나한테는 아무것도 들어오는 건 없으니까."

"추천할 만한 업자는 있고?"

"내가 마음에 들어 했던 아이들은 대부분 다 죽었는데. 매미도 그렇고, 밀감과 멜론도."

"나는 마음에 들지 않았으면 좋겠다." 농담처럼 말했지만 그 순간, 자신의 죽음이 갑자기 눈앞으로 닥쳐오는 것을 느꼈다.

'나의 죽음'도 결판을 낼 한 가지 방법인 것이다. 그 사실이 어느 때보다 더 현실적으로 느껴진다.

"나는 죽을 거야." 하고 말했다.

"왜 갑자기!"

"나뿐만 아니라 누구나 언젠가는 죽어."

"그건 그렇지."

"그래. 난 죽지 않으면 안 돼."

"뭐야, 그 말은! 그보다 나팔꽃은 어때? 우수한 편이야, 푸시맨으로서는."

"실재하는 존재였어?"

"그럼."

오가는 차량이나 열차로 사람을 떠밀어 살해하는 업자였다.

그런 일 처리 방식은 금방 들통날 만한 것이지만 제법 오랫동안 현역이었으니 솜씨는 괜찮을 것이다.

"나쁘지 않네."

어떻게든 그 의사를 밖으로 끌어내, 차가 지나다니는 교차로를 건너게 하는 정도는 가능할지 모른다.

"아무튼 나는 거의 중개는 할 수 없으니까, 본인이 직접 의뢰해 봐." 복숭아는 그렇게 말하고 나팔꽃과 연락할 방법을 가르쳐 주었다. 세상에, 내가 업자를 고용하게 될 줄이야. "진심으로 싸울 생각이라면 모든 경우의 수를 따져 보는 게 좋을 거야. 업자한테 의뢰하는 것뿐만 아니라 스스로도."

"물론이지." 마지막으로 신뢰해야 할 사람은 자기 자신이다. 자신마저 기대를 저버린다면 차라리 포기하는 게 낫다.

"무리하지 않는 정도 선에서 말이야." 복숭아는 그렇게 말한 후 "난 당신이 마음에 들었거든." 하며 미소 지었다.

나는 그때, 이 일이 잘 성사되지 않으리라는 것을 짐작했다. 다만 나는 아내가 가쓰미에게 옛날부터 자주 했던 대사를 떠올렸다.

'할 수 있는 만큼 해 봐라.'

그러고도 안 되면 어쩔 수 없으니까.

바로 그렇다.

"실은 아버지 방에서 열쇠가 나왔어요." 나는 마주한 의사에
게 이야기했다. 어머니에게도 아직 말하지 않은 것을 알려도
되는 걸까 싶어서 망설이기는 했지만, 진료실에서 의사가 묻자
솔직하게 이야기하지 않을 수 없을 것 같은 압박감을 느꼈다.

10년 전 아버지가 정신적으로 힘들어했다는 이야기에 대해
자세히 알고 싶다고 부탁하자 의사는 "진료실로 와 주십시오."
라고 말했었다. 수요일 오후는 휴진이라 시간이 빕니다, 하고.
말투는 온화했지만 그 용건 말고는 만날 생각이 없다는 의도만
큼은 전해졌다. 회사 일을 조금 일찍 정리하면 들를 수 있기 때
문에 그것 자체에 불만은 없었다. 그런데 막상 가 보니 아버지
와 상담했다는 간호사가 없어서 화가 났다.

그 사람 이야기를 들으러 온 것이다. 그 사람이 없다면 없다
고 미리 연락해 주었다면 헛걸음할 일은 없었을 것이다. 이런
의미를 담아 가시 돋지 않은 부드러운 표현으로 바꿔 전달했지
만, 가시가 너무 없어서였는지 의사는 "바빠서요."라고 그 한마
디로 모든 걸 해결할 수 있다는 듯이 말했을 뿐이었다. 그리고
는 "아버님과 관련된 뭔가를 발견했다고 했었죠?" 하고 물었다.

아아, 그게 말이죠, 하며 나는 아버지 방에서 나온 열쇠에 대
해 이야기했다.

"어디 열쇠입니까?"

"지금 조사하고 있어요. 어딘가의 집 열쇠가 아닌가 생각하는데."

"집이요?"

"이런 열쇠였습니다." 내 스마트폰을 꺼내 사진을 보여 주었다. 열쇠 자체는 조사를 위해 맡겼지만 만일을 위해 사진으로 찍어 두었다. 의사에게 보여 줄 필요가 있는지 없는지 의문스럽기는 했지만, 당사자인 의사는 의외로 몸을 앞으로 내밀며 그 사진을 바라보았다.

"이 사진, 제게도 주실 수 있을까요? 여기서도 어쩌면 알아볼 수 있을지 모르겠습니다."

"알아본다고요?"

"어디 열쇠인지 말이죠."

그렇겠네요, 알아보는 사람이 많으면 많을수록 좋겠죠. 이렇게 말해야 했음에도 불구하고 나는 "지금은 그냥 제가 알아볼게요." 하고 대답했다. 왜 그랬을까. 의사가 열쇠에 대해 조사해 볼 수 있을 리 없다고 생각했기 때문일까. 또는, 만약 이 열쇠가 아버지가 숨기고 싶었던 것이라면 그것을 공유할 수 있는 사람들만 알아봐야 할 것이라고 느꼈기 때문일까.

"아아, 그렇습니까." 의사는 특별히 기분 상한 것 같지 않은 듯이 대답했다.

날치기를 당한 것은 사이타마의 집과 가장 가까운 역에서 내려 집으로 돌아가는 도중이었다. 나는 커다란 가방을 어깨에 메고 있었는데, 좁은 길을 걸어갈 때 오토바이가 지나가는 바람에 재빨리 옆으로 비켰지만 몸이 끌어당겨졌다.

나는 가방을 강제로 빼앗긴 채 그 자리에 쓰러졌다. 이미 해는 저물어 가로등이 켜졌지만 주위는 어두웠고 인적도 거의 없었다.

일어났을 때는 아픔보다 부끄러움이 더 앞섰지만 내가 잘못한 건 아니었다. 서둘러 오토바이를 쫓아가면서 가방 안에 들어 있던 물건들을 떠올려 보았다. 스마트폰은 양복 호주머니 안에 있었다. 정기권과 지갑은 가방 안에 있다. 피해가 큰가, 적은가. 잃어버린 금액이 큰지 어떤지보다 신용카드 같은 것을 다시 만들어야 할 수고 쪽이 더 괴로울지도 모른다.

달려간다고 오토바이를 잡을 수 있을 리 없었지만 나는 최근 들어 보기 드물 만큼 필사적으로 달렸다.

달려.

왠지 그런 목소리가 들린 것 같아서 퍼뜩 옆을 보자 아버지가 나란히 달리고 있었다. 물론 실제로 그런 건 아니었고, 그저 20년쯤 전 소년 시절에 공원인가 어딘가에서 아버지와 달리기 연습을 했던 때의 기억이 되살아났던 것일 테다. 그래, 가쓰미. 팔을 흔들고, 좋아, 빠르다. 그 무렵에도 이렇게 숨이 찼을까.

처음으로 달리기 시합을 했던 그때의 자신과, 오랜만에 달리기 시합을 하는 지금의 자신, 둘 중 누가 더 힘들까.

아버지는 상당히 가뿐하게, 조금 앞쪽을 시원스레 달려간다. 기다려 줘, 하며 쫓아가려고 모퉁이를 오른쪽으로 꺾는데 아버지가 사라졌다. 앞질러 가야만 해.

몸을 앞으로 기울인 채 전력 질주로 우회전하자 오토바이가 쓰러져 있어서 급히 멈춰 섰다.

당장은 어떻게 된 일인지 파악할 수가 없었다. 오토바이가 시동을 켠 채 옆으로 쓰러져 있고, 약간 떨어진 곳에 얼굴 전체를 덮는 헬멧을 쓴 남자가 있었다. 오토바이에서 튕겨 나간 건지, 어떻게든 일어서려는 참인 듯했다. 내 가방이 떨어져 있는 걸 보고 서둘러 챙겨 든 순간, 남자는 헬멧을 쓴 모습 그대로 도망쳤다. 다리를 질질 끌면서도 제법 빨랐다. 나는 어안이 벙벙했고, 주위로 사람들이 몰려들어 있었다.

"그거 큰일 날 뻔했네요. 그래서 어떻게 됐습니까?" 세탁소 주인은 내가 건네준 양복을 개며 물었다. "경찰은요?"

"왔어요. 이것저것 물어보던데요."

"오토바이는 어떻게 된 거죠?"

"옆 골목으로 꺾다가 미끄러진 모양이에요." 몇 명의 목격자가 알려 주었다. 미처 다 꺾지 못하고, 아마 차체를 거의 뉘려고 한 모양이었지만 타이어가 얇아서 그대로 미끄러졌어요, 하고. "쓰러진 오토바이가 지나가던 행인을 치지 않은 건 불행 중 다행이었지만요."

넘어질 때 양복이 쏠리고 말았다. 찢긴 건 아니었지만 쏠린 자국이 심하게 나서 "어떻게 안 될까요?" 하고 상담하다가 날 치기당한 이야기를 하던 중이었다.

"부인께서 많이 놀라셨겠네요."

"처음에는 무서워했는데 이제는 뭐, 이야깃거리가 생겼다고 좋아할지도 모르죠." 나는 농담처럼 말했다.

주인은 안타까운 듯 얼굴을 찌푸리며 "이건 아무래도 안 될 것 같은데요." 하며 양복을 가리켰다. "겉이 너무 닳았거든요. 그런데 이거 혹시, 돈으로 살 수 없는 거 아닌가요?"

"네?"

"상당히 오래된 데다, 여기 이니셜이 미야케 씨하고는 다른데요." 그는 양복 안쪽의 자수를 가리켰다. "뭔가 추억이 깃든 옷 같아요."

"네, 아버지 거예요." 그런 것까지 용케 알아보네, 하고 나는 감탄했다.

"물려받은 건가요?"

"뭐, 그렇죠. 가능하다면 좀 더 입고 싶었는데, 영원히 입을 수도 없는 거니까."

주인은 "고칠 수 있을지 없을지 좀 더 확인해 볼게요." 하고 고마운 말을 해주었다. "완벽하게는 안 되겠지만 눈에 띄지 않게 하는 정도는 가능할지도 모르겠네요."

"그것만으로도 충분합니다." 이제 그만 이 양복은 은퇴시켜도 되겠다고 생각했던 것도 사실이다. 아버지의 유품이라는 이유뿐만 아니라 나름대로 고급 브랜드였고, 내 체형에도 잘 맞았지만 언제까지나 이것에만 매달릴 수도 없다. 이번이 좋은 기회일지도 모른다.

풍뎅이

아침에 일어나 아내와 마주치자마자 "오늘 하루도 죄송하겠습니다."라는 사죄 한마디쯤 하지 않으면 진정한 공처가라고 할 수 없다. 예전에 어떤 만담가가 이렇게 말하는 것을 들은 적이 있다. 내 입장에서 보자면 우스운 이야기이긴커녕 상당히 공감이 되는 서글픈 이야기에 가까운 바, 오늘 아침 식사를 준비하는 아내의 온몸에서 불쾌함의 불꽃과 차가운 불꽃이 활활 타오르는 것을 눈치챈 나는 바로 그 말을 할 뻔했다. 그렇게 하지 않았던 것은 불쾌함의 원인도 모른 채 무조건 사과한다면 자동적으로 마음에도 없는 사과만 하는 것뿐이라고 오히려 화만 더 부채질할 가능성이 있기 때문이었다. 자동적으로 사과하는 건 사실이었지만 마음을 담아 할 생각이었다.

대체 왜 기분이 안 좋은 것일까, 설마 내가 원인은 아니겠지. 나는 머리를 굴려 보았지만 짚이는 게 없었다.

대수롭지 않은 대화를 나누면서, 내게 잘못이 있었을 때를 대비해 반성의 기색도 살짝 보이도록 하며 식빵을 먹었다.

나의 외도를 의심하고 있는 듯했다. 그것을 알기까지 그리 긴 시간은 걸리지 않았다. 어색한 분위기를 견디기 힘들어 스마트폰으로 일기예보를 보면서 아내의 기분도 이렇게 예측할 수 있다면 참 고마울 텐데, 하고 생각하는데 아내가 말했다. "어젯밤에 소리 꺼 놓지 않았지?"

숲속의 생물을 모조리 얼어붙게 만들 듯한 차가운 말투였다. 대체 무슨 소리인가 당황하고 있자니, 띄엄띄엄 아내가 말하기 시작했다.

밤중에 내 스마트폰에 문자가 와서 벨소리가 울렸다. 아내는 졸음이 달아나 화가 났고 그래서 스마트폰 벨소리를 끄려고 했던 모양인데, 그때 문자의 내용을 보고 말았다고 한다.

대체 무슨 문자가 왔냐고 하며 나는 그제야 비로소 내용을 읽어 보았다. 즉, 그 전까지 문자가 왔었다는 사실조차 눈치채지 못했던 것이다.

같은 직장의 사무직 여사원으로부터 온 것이었다. '지난번엔

의논 상대가 되어 주셔서 고마웠습니다.' '밤에는, 정말 즐거웠
어요.' 등의 문장과 함께 하트 표시와 귀여운 이모티콘이 빼곡
했다. 어둠 속에서 적과 조우했을 때도 흐르지 않던 식은땀이
등줄기를 타고 내렸다.

이건 상당히 좋지 않다.

물론 이 여성과 특별한 관계는 아니었다. 단순한 동료에 불
과했고, 회사 안에서도 굳이 말하자면 자주 마주치는 일도 없
이 사무적인 연락만 하는 정도였다. 영업상 외근 나갈 때를 대
비해 스마트폰 전화번호나 메일 주소 정도는 알고 있을 터였
지만, 문자에 적힌 것처럼 '상담'이나 '즐거웠던 밤'에 대해서는
짚이는 바가 전혀 없었다.

머리를 최대한 굴린 끝에 "어쩌면 잘못 보낸 건지도 모르겠
는데." 하고 말했다. 필사적인 변명이 아니라 실제로 그럴 가능
성이 크다.

생각해 보니, 얼마 전에도 문자가 왔던 것이다. 기억을 뒤적
여 보니 그 여사원이 야근 때 다른 영업 사원과 친밀하게 이야
기하는 모습을 본 적이 있었다. 그때의 그에게 보내야 할 문자
가 아닐까?

아내는 "휴우!" 하고 보란 듯이 한숨을 내쉬더니 "답답한 변
명이네." 하며 빨래를 널러 나갔다.

"싫어하지 않소, 그런 성미 급한 사람은. 착한 일일수록 빨리, 라고나 할까. 빠른 게 착한 거니까 말이요." 으슬으슬한 것이 살짝 추운 계절이었는데도 그는 반소매 셔츠를 입고 있었다. 소매 밖으로 나온 팔은 가느다라면서도 근육이 꽉 차 있는 듯 보였다. 지난번에 소개받은 맨션의 관리인이었다.

이미 집 구입 의사를 전하고 수속을 밟고 있었지만, 그래도 가능한 한 빨리 집을 사용하고 싶다고 전화로 연락하자 그가 "지금 바로 오쇼." 하고 말했다.

번갯불에 콩 볶아 먹는 듯한 그 재빠른 반응은 단순히 관리인이 한가하기 때문일까? 궁금한 한편 좀 의심스럽기도 했다.

맨션의 관리인 사무실로 갔다.

1층 귀퉁이에 있는 관리인 사무실은 참으로 호화스러워 눈이 휘둥그레질 정도였다. 가죽 소파에 커다란 텔레비전, 그것들과 별도로 홈시어터 시스템인 듯한 것이 설치되어 있었고, 가구는 모두 중후한 빛을 띠고 있었다.

"언제부터 살 수 있을까요?"

"오늘 돈 줄 수 있으면 뭐, 내일부터라도."

"그렇게나 빨리요?"

"일반적으로는 무리지." 하지만 나니까 가능해, 하고 말하고 싶은 듯했다. "당신 아들이 바로 들어와 살고 싶어 하는 거요?"

"네, 뭐." 하고 애매하게 대답했다.

"흐응." 관리인은 의미심장한 표정으로 웃었다. "뭐 숨기고 싶은 거라도 있소?"

"네?"

"예전에 어떤 정치가가 죽었는데, 맨션 열쇠가 나왔다고 해서 애인이라도 숨겨 둔 건가, 하고 서둘러 가 봤더니."

"대체 뭐가?"

"건담 프라모델로 꽉 차 있었다더군."

"정치를 위해 모은 건가요?" 난 농담으로 말했다고 생각하지 않았지만, 관리인은 유쾌한 듯 큰 소리로 말했다. "건담은 정치 공부가 되거든." 하며 고개를 끄덕인다.

"하지만 그와 비슷한 건지도 모르겠네요." 위험이 닥쳤을 때 피난처가 되지 않을까. 처음에는 그렇게 생각했지만 지금은 약간 다르다.

"가족에게 보여 주고 싶지 않은 걸 숨겨 두겠다는 거요?"

"네, 뭐."

"누군가의 사체 같은 건 아니고?"

수상쩍은 단어가 갑자기 튀어나와서 나는 어리둥절했다. 달리 깊은 의미는 없는 듯했다. 게다가 "뭐, 그래도 상관은 없지만."이란다.

"상관없나요?"

"집에서 냄새가 너무 심하게 나 항의가 들어온다거나, 소리가 시끄럽다, 벌레가 들끓는다, 그러면 곤란하지만 그것도 들키지만 않으면 난 몰라. 나머지는 사생활인 셈이니까."

"아니, 그래도 사체가 있는 건 사생활과는 다른 차원이 아닐까요?"

"하긴, 그런가?" 하고 말하는 관리인은 그래도 사체를 집에 놓아두는 건 사생활의 범위라고 믿는 듯 보였다. "내가 눈치 못 채는 범위의 것은 전부, 그 사람의 사생활인 거야."

"아닌 것 같은데."

"당신도 급히 거래를 마무리하고 싶어 했잖소. 그래, 내가 전부 서류며 뭐며 다 준비해 뒀고."

"정말 고맙습니다." 이건 진심이었다.

얼마 전까지는 이 맨션의 한 집을 구입해 아들의 자취 공간 겸 예상치 못한 사태에 대비한 피난처로 삼으려고 생각했다.

그 방침을 바꾸기로 한 것은 오늘 아침 출근길에 걸려 온 전화 때문이었고, 그게 바로 몇 시간 전이었다.

전화를 건 사람은 복숭아였다. 내가 출근길 전철에서 내린 직후, 마치 그 시간을 계산하고 있었던 것 같아서 놀랐지만 이야기의 내용 역시 놀라웠다.

"약간 좋은 소식일지도 모르겠어." 하고 그녀는 말했다. "내가 잘못 파악하고 있었는지도 모르겠고."

"잘못 파악했다고? 뭘?"

"당신의 단골 의사는 예상했던 것보다 더 행동파라고나 할까, 걱정이 많다고나 할까. 의사라서 예방 의식이 강한 걸지도 모르고. 바이러스가 접근하기 전에 항생제를 먹어 두자고 생각하는 유형인 것 같아."

"바이러스에 항생제는 듣지 않아. 세균에만 효과가 있다고."

"지난번에 이야기한 대로 소문을 흘렸어. 풍뎅이가 의사의 비밀을 쥐고 있는 것 같다고. 풍뎅이 가족의 신변에 무슨 일이 생기면 폭로되도록 준비해 둔 것 같다고 말이야."

"너무 허술한데, 그래서 들킨 거야?"

"그 반대야. 의사가 잔뜩 겁먹은 것 같아. 내가 꾸며 낸 이야기가 제법 그럴싸했나 봐. 아니면 현실적으로 충분히 그럴 수 있다고 믿었거나, 그쪽 감수성이 너무 풍부한 건지도 모르고. 아무튼 의사는 지금 그 소문에 대해 조사하고 있는 것 같아. 물론 당신이 쥔 정보의 내용도 알고 싶을 테니, 남의 눈도 의식하지 않고 정보망을 총동원하고 업자들까지 움직여 조사하고 있는 모양이야."

"그 누구도 영원히 기세등등할 수는 없잖아."

"흥한 자도 언젠가는 반드시 망한다는 속담은 진실이야. 다만 바로 망하지는 않겠지. 의사는 아직 힘이 있어. 오판하지 마."

"조심하라고 말하고 싶은 건가?"

"어제 다른 업자가 가족과 함께 모조리 살해당한 것 같아."

나는 순간 입을 다물었다. 가족이라는 말이 머릿속을 파고들었다. "어느 업자야?"

복숭아는 그 말에는 대답하지 않았다. "풍뎅이, 너랑 똑같아."

"뭐가?"

"의사한테서 일을 소개받아서 하다가 최근 들어 그만두려고 했어."

"그 가족은?"

"패밀리 레스토랑에 들어가려는데 차가 들이받았지."

"그자가 한 짓인가?"

"그럴 거야. 기다리다 보면 항해하기 좋은 날씨가 오기도 하지만, 뿐만 아니라 기다리다 보니 폭풍이 더욱 심해지는 경우도 있다는 거겠지. 매일매일 공부가 돼."

"과연 그렇군." 자신에게 남은 길이 몇 가지 안 된다는 걸 실감했다. "드디어 우리 업계에서 옛날부터 말해 온 격언을 실천해야 하는 건가!"

"그게 뭔데?"

"당하기 전에 해치워라." 결국 그렇게 되는 건가.

나는 전화를 마치고 회사에 휴가를 신청했고, 집에는 오늘 좀 늦어질지도 모르겠다고 연락했다. 회사에서는 사무적으로 그것을 받아 주었고, 아내는 오늘 저녁 식사가 어쩌느니 하며 구시렁거렸지만 그것을 신경 쓸 여유도 없었다. 그렇게 생각해서 그런지는 모르겠지만 그녀의 목소리가 어두운 걸 보면 아직도 외도를 의심하는 건가 싶어 마음에 걸렸다.

가능한 한 빨리 준비를 해야만 한다. 좀 더 일찍 결단을 내릴 걸 그랬다고 생각은 했지만 그게 옳은 결단이었을지 어떨지도 정확하지 않다.

"대출은 안 받았구먼."

"네." 하며 구입 대금이 든 가방을 내밀자 관리인은 약간 놀란 표정을 지었다.

"저기, 은행에서 훔쳐 온 거라는 말은 하지 말아 줘."

"오랫동안 모은 거예요. 착실히 일해서요."

관리인은 반신반의하는 얼굴이었지만 "뭐, 그런 사생활을 캐묻는 취미는 없으니까."라고 말했다.

서류를 완성하고 입금을 확인하더니 "내일 등기가 끝나면 열쇠를 줄 테니 그 후에 들어와 살면 돼." 하고 말해 주었다. "나일 처리가 빠르지? 왜 그런지 아는가?"

한가하니까 그렇겠죠. 이렇게 말하고 싶은 걸 참으며 "수완이 좋으셔서요?" 하고 대답하자 관리인은 "한가하기 때문이야."라며 웃었다.

계획이라고 부를 것까지도 없이 즉석에서 생각한 것이나 마찬가지였다. 하지만 이 방법으로 가는 수밖에 없다고 믿었다.

당하기 전에 해치워야만 한다.

예전에 마당에 집을 지었던 참말벌들과 대결했던 것이 생각났다.

그때도 역시 가족에게 닥친 긴급한 위기였고, 나는 인터넷에 검색하여 얻은 정보와 집에 있던 스키복이며 헬멧을 사용하여 겨우 대처했다. 이번에는 인터넷 정보에 의지할 수 없다. 스키복이며 헬멧을 사용해도 의사를 쓰러뜨릴 수는 없다.

다만, 손에 넣은 것을 사용하여 가족을 지킬 수밖에 없다는 의미에서는 똑같다. 참말벌은 퇴치했다. 그 의사도 어쩌면, 하는 희망을 품을 수는 있다.

나팔꽃과의 연락은 어렵긴커녕 어이없을 정도로 쉬웠다. 복숭아에게 얻은 정보대로 수순을 밟아 가니 통화도 가능했는데, 그는 내 정체를 확인하려고도 하지 않았고 목적인 상대, 즉 의사에 대한 자세한 정보도 물어보지 않았다.

나팔꽃은 필요한 최소의 것만 확인하고 보수를 지불하는 방법에 대해 알려 주고는, 내일 자기가 연락하겠다고 한 후 전화를 끊었다.

물론 이 업계에서 일하는 자들의 대다수가 자신이 목숨을 빼앗을 상대에 대한 것이나 그것을 의뢰한 자에게 관심을 갖지 않아야 했고, 나 역시 옛날에는 그것이 누구든 신경 쓰지 않았다. 필요한 것은 언제, 어디에서 처리할 것인지, 그에 대한 위험

부담과 난이도, 날씨 같은 정보뿐이었다.

하지만 나팔꽃에게서는 그와는 또 다른 무관심이 느껴졌다. 원래 사람을 차나 전철 앞에 밀쳐서 살해하는 '푸시맨'은 재수 없게 사고사 당한 사람을 가리키는 표현의 하나로, 실재하는 존재는 아닌 것 같다는 말도 자주 들었다. 가마이타치(鎌鼬, 넘어지거나 했을 때 다치지 않았는데 낫으로 베인 듯한 상처가 생기는 현상. 옛날 일본에서는 족제비의 짓이라고 믿었다 – 옮긴이)나 가미가쿠시(神隠し, 갑자기 행방불명되는 것. 옛날 일본에서는 마신의 소행으로 믿었다 – 옮긴이)의 족제비나 마신 같은 존재라 "그놈은 푸시맨에게 당했어, 불쌍하게." 같은 말에나 사용되는 명칭이 아닐까 했던 것이다.

전화 통화를 하고 푸시맨과 지극히 평범하게 대화할 수 있었다는 게 어이없기는 했지만, 한편으론 실제로 이야기해 본 결과, 그가 알 수 없는 분위기의 소유자라는 것도 알았다.

그러고 나서 후지사와콘고마치까지 갔다. 표면적으로는 작은 낚시 가게였지만 뒤에서는 총기나 화약 같은 것을 판매하고 있다. 역사가 오래되어, 주인이 늙으면 은퇴한 업자가 물려받는다는 말도 들은 적이 있었다.

총과 화약 같은 것을 몇 가지 사기로 했다.

"이런 걸 어디에 보관하려고. 가족이 보면 곤란할 텐데?" 콧수염을 기른 주인이 그렇게 말한 것은 계산하고 있을 때였다.

나는 물끄러미 그를 보았다.

말없이 관찰한다.

체격이 좋아 격투기 선수였다는 소문도 있었는데 거짓말 같지는 않다. 내가 구입한 권총이며 방탄복을 해외여행 때 쓰는 캐리어에 담고 있었다.

"나한테 가족이 있을 거라는 생각은 어떻게 하게 됐지?" 나는 그의 사소한 반응 하나도 놓치지 않으려는 듯 바라보았다. 몇 번인가 이 가게에서 무기를 산 적은 있지만 쓸데없는 소리를 한 기억은 없었다.

"어라, 없었나? 그냥, 가족이 있는 것처럼 보였을 뿐이야. 어떤 사람이든 대개 가족이 있잖아."

"그럴지도 모르지."

나는 그렇게 말했지만 더 이상 이 가게 주인을 믿을 수는 없었다. 틀림없이 그 의사에게서 나에 관한 이야기를 들었을 것이다. 내가 무기를 필요로 하여 이 가게에 오리라고 예상했을 가능성이 있다.

"미안해. 아무래도 구입은 중단해야겠어."

주인이 당황하며 고개를 들었다. "가져가기만 하면 되는데." 캐리어를 들어 올려 앞에 내려놓는다.

"아직 건네받기 전이잖아. 돈 돌려줘. 물건은 필요 없어."

"이봐, 이봐, 이건 아니지."

나는 불만스럽게 말하는 주인을 노려보았다. 다시 또 한 번 공격적인 말을 던지면 곧바로 덤벼들어 목덜미를 움켜쥘 준비를 했다.

역시 주인도 어리석지 않아 내 눈빛에서 농담으로 끝나지 않을 것을 눈치챈 듯, 말을 삼켰다. 방금 전 내게서 받은 지폐를 아깝다는 듯이 세어 돌려주었다.

"의사한테 말 좀 전해 줬으면 좋겠는데." 아마도 주인은 내가 여기 온 것을 의사에게 보고할 것이다. "내일 만나고 싶다고 말이야. 오지 않으면 내가 가진 걸 전부, 보낼 만한 곳에 보내겠다고 말해 줘."

대체 무엇을 가지고 있는지, 보낼 만한 곳은 어디인지 나 자신도 모르기 때문에 넌지시 흘리는 데도 정도가 있는 게 아닐까, 하고 반쯤은 어이가 없었지만 이미 복숭아가 흘린 소문이 충분히 퍼졌기 때문인지, 아니면 내 연기가 훌륭했기 때문인지 주인은 얌전하게 고개를 끄덕였다.

돈을 받아 지갑에 넣었다. 가게에서 나오기 직전 돌아보자 주인이 움찔 하고 몸을 폈다. 등 뒤에서 총을 겨누는 기척은 없었으니, 그냥 겁먹은 것뿐이리라.

"이미 신고했겠지."

"어?"

귀찮은 손님이 올 경우에 대비해 틀림없이 가게 안에 신고 장치가 있을 것이다. 문손잡이의 버튼이나 바닥의 돌기 등, 손님에게 들키지 않도록 조작한 장치다. 신고하는 곳은 경찰이거나, 강압적으로 쫓아내기 위한 경호원 비슷한 업자가 아닐까. 나와 대등하게 맞설 수 있는 상대가 시간이 남아돌아 그런 일을 할 것 같지는 않았고, 그렇다면 경찰을 불렀을 가능성이 높다. 내가 여기에서 구입한 것을 가지고 나가자마자 경찰을 부를 생각이었던 게 아닐까.

"그 의사는 내가 경찰에 잡히는 편이 더 낫다고 생각한 건가? 내가 전부 불어 버리면 어떡하려고."

그렇게 말하고 나서, 내 자유를 빼앗은 뒤 가족을 협박의 재료로 사용할 것이라는 생각이 들었다. 그 후 경찰 시설에 업자를 파견할지도 모른다. 확실히 그러는 편이 내 저항력을 억제할 수 있다.

내가 가게 밖으로 나오자 저편에서 제복 경찰관 두 명이 다가오는 중이었다.

"아, 잠깐 괜찮을까요?" 하고 불심검문을 시작한다. "지금 뭐 하셨죠?" 하고 물어서 둘러댔다. "저기서 낚시 도구 좀 봤는데 괜찮은 게 없네요."

낚시할 사람처럼 보였는지 아닌지는 모르겠지만 경찰들은 나를 노려보다가 "소지품을 보여 주시겠습니까?" 하고 말했다.

"물론이죠." 하며 가방과 지갑 내용물을 손수 펼쳐 보였다.

"가도 되죠?" 하고 묻자 그들은 의외다 싶을 만큼 순순히 비켜 주었다.

낚시 가게의 연락을 받고 왔다면, 아마 십중팔구는 그럴 테지만, 내가 일반인이 아니라는 것은 예상하고 있었을지 모른다. 불심검문으로 총기 소지 사실을 발견하면 또 모르겠지만 그렇지 않은 이상 무력을 사용하지는 말라고 이야기가 되어 있을 가능성이 높다. 물론 상대가 무력으로 나온다면 나도 강경 수단을 쓸 생각이었는데, 다행히 그렇게 되지 않고 무사히 돌아갈 수 있었다.

서서히 운신의 폭이 좁아지기 시작했다.

가쓰미

공원의 널찍한 잔디밭에서 다이키가 아래를 보며 걸어 다니고 있었다. 균형을 제대로 잡지 못해 언제 머리부터 넘어져도 이상하지 않을 것처럼 보여서 몇 번이나 잡아 줄 뻔했지만, 마유가 내 속마음을 훤히 들여다보았는지 "넘어지기 전부터 잡아 주는 건 좋지 않을 것 같아." 하고 말해서 참았다. "나 역시 다이키가 넘어져 다치는 일이 없기를 바라지만, 그렇다고 언제까지나 지켜봐 줄 수는 없잖아."

살아가면서 넘어지는 일은 반드시 있을 테니까, 오히려 일어

323

나는 방법을 익혀 두는 편이 좋다는 건 안다. "그래도, 마음만은 언제까지고 계속 지켜 주고 싶어."

아들인 다이키가 뭘 하든 위태로워 보였다.

"그래도 언젠가는 혼자 살아가야 해." 마유는 스스로를 타이르듯 말했다. "하지만 아직 한참 먼 훗날의 일이야."

고개를 끄덕였지만 나는 그리 먼 미래의 일도 아니라는 것 역시 알았다.

아버지도 내가 어렸을 때 똑같은 생각을 했을까.

"가쓰미는 아버님과 닮았어."

"무슨 소리야, 뜬금없이."

"요즘 아버님에 대한 이야기를 많이 해서 나도 조금 알고 싶어졌어. 그래서 어머니께 부탁했더니 며칠 전에 옛날 사진을 보내 주셨어, 메일로. 그걸 보고 상당히 닮았구나 생각했거든."

"진짜 부자지간 같았어? 옛날에는 그런 이야기 별로 듣지 못했어. 대개 엄마를 더 닮았다고 했지."

그때 전화가 걸려 왔다. 주말의 휴일을 가족끼리 공원에서 느긋하게 보내고 있는데 대체 뭐야, 하고 번호를 보자 지난번 그 의사한테 온 것이라 통화 버튼을 눌렀다. 의사는 거의 인사도 하지 않고 "어디 열쇠인지 아셨습니까?" 하고 물어본다.

이쯤 되면 나도 역시 경계심을 품지 않을 도리가 없다. 왜 이 의사가 아버지에 대해 이리 신경을 쓸까. 물론 애당초 의사를 만나러 간 것은 나였지만, 처음에는 옛날 환자는 기억나지 않는다는 듯이 무관심하지 않았던가. 그런데 지금은 휴일에도 독촉하듯 전화를 걸 정도다. 열쇠가 그렇게 신경 쓰이나?

"아직 알아내지 못했는데요." 나는 그렇게 말하고 나서 "괜히 신경 쓰이게 해서 죄송합니다." 하고 에둘러 '너무 신경 쓰는 거 아닌가요?' 하는 메시지를 보냈지만, 그는 역시 완곡한 표현을 이해하지 못하는 컴퓨터처럼 "아뇨, 전 괜찮습니다."라고만 대답할 뿐이었다.

옆에 있는 아내도 약간 걱정스러운 듯 나를 쳐다보았다. 그때 잔디밭 위에서 벌렁 넘어지는 다이키가 눈에 들어왔다.

앗, 하고 아내가 달려간다.

"죄송합니다. 혹시 열쇠에 대해 알게 되면 연락드릴게요." 그렇게 말하고, 의사가 뭐라고 더 말하려는 것을 무시하는 형태로 전화를 끊었다. 서둘러 다이키에게 달려가자 아이는 넘어져 놀랐으면서도, 그게 재미있었는지 이번에는 일부러 넘어지는 동작을 되풀이했다. 우리가 생각하는 것보다 아이는 훨씬 더 씩씩하다. 아이의 힘을 과소평가하고 있는 것은 다름 아니라 부모인 우리일 것이다.

세찬 바람이 불어와 잔디밭의 풀이 가냘프게, 마치 동물의 털처럼 흔들린다. 짐승의 등 위에 올라탄 것 같다. 그렇게 생각한 순간, 아래 있던 짐승이 접은 다리를 펴며 일어선다. 한 번도 본 적 없는 이 생물이 등 위의 우리 가족을 지켜 주고 있구나, 하고 생각하다 보니 갑자기 그 얼굴이 아버지처럼 보였다.

"왜 갑자기 웃는 거야?" 마유가 이상하게 여기는 바람에 자신이 웃고 있었다는 걸 깨달았다.

기분 나쁜 생물이 머리에 떠올라서, 하고 대답하자 마유가 고개를 갸웃거렸다.

그날 저녁 세탁소로 양복을 찾으러 갔을 때 전화가 왔다. 또 그 의사한테 온 건가 생각했지만, 받아 보니 "알아냈습니다." 하고 시원스러운 목소리가 들려왔다. "많이 기다리셨을 텐데, 그 열쇠가 어디 건물 것인지 알아냈어요."

열쇠 장인이었다.

성취감 때문인지 목소리에 흥분한 기색을 담고 있는지라 세탁소 안인데도 불구하고 "해내셨군요!" 하고 나도 같이 기뻐하고 말았다. 자세한 정보는 메일로 보내 줄 모양이었다.

"좋은 일이라도 있으신가요?" 세탁소 주인이 안에서 돌아오며 말했다. 세탁이 끝난 양복을 접어 봉지에 넣어 주었다.

"좋은 일이라고 말할 정도는 아닌데." 아버지의 비밀을 알 수 있을지도 모르겠어요, 하고 대답하려다가 그만두었다. 비밀이라면 굳이 밝힐 필요가 있을까. 죄의식도 적잖이 있었지만 여기까지 온 이상 조사해 보지 않을 수는 없다.

FINE

"내 친구가 돌아가신 아버지 방을 정리하다가 여고생 교복을 발견했대. 불법을 저지른 것도 아니고, 그냥 모으는 게 취미인 모양이었는데." 밤에 다이키가 잠든 후 아버지 열쇠의 정체가 어느 맨션 거라는 걸 알았다고 이야기하자, 아내가 그렇게 말했다.

"감상용이었던 건가?"

"입었을지도 모르겠지만, 그래도 역시 나름 충격이었나 봐. 나도 아버님에 대해 조사해 보라고 등을 떠밀었으니까 이런 말 하는 것도 좀 그렇지만."

"알아." 막상 열리지 않던 문 안을 볼 수 있게 되면 그에 합당한 각오가 필요하다.

"가쓰미도 각오해 두는 게 좋을지도 모르겠어. 자신이 모르는 아버지가 거기 있을지도 모르고. 그건 어머니도 모르셨던 거잖아. 모르는 편이 더 좋은 경우도 있을 테고."

며칠 전 어머니에게 전화를 걸어, 자연스럽게 동네 이름을 대고 아버지와 무슨 관련이 없느냐고 확인해 보았지만 딱히 짚이는 게 없는 모양이었다.

"하긴 그렇겠지." 나는 그다지 심각하게 생각하지 않았다. 희한한 성적 취향 정도라면 놀라기는 하더라도 받아들일 수 있을 것 같았고, 거기에서 어머니를 욕하는 노트가 대량으로 발견되더라도 유쾌하게 느낄 수 있을 것 같았다. 누구에게나 숨 돌릴 공간은 필요하다.

가쓰미, 집사람 없는 곳에서 집사람 험담을 하는 건 진정한 공처가가 아니야, 하고 말하는 소리가 들려오는 것 같았다.

나는 마유를 안심시키기 위해 "아버지가 옛날에 살해한 사체라도 있으면 놀라겠지만." 하고 말했지만, 그런 농담을 할 만큼 낙관적으로 생각하고 있었던 것이다.

"그 열쇠, 그냥 아버님이 길 가다가 주운 물건일 수도 있잖아." 마유가 말했다.

"그걸 방에 놓고 깜박했다고?"

"물론 가능성은 낮지만."

있을 수 없는 이야기는 아니다. "하지만 여기까지 온 이상 끝까지 조사해 보고 싶어."

시험 삼아 맨션 정보를 인터넷으로 검색해 보았는데 마침 중고로 집 매물이 나와 있었다. 담당하는 부동산 중개소에 전화를 걸어, 스스로도 어떻게 된 게 아닐까 싶을 만큼 부자연스러운 이야기를 짜깁기하며 맨션 관리실의 연락처를 알아냈다.

실제로 맨션을 찾아갈 생각이었지만 미리 정보를 얻어 두고 싶었다.

관리인은 말발 좋은 남자였다. "무슨 볼일이서?" 하고 물어왔다. 원래 허물없이 대하는 건지, 상스러운 건지, 난폭한 말투였다.

방금 전 부동산 중개소를 상대할 때와는 달리 조잡하게 말을 만들어 내는 것보다 솔직하게 털어놓는 게 낫겠다고 판단하여, 10년 전에 죽은 아버지가 거기 집 열쇠를 남겼다고 이야기했다. '뭐? 당신 무슨 소리 하는 거야?' 하고 이상하게 여기며 되물어 올 것을 각오했지만 예상과 달리 이렇게 말하는 게 아닌가. "아아, 죽었나! 어째 통 보이지 않더라니."

　"아버지를 아십니까?" 덤빌 듯이 묻자 "내 소유의 집을 내줬어. 서둘렀거든." 하고 말해 준다. "그러고는 전혀 못 봤어."

　"못 보다니, 그래도 되는 건가요?"

　"되고 말고 할 게 없는데."

　"임대료를 못 냈을 거 아닙니까?"

　"임대가 아니라 산 건데."

　"대출은요."

　"한 번에 다 지불했어."

　"아버지가 한 번에 돈을 다 지불하고 맨션을 샀다고요?"

　그런 돈이 어디에 있었단 말인가. 게다가 어머니 몰래?

　어디에서 들어온 돈일까. 혹시 아버지의 비밀은 그런 거금과 관련된 것일까? 심장 박동이 빨라지는 것을 느꼈다. 이제부터 들어가려는 장소는 상상 이상으로 깊고 어두울지도 모른다. 아무리 비밀스러운 동굴이라 해도 관광지의 종유동굴 같은 곳일 거라고 생각했었다. 하지만 어두컴컴하고 들어가면 밑바닥이

꺼지는, 살아 돌아올 수 없을 만큼 무시무시한 동굴일 가능성
도 있다는 걸 새삼 깨달았다.

"그 집, 보여 주실 수 있을까요?"

"열쇠를 가져서 언제든 열 수 있다면 내가 막을 방법은 없지.
당신 아버지 집이잖아."

"그렇다면." 착한 일일수록 서둘러라. 나는 오늘이라도 가야
겠다고 생각하기 시작했다. 회사는 오후에 반차를 내면 된다.

"아!" 하고 관리인이 말한 것은 조금 후였다. "안 되겠는데."

"안 된다고요?"

"보여 주면 안 된다고 했거든. 다른 사람이 집에 들어가려고
하면 막아 달라고 말이야. 특히 가족은 절대 안 된다고 했어. 보
여 주고 싶지 않다고."

"아버지가요?"

"약속했다고."

"10년 전 약속인데 이젠 시효가 지난 거 아닐까요?"

"난 의외로 약속 잘 지켜, 그런 것일수록."

이제 와서 그럼 어쩔 수 없죠, 하고 끝낼 수는 없다. 나는 오
늘 저녁때쯤 해서 그리로 가겠다고 약간 강하게 주장했다.

"가족한테는 절대 비밀이라고 했다니까. 그걸 깰 수는 없잖아."

"더 이상 비밀이 아닙니다." 그랬다, 나는 이제 맨션에 대해
알아 버렸으니 몰랐던 일로 할 수는 없다.

회사에 있는 동안에도 안절부절못했다. 아버지가 대체 그 집에 뭘 숨겼는지 계속해서 상상하느라 병에 대한 정밀검사 결과를 눈앞에 둔 듯한 기분이었다. 낙관과 비관의 물결이 번갈아 몰려든다.

거의 빵만 먹었을 뿐이지만 점심 식사를 마치고, 목적지인 맨션으로 향했다.

전철을 갈아타고 처음 가 보는 동네의 길을 걸어가면서, 어딘지 모르게 시선을 느꼈다. 주위를 둘러보아도 아는 사람이 있을 리 없으니, 아마도 하늘에서 아버지가 쳐다보고 있는 느낌이겠거니 했다. 이봐, 이봐, 하고 초조해하는 아버지의 얼굴이 눈에 선하다. 부탁이니까 그냥 모른 체해 줘, 하고.

뭔가 안 좋은 걸 발견하더라도 엄마한테는 말하지 않을게.

맨션까지는 헤매지 않고 도착했다. 오래된 동네 안에 세워진 자그마한 건물이었지만 단순한 외관 때문인지 청결한 느낌이었다. 볕도 잘 드는 편이다.

애인 집치고는 나쁘지 않지? 아버지가 그렇게 말하는 것 같다. 만약 그렇다면, 지금도 그 애인이 여기에 살고 있는 걸까?

현실감이 전혀 없다고 생각하다가 퍼뜩 정신을 차렸다. 애인은 아니라 해도 아버지와 친한 누군가인 건 아닐까.

아버지는 부모님과 아주 오래전에 사별했다고 들었고 나는 물론이고 어머니도 만난 적은 없었지만, 그런 부모님이 실은 살아 계셨다는 결말도 있을 수 있는 일이 아닐까. 결말이라고 표현하는 건 실례지만.

다만, 그렇다면 맨션의 관리인이 그 부모님과 만났다 해도 이상하지는 않을 것이다.

누군가를 감금해 둔 건 아니겠지. 막연하면서도 두려운 예감이 머릿속에 떠올랐을 무렵, 등 뒤에서 "그 맨션이 저기인가요?" 하는 목소리가 들려와 돌아보았다.

진료소에서 하얀 옷을 입고 있을 때의 이미지밖에 없었던 터라, 재킷 차림으로 동네에서 마주치자 곧바로는 누군지 가늠이 안 되었다. 그 의사였다.

풍뎅이

오늘 결판을 낸다고 생각하면서 아침 식사를 했다. 정신을 위로해 주는 건 단 음식이야, 하고 생각하며 냉장고를 뒤지는데 안에서 푸딩이 나왔다. 그렇게나 싫었던 단 음식이, 아내의 권유로 먹다 보니 나름대로 좋아졌으니까 대단한 일이다.

아내는 세탁기 근처에서 바빠 보이기에 푸딩을 먹어도 되느냐고 물어보는 것도 미안해서 조용히 맛보기 시작하는데 2층에서 가쓰미가 내려왔다.

가쓰미는 졸음이 덜 가신 얼굴로 인사를 한 후, 내 손 근처에 눈길을 주며 "그거." 하고 가리켰다. "엄마가 먹으려고 했던 거 아냐?"

나는 서둘러 입의 움직임을 정지시켰지만, 때는 이미 늦어 뚜껑은 버렸고 내용물도 되돌려 놓을 수 없었다. "큰일 났네. 뭐, 푸딩은 맛있었지만."

"그렇게 심각한 문제는 아니야." 하고 가쓰미는 동정 어린 시선을 보냈다.

"심각한 문제야. 뭐, 나중에 사다 놓으면 되겠지."

서툰 변명이나 발뺌을 하는 것보다는 아무 일도 없었던 것처럼 해 두는 게 최고일 테니, 나는 증거 인멸을 위해 남은 푸딩을 털어 넣듯 입 안에 넣고 플라스틱 용기를 씻었다.

"아버지, 그 용기는 내 방에 버려."

"응?"

"엄마한테 들키고 싶지 않잖아. 내 방 쓰레기통에 처박아 둘게."

이 얼마나 고마운 제안인가. 감격하여 뒷일을 부탁한다고 말하고 바로 빈 용기를 건네주었다.

"아버지는 그렇게 엄마한테 겁먹어서 어쩌려고 그래?"

"무슨 말이야, 갑자기?" 내가 언제 겁먹었다고, 하고 말하고 싶었지만 분명 거짓말인 게 들통날 것이라 그만두었다.

"예전부터 물어보고 싶었는데." 가쓰미는 그렇게 말하며 웃었다. "아버지는 다시 태어난다면 엄마하고 결혼하지 않겠지?"

"무슨 질문이 그래!" 세탁기 쪽에서 작업 중인 아내가 듣지나 않았을까 노심초사한다.

"아무래도 후회하고 있을 것 같아서."

나는 순간 어안이 벙벙하여 가쓰미가 무슨 말을 하고 싶은 건지 알지 못했다. 잠시 후 의미를 이해했다. "다시 태어나도 지금과 똑같았으면 좋겠어."

"다음에도 엄마랑 결혼하겠다는 거야?"

고개를 끄덕일 필요조차 느끼지 못했다. "그리고 다시 네가 태어나는 거야. 안 그러면 괴롭겠지."

"휴우! 그래서 또 엄마한테 겁먹는 인생을 보내겠다고?"

나는 자연스레 웃음소리를 냈다. "뭐, 네가 보기에는 내가 그렇게 보일 수도 있겠지."

"그렇게밖에는 안 보여."

"다만." 이해하지 못할 거라는 걸 알면서도 말했다. "좋은 일이 훨씬 더 많았어."

나는 내가 '많았다'고 과거형으로 이야기한 걸 알고 깜짝 놀랐지만, 동시에 지금까지 자신이 프로 업자로서 해 온 수많은 일들을 떠올리고 그런 자신에게 좋은 일이 있어도 괜찮았던 걸까 싶어졌다.

그럼, 어떻게 하면 될까?

집을 나서기 전이 되어서야 맨션 열쇠를 어떻게 할지 살짝 고민했다. 막 구입한 맨션 열쇠다.

전날 관리인이 바로 사용하고 싶다면 집 열쇠를 줄 수도 있다면서 전해 주었다. 언제 매수자가 나타나도 문제가 없도록 현관문 열쇠는 새것으로 교환해 놓았다고 한다. 고민한 끝에 열쇠는 집에 놓아두기로 했다. 함부로 숨겨 두었다가는 아내가 발견할 가능성이 있었다. 그런 의미에서는 자신의 방, 그런 이름의 창고 말고는 후보가 없었다. 그 안에 종이봉투를 숨겨 둔 것이다. 아내와 소통하면서 배운 것을 적어 놓은 노트가 들어 있는데, 그것이야말로 아내에게 들키면 큰일 날 물건이다. 때때로 손보아 그것을 갱신해 왔고, 이제는 자신의 필생의 역작처럼 되어 버렸기 때문에 버릴 수도 없어서 그 창고 깊숙한 곳, 봉투 안에 보관해 두었다. 아내가 들기에는 무거운 종이 상자를 그 앞에 쌓아 두는 공사도 해 놓았다.

"아침부터 달그락달그락 뭐 하는 거야?" 열쇠를 숨기는 일이 끝났을 때 어디선가 아내의 목소리가 들려와, 으레 그렇듯 사과하며 창고를 원래 상태로 돌려놓았다.

그 후 서둘러 집을 나선 나는 어디까지나 출근하는 척만 했던 것으로, 우선은 맨션 집에 필요한 물건을 사러 돌아다녔다.

꼭 필요한 것만 갖춰 두어도 상관없었지만, 커튼과 간이 의자를 구입한 후 배달을 기다릴 여유가 없어서 택시를 타고 직접 날랐다. 그 외에 필요한 물건을 대여업소에서 빌려 와 대충 집 정리를 마쳤을 때는 이미 정오가 지나 있었다.

집 문을 잠그고 엘리베이터로 내려오다가 현관·로비에서 관리인과 마주쳤다. 고목이면서도 초록 잎을 무성히 드리우고 있어 죽을 기미라고는 전혀 찾아볼 수 없는 인상은 여전했다.

"아, 어쩐 일로?"

"짐 좀 가져다 놨어요."

"가족한테는 보여 주고 싶지 않다는 그거 말인가?"

나는 고개를 끄덕였다. 실제로 그랬다. 관리비 같은 매달 지불해야 할 돈에 대해서는 이미 계좌에서 자동 이체되도록 조치해 놓았지만, 그 계좌 자체가 가족에게는 비밀인 것이다. "아, 절대 집 안은 보지 못하도록 해 주세요." 하고 말한 것은 반쯤 농담이었지만 나머지 반은 만일을 대비해서였다.

"내가? 이제 거기는 당신 집인데. 내가 신경 쓴다고 어쩌겠어. 이 맨션에서 몇 년 동안 얼굴 한 번 보지 못한 입주민도 여럿이야. 그야말로 집 안에서 죽어 있을지도 모른다고."

"그래도 조금쯤은 신경 쓰는 편이 좋지 않을까요."

"그럴까?" 관리인은 얼굴을 찌푸렸다. "당신, 관리인 해 본 적 있어?"

"네?"

"관리인이란 건 말이야, 한계가 있어. 모든 걸 다 확인할 수도 없으니만큼 내 신경만 소모된다고. 내 눈에 보이는 것만 해도 엄청나게 많은데, 보이지 않는 부분까지 신경 쓰기 시작하면 감당 못해." 하고 관리인은 관리인의 길이란 게 있다는 듯이 말했다.

잘은 알 수 없었지만 그렇구나, 하고 나는 납득할 수 있을 것 같았다.

"아무튼, 당신도 숨기고 싶은 게 있다면 나 보지 않는 곳에서 해 줘."

알겠습니다, 하고 가려다가 문득 생각난 게 있어서 말했다. "혹시 우리 가족이 오게 되는 일이 있더라도."

"비밀이 들통나서 말인가?"

"그러지 않기를 바라지만요." 나는 어깨를 으쓱였다. "절대 안으로는 못 들어가게 해 주셨으면 합니다."

"절대로 말인가?"

"네."

"들어가면 어떻게 되는데?"

어떻게 말해야 할지 고민하던 끝에 "돌이킬 수 없는 일이 생길 거예요." 하고 말하고 맨션에서 나왔다.

의사와 만나기로 약속한 장소는 맨션에서 5백 미터쯤 떨어진 곳이었다. 공원이 있고 그 공원 입구 근처에 시계탑이 있었다. 밤이 되면 조명이 켜져 사람들로 시끌벅적한 것 같았지만, 조명을 켜지 않는 낮에는 한산했다. 그 시계탑 아래로 오라고 전해 두었다.

물론 의사가 그 진료소에서 나올 생각이 없는 건 틀림없어서 실제로 "왕진은 하지 않습니다." 하고 쌀쌀맞게 대답했지만, 나는 고집스럽게 양보하지 않았다. "지금 거기로 갈 만큼 난 바보가 아니야. 위험하잖아. 안 그래? 그럼 밖에서 만날 수밖에." 실제로 지난번에는 돌아가는 길에 택시 사고가 났었잖아, 하고도 말했다. 아무튼 시계탑으로 오지 않으면 내가 가진 정보를 흘리겠다고 한결같이 뻗대었다. 최종적으로는 시간과 장소를 정하고 "안 오면 안 될 거야." 하고 협박한 후 전화를 끊었다.

"올까?"

그렇게 차갑게 말한 것은 전날 전화로 이야기를 나누었던 나팔꽃이었다.

"아마도."

"아마도 정도로 나한테 일을 의뢰한 건가."

"돈은 먼저 지불하지. 의사가 오지 않는다 해도 돌려줄 필요는 없어."

"그러지." 나팔꽃은 담담히 그렇게 대답하기만 해서, 나는 역시 푸시맨 같은 건 존재하지 않으며 그런 망령 같은 존재와 이야기하고 있는 것뿐이지 않을까 의심스러워졌다.

믿음직스럽기도 하고 그렇지 않은 것 같기도 한, 신비한 업자였다.

중학생처럼 보이는 삼인조에게 그들보다 어린 소년이 둘러싸여 있는 모습을 발견한 것은 시계탑으로 가던 도중이었다.

처리해야 할 일도 많은데 왜 이리 귀찮은 장면과 맞닥뜨리는 걸까. 못 본 체 그냥 지나쳐야 했을 텐데 "이봐, 뭣들 하는 거야?" 하고 말하고 만 것은 그들에게 체격 차이와 인원수 차이가 있어서 분명히 불공평해 보였기 때문이었다.

중학생 세 명이 성가시다는 듯 이쪽을 보았다.

"아무리 생각해도 불공평하잖아, 이건. 너희는 세 명이고 이쪽은 한 명이니까."

불공평이란 게 뭔데, 웃기지 마, 하는 표정마저 순진해 보였다. "방해 마요, 아저씨." 하고 한 아이가 말했다.

"내가 초등학생 편에 들어가면 어때?"

"네?"

"그러면 공평하잖아. 아니, 그러면 우리가 너무 셀지도 모르겠구나. 그럼 너희는 무기를 사용하는 게 좋겠다. 뭐 가지고 있는 거 있나?"

중학생들이 서로의 얼굴을 바라본다. 한 명이 호주머니 속으로 손을 넣었다.

"칼 같은 거 있어? 없으면 빌려줄 수도 있는데. 그 대신 각오 단단히 하고 와. 너희가 도구를 들고 있으면 나도 그럭저럭 세게 나갈 이유가 생기니까."

나로서는 여기에서 노닥거릴 시간이 없었지만 자신보다 약한 자를 위협하여 마치 자신이 강자라도 된 양 생각하는 놈들에게는 혐오감만이 느껴져서 그렇게 말하지 않고는 견딜 수가 없었다.

그들은 결국 그곳에서 떠나갔다. 초등학생이 나를 멍하니 바라보기에 아무래도 어색해져서, 그렇다고 말없이 사라지는 것도 마음에 걸려서 호주머니에 손을 넣었다가 사탕이 있는 걸 알았다. 며칠 전에 거래처에서 받은 것이었지만 "이거라도 핥으면서 기운 내." 하며 건네주었다. "어릴 때는 여러 모로 힘들 테지만, 힘내거라."

어린 시절의 가쓰미를 떠올렸다.

"저기, 나, 친구가 없어요." 소년은 가냘픈 목소리로 말했다.

"나도 없는데." 나는 그렇게 말했다. "하지만 행복해. 축복받은 나날을 보내고 있다고."

소년은 오들오들 떨고 있었다. 말이 많았구나, 하며 그 자리를 뒤로했다.

그리고 지금, 시계탑 근처에 서 있다.

의사가 어떤 교통수단을 이용하든 이 공원 시계탑으로 오려면 정면의 찻길을 건너와야만 한다. 횡단보도를 건너올 게 틀림없었고, 게다가 오가는 차량도 많아서 푸시맨이 일하기에는 적당할 것이었다.

이후 의사가 눈앞에 나타난다면 그것은 푸시맨의 일이 불발되었음을 의미할 것이다. 대신 나팔꽃에게서 일을 처리했다는 연락이 오거나, 저기 큰길에서 사람이 치었다고 소동이 벌어지면 내 승리가 된다.

어느 결과가 나올지, 나는 그것을 기다리고 있었다.

길吉이 나올까 흉凶이 나올까, 홀이냐 짝이냐, 생각하고 있는데 예상이 어긋났다. 나온 것은 예상치도 못했던 것이었다. 가로나 세로만 있는 게 아니었을지도 모른다.

걸어오는 남자가 보였다. 의사가 아니어서 신경 쓰지 않았는데, 이쪽을 향해 똑바로 오고 있었다. 그 얼굴을 보자 어딘가에서 만난 적이 있는데, 하고 기억을 거슬러 올라가기 시작했다.

그가 정면에 서서 진심으로 괴로운 듯 눈살을 찌푸리고서야 비로소 누구인지 떠올랐다.

예전에 백화점에서 알게 된 인물이었다.

"이렇게 돼 버려서 정말 죄송합니다." 하고 나노무라는 말했다.

그 시점에서 내가 세운 계획이 틀어졌음을 눈치챘다.

의사는 여기에 나타난 이유도, 어떻게 이곳을 알았는지도 설명하지 않았다. "아무래도 꼭 좀 아버님에 대해 알고 싶어서 말입니다."라고는 했다.

미행한 걸까?

설마 그랬을까 싶기는 하지만, 그게 아니라면 여기서 딱 마주친 이유를 알 수 없다.

"저기, 오늘 진료는." 아무래도 상관없는 것을 묻고 만다.

의사는 대답하는 대신 다가왔다. 오른손을 약간 앞으로 내밀어 와서 여기에서 청진기를 갖다 댈 셈인가 하고 놀랐지만, 즉 그런 생각이 들 만큼 나도 혼란스러웠던 것인데, 자세히 보니 청진기인 줄 알았던 것이 권총이라 눈을 의심하지 않을 수 없었다.

장난감인가? 진짜 총일 리가 없다. 그는 내 옆구리에 그것을 갖다 대며 "맨션으로 가시죠." 하고 말했다. 그 순간, 모골이 송연해지며 등에 소름이 돋았다.

진짜야?

상황을 이해할 수가 없었다.

권총을 왜? 의사가 왜?

주변의 경치가 갑자기 하얗게 흐려지고, 머릿속이 붕 떠오르는 듯한 느낌이 들었다.

이건 현실이 아니다.

그렇게 바라는 자신이, 필사적으로 오감을 마비시키려 하고 있는지도 모른다. 땅을 딛고 있다는 느낌조차 사라진다.

자신의 의지와는 달리 스토리는 계속 진행된다. 장기말처럼 위에서 누군가가 집어 들고 다음 칸으로 옮기고 있는 것이 아닐까.

정신 차리고 보니 맨션 안으로 들어가고 있었다. 관리인에게 집 호수는 들어 알고 있었지만 엘리베이터에 탄 것 같지도 않았는데 어느샌가 위층에 도착해 있었다.

"어느 집인가요?" 등 뒤에 총을 대고 있는 의사의 목소리에는 감정이 담겨 있지 않아서 어떤 표정을 하고 있는지 돌아보고 싶었다. "똑바로 걸어가십시오." 하고 차가운 쇠로 찌르듯이 말했다.

엘리베이터에서 나오자 통로가 좌우로 뻗어 있어서 어느 쪽으로 가야 할지 순간 헷갈렸다. 집의 위치를 확인하고는 오른쪽 방향으로 나아갔다.

"입주민이 지나갈지도 몰라요. 그런 위험한 물건을 보면 안 되지 않을까요?" 나는 그렇게 말해 보았지만 의사는 말이 없었다. "왜 아버지를 그렇게까지 신경 쓰는 거죠?"

그 말에도 대답이 없다.

아버지, 하고 나는 통로에서 맨션 위쪽으로 눈길을 주며 하늘을 뒤져 보고 싶어졌다. 이게 대체 어떻게 된 거예요.

내 앞에 있는 나노무라는 몇 번이고 천천히 눈을 감았다. 사죄와 기도를 담고 있는 듯했다.

나노무라가 시키는 대로 근처 오피스 건물 옥상에 와 있었다. 엘리베이터로 꼭대기 층까지 도착하자 거기에서 다시 비상계단으로 이동해서, 일반적으로는 나갈 수 없는 옥상까지 왔다.

맑게 갠 하늘은 아름다웠다.

미안한 기분이 들었다. 내가 지금까지 목숨을 빼앗아 온 자들 중에는 비좁은 방 안에서 인생을 끝마친 자도 있고, 비를 맞으며 절명한 자도 있다. 이것이 마지막 순간이라는 자각조차 못한 자들도 적지 않다.

그것을 생각한다면 이 상황은 축복받은 것이다. 특별 대우라고 욕한다 해도 어쩔 수 없다고 생각했을 정도였다.

"다시 만날 거라고는 생각도 못했어요." 나는 말했다. 진심이었지만 나노무라에게는 불쾌하게 들렸을지도 모른다.

"죄송합니다."

나노무라는 아직 무기를 들고 있지 않았다. 옷 어딘가, 몸 어딘가에는 준비되어 있을 것이다.

"아뇨, 나노무라 씨가 특별히 잘못한 건 아니죠."

"지난번에는 고마웠습니다."

"무슨 말씀인지?"

"자동판매기의 잔돈 말입니다."

"아아!"

"덕분에 살았어요."

시계탑에서 만났을 때, 나노무라는 단도직입적으로 이렇게 말했다. "하지 않으면 안 됩니다. 안 그러면 아들 목숨이."

무슨 일이 벌어졌는지 알아챘다. 의사는 내 처리를 나노무라에게 의뢰한 것이다. 물론 업계에서 발을 뺄 작정이었던 그가 네, 기꺼이, 매번 고맙습니다, 하면서 받아들일 리 없을 테니 나름대로의 동기 부여는 필요했을 것이고, 그것이 아들의 목숨이었으리라. 아들을 납치해 구금해 둔 모양이었다.

덧붙여 나노무라의 옷깃에는 마이크가 달려 있었다. 지금 이러는 동안에도 의사가 목소리를 듣고 있을 것이다. 나와 나노무라가 몰래 이야기를 나누며 어떻게 반격할지 궁리할 것을 방지하기 위해서일 것이다.

어느샌가 나노무라가 총을 꺼내 들고 내게 겨누고 있었다. 슬쩍 다가오더니 내 옷을 더듬기 시작했다. 몇 번이나 사과하면서 내가 가지고 있던 물건들을 전부 꺼냈다.

맨션 열쇠도 꺼냈다.

"그건." 하고 내가 말하려 했을 때 나노무라가 열쇠를 옥상 밖으로 내던졌다. 열쇠 모양을 한 무기일 가능성도 아주 없지는 않아서, 실제로 열쇠인 척하는 소형 폭탄도 본 적이 있다. 경계에 지나침은 없다.

열쇠가 사라진 방향을 보면서 내 선택지가 하나둘 사라지는 것을 느꼈다.

"미야케 씨, 대체 어쩔 생각이었어요?" 나노무라가 물었다. 마치 장기나 바둑 시합이 끝나고 복기라도 하는 것 같은 분위기였다.

"그 의사를 밖으로 끌어내려고 했어요. 밀쳐 버릴 셈이었죠. 찻길로."

나노무라가 푸시맨에 대해 알고 있는지 어떤지는 알 수 없었다. 다만, 동정하듯 어깨를 살짝 으쓱였다. "나오더라도 혼자는 오지 않았을 텐데요." 준비가 철저하고 만일의 사태까지 대비하는 성격이라 경호원을 많이 데려왔을 거예요, 하면서. 그래도 푸시맨이라면 어떻게든 해 줄 것이라는 데 걸었지만 도박의 결과 이전의 문제였다.

"이 세상은 흥한 자도 언젠가는 반드시 망한다고 하니까, 경호원을 쓸 수 있는 시간도 얼마 남지 않았을 거예요." 마이크 너머에서 듣고 있을 의사에게 들으라는 듯 말했다. "망하고 나면 자기 혼자 전부 처리할 수밖에 없겠죠."

나노무라는 또다시 불쌍하다는 표정을 짓는다. "앞으로 5년은 무리예요."

"5년 후 다시 한 번 해보고 싶은데." 하며 나는 웃었다. "무리
겠죠?"

"죄송합니다, 미야케 씨." 마치 권총의 끝부분이 확 늘어난
것 같았다.

사과할 거 없는데, 하고 생각했다. 나 자신이 지금까지 줄곧
해 왔던 일인 것이다.

아까 중학생들에게 했던 자신의 말이 머리를 스쳤다. '아무
리 생각해도 불공평하잖아, 이건.' 타인의 인생을 빼앗아 온 내
가, 자신의 인생만은 평화롭게 오랫동안 행복하게 지속하고 싶
다고 바라는 건 아무리 생각해도 공평하지 않다. 지금까지 해
온 일들이 내게 되돌아왔을 뿐이다.

내 뒤에서 따라오는 의사는 처음 만났을 때의 기계 같던 차
가움이 어느 정도 가셔서 몹시 늙어 보였다. 진료소에서는 하
얀 옷을 입고 있었기 때문일까.

혼잣말처럼 뭐라고 중얼거리고 있다. 무슨 말을 하고 있나
봤더니 "망했어."라며 한탄하고 있었다. 자기 혼자 밖으로 나와
야만 하다니, 하면서.

무슨 말이냐고 물으려는데, "앞만 보고 빨리 가세요." 하고
말한다.

이 의사는 뭔가에 홀린 게 아닐까? 대체 무엇에? 망상? 아니면 어떤 다른 물건에?

통로 제일 끝이 아버지 열쇠의 집이었다. 앞에 서자 갑자기 문이 커진 것처럼 보였다.

앞을 가로막는 병사의 방패 같기도 하다.

이 안에 아버지의 비밀이 있는 걸까.

"열어 주십시오." 의사가 말했다.

나는 호주머니에서 열쇠를 꺼내려다가 그것을 떨어뜨리고 말았다. 일부러 그런 것은 아니었다. 이제 침착함을 되찾았다고 생각했는데 손발이 떨리고 있었던 것이다. 서둘러 주우려다가 또 놓쳤다.

"저기." 문득 신경이 쓰여 말을 꺼냈다. "아버지의 마지막 순간을 알고 계신가요?"

"아뇨." 의사는 무표정하게 말했다.

"아버지가 자살했을 것 같지는 않은데요."

의사는 가만히 나를 바라보았다. 이쪽의 속마음을 시선으로 꿰뚫어 보는 것 같았다. "왜죠?"

"아버지답지 않으니까요."

의사의 표정에 작은 파문이 생겼다. 웃고 있는 건지 화가 난건지는 확실치 않았지만 이 사람은 아버지를 싫어한다는 것 정도는 확실히 알 수 있었다.

"아버님에 대해 얼마나 알고 있다고 생각하십니까?"

"무슨 뜻이죠?"

의사는 그 말에는 대답하지 않았다.

"아버지의 마지막 순간을 알고 계세요?" 나나 어머니에게 무슨 메시지 같은 걸 남기지 않으셨나요, 하고 이어 물을 뻔했다. 말하고 나서, 내가 그것을 원하고 있었음을 깨달았다. 10년 전부터 나는 줄곧 아버지가 남겼을지 모를 뭔가를 찾고 있었던 것이다.

"아버님은." 의사는 여전히 가면 같은 표정이었다. "두려워하셨습니다."

"두려워하셨다고요?"

"죽는 걸요." 하고 말하고 나서 이번에는 노골적으로 비웃듯 콧방귀를 뀌었다.

아아, 하고 나는 목소리를 높였다. 이제 이 의사 말을 진지하게 받아들이지 않아도 되겠다고 생각했다. "거짓말하지 마세요."

"죽음은 두려운 것입니다. 모든 것이 사라지죠. 아버님도 예외는 아니었습니다."

"그렇지 않아요." 나는 이것만은 분명히 말할 수 있었다. "아버지가 이 세상에서 제일 두려워한 건."

"뭐죠?"

"어머니거든요." 그러면서 웃어 줘야 한다는 걸 알고 있었는데, 내 눈에는 눈물이 고였다.

나는 나노무라를 향해 두 팔을 든 채 "쏠 필요는 없어요. 내가 알아서 죽을게요." 하고 말했다. "뛰어내릴 겁니다. 그걸로 끝이죠."

옥상은 울타리로 덮여 있었지만 일부가 파손되어 틈이 벌어져 있었다. 그곳을 통한다면 떨어질 수 있을 것이다.

"내가 죽으면 그걸로 해결돼요. 굳이 나노무라 씨가 총을 쏘지 않아도 되잖아요." 말하면서 내 발은 이미 움직이고 있었다. "솔직히 떳떳하지 못했어요. 내가 지금까지 해 온 짓은 용서받을 수 없는 거였죠. 사람들 목숨을 수없이 빼앗아 왔어요. 이렇게 말하면 좀 그렇지만, 한 번 죽는 정도로는 다 용서받을 수 없을 만큼요."

"그렇게 말씀하시면 저도."

"아뇨, 나노무라 씨는 착실히 사세요." 논리적이지는 않았지만 나는 그렇게 말했고, 실제로 그러면 좋겠다고 생각했다. "아까 나노무라 씨가 나타난 순간 내가 뭘 해야 할지 전부 다 알았어요. 이봐, 이걸로 전부 끝이야. 알지?" 마지막 말은 나노무라의 마이크에 대고, 그 너머에 있을 의사에게 한 것이었다.

그러고 나서 "정말이지." 하고 자연스럽게 한숨이 새어 나왔다. "작전 같은 건 다 그림의 떡이었네."

"대비책도 준비해 놨어요?"

"그쪽 떡도 그림으로 끝났어요."

망가진 울타리를 말아 올리며 바깥으로 나갔다. 건물 끝에 선 나와 그 바로 아래 거리 사이에는 가로막고 있는 게 아무것도 없이 정면에 허공만이 펼쳐져 있었다. 파랗게, 바다처럼, 나를 기다리고 있다.

좋은 빛깔이네, 하고 생각했다.

"저기." 뒤쪽에서 나노무라가 말했다. 이미 총은 들고 있지 않았다. 무른 사람이다 싶어 웃을 뻔했다. 내가 여기에서 반격하면 어쩔 셈인가 하고. 그렇게 무른 정도만큼 자신보다 착한 사람 같았다. "가족분들에게 남기고 싶은 말은 없습니까?" 하고 그가 말했다.

"가족한테요?"

"네. 혹시 있으면 전해 드릴게요." 나노무라는 진지한 표정이었다.

그래, 하고 나는 잠깐 생각하다가 말했다. "난 언제나 너희를 지켜보고 있을 거야, 라고 전해 주세요. 그쪽에서는 내가 보이지 않을 테고 내 목소리도 들리지 않을 테지만, 난 늘 지켜보고 있고 이름을 부르고 있을 거야."

"네."

"아뇨, 역시 됐어요." 고개를 저었다. 내 손에 걸린 자들도 가족에게 아무런 말도 남기지 못했던 것이다. 나만 특전을 누리는 것도 마음에 걸린다. "아무 말도 안 전해 줘도 돼요."

이걸로 끝이다. 나쁘지 않다. 그 생각은 거짓이 아니었다. 가쓰미의 미래를 보지 못하는 게 안타까웠지만 영원히 함께할 수는 없는 것이다.

굳이 말한다면, 그 의사에게 반격하지 못한 게 안타까웠다. 그것만은 어쩔 도리가 없다. 이런 게 승부에서 졌다는 의미이리라.

죽는 것은 두렵지 않다. 하지만 죽으면 아내가 화내지 않을까, 하고 생각했을 때만큼은 약간 두려워졌다.

옥상 끝에서 날아오르듯, 허공으로 몸을 던졌다. 아내와 아들의 얼굴이 머릿속을 가득 메웠고, 일단 공중에 뜬 채 시간이 정지한 것 같다가 그 직후 낙하해 갔다. 이윽고 지면과 격돌하여 내 몸은 영혼과 함께 산산이 흩어지겠지만, 급강하하는 동안 가족과의 추억이 하나둘 눈앞에 떠올라서 가슴이 따뜻한 공기로 가득 채워져 갔다.

내가 열쇠를 주워 들었을 때, 통로 반대편에서 노인이 나타났다. "아, 전화했던 분이신가?" 하며 다가온다.

"관리인이신가요?"

순찰을 돌고 있는 중이었던 모양이다. 옆에 있던 의사가 문에서 몸을 떼며 총을 재빨리 뒤로 감추었다. 성가신 일은 피하고 싶은 것일 테지만 상황에 따라서는 사용할 생각도 있을 것이다.

"집 안을 확인해 보고 싶어서요." 의사가 말한다.

"아아, 그렇소? 그러시구려. 나는 사생활에는 간섭하지 않는다는 주의니까, 마음대로."

"그럼, 걱정하지 마시고." 의사가 내게 눈짓을 했다.

나는 문의 열쇠 구멍으로 손을 가져갔다. 그때 관리인이 "아아, 맞다. 안 돼요, 안 돼." 하고 말했다.

"네?"

"전화로도 말했지만 가족에게 집 안을 보여 주면 안 된다고 했소." 관리인은 시합 중단을 호소하는 심판처럼 손을 휘휘 내저었다. "약속했거든. 깜박하고 약속을 못 지킬 뻔했네. 정말이지, 요즘엔 금방금방 까먹는다니까."

의사는 귀찮게 됐다는 표정으로 관리인을 보았다. "약속이든 뭐든, 여기 집주인 남자는 죽었습니다."

"죽었다 해도 약속은 약속이잖소. 틀림없이 말했소. 가족에게 보여 주면 돌이킬 방법이 없다고 말이오."

그 말을 들은 나는 역시 이 집 안에는 우리가 모르는 아버지의 비밀이 들어 있다고 확신했다.

열지 마. 아버지의 진지한 목소리가 귓가에서 들려오는 것 같았다. 아버지가 그렇게까지 말한다면. 나는 그 자리에서 물러섰다.

의사는 물론 거기에서 그만둘 생각은 없는지 "가족이 아닌 내가 안을 살펴보는 건 괜찮지 않을까요?" 하고 말하는가 싶더니 내 손에서 열쇠를 빼앗아 문에 끼워 넣었다.

10년 동안 사용하지 않았기 때문인지 쉽게 열리지 않아 철컥거리는 소리가 잠시 계속되었지만, 나는 그만두라고는 말하지 않았다.

이윽고 의사는 손잡이를 잡고 천천히 문을 앞으로 당겼다. 그 순간, 나는 이 의사가 생전의 아버지에 대한 내 마음을 유린하는 것 같아 급격히 혐오감을 느꼈다. 숨기고 싶어 했던 비밀을 억지로 열어젖히는 형국이었기 때문이다.

그만둬요, 하고 말하려 했다.

격렬한 소리가 들린 것은 그 후였다. 쌔앵 하고 바람을 가르는 소리도 들렸다.

눈 깜박할 사이, 한순간의 일이었다.

거대한 손바닥이 나타나 맨션 벽을 날카롭게 때린 게 아닐까. 그렇게 느꼈을 만큼 커다란 진동이 전해졌고, 동시에 의사의 몸이 문 뒤쪽으로 날아갔다. 통로 난간에 등이 거칠게 부딪힌다.

나는 눈을 깜박였다.

의사는 눈을 휘둥그레 뜨고 입에서 거품을 내뿜는 듯한 표정이었다. 입술이 희미하게 움직이고는 있었지만 어차피 얼마 남지 않은 생명의 미열 같은 것일 수밖에 없다는 건 명백했다. 가슴에서 뭔가가 솟구친다. 집 안에서 날아온 화살이 거기에 박혔다고는 도무지 생각할 수 없었다.

가쓰미

관리인도 상당히 동요했지만 나보다는 그나마 정신을 차리고 있어서 "이건 또 뭐야!" 하고 말하면서도 자세를 낮췄다. 즉, 다시 집 안에서 화살이 날아올지도 모른다고 경계하는 것이었을 테다. 그는 천천히 문 안쪽으로 들어갔다. "누가 안에서 쏜 건데."

위험하니까 그만두는 게 낫겠어요, 하고 말해도 전혀 개의치 않는다. 어쩔 수 없이 나도 따라 들어갔다. 똑바로 쳐다보는 게 두려워 시선 끝으로 확인한 것뿐이지만 의사의 목숨이 끊어진 건 명백했다.

집 안은 텅 비어 있었다. 가구도 아무런 짐도 없이 커튼만이 있을 뿐이었다. 현관에서 똑바로 뻗은 복도 끝의 방에는 의자가 놓여 있고, 거기에 거대한 활과 총을 합체해 놓은 듯한 기구가 설치되어 있었다.

"야, 야, 이거 뭐야. 그건가, 석궁이라는 거?" 관리인은 그 기구 옆에 서서 손가락으로 천천히 감촉을 확인하듯 만져 본다.

석궁? 명칭은 알고 있었지만 실물을 보는 건 처음이라 아들의 변신 장난감을 보는 듯한 기분일 수밖에 없었다.

다시 한 번 현관 쪽을 돌아보니, 확실히 활의 끝은 일직선으로 문을 향해 고정되어 있었다. 밑에 긴 끈이 떨어져 있다.

"이걸로 문이 열리면 화살이 발사되게 해 놓은 건가!" 관리인이 감탄한다. "대단한 장치군, 이거. 당신 아버지가 만든 걸까?"

나는 물론 그 대답을 알지 못한다. 그런가? 이걸 아버지가? 무엇 때문에. 아니, 그 전에 아버지가 이런 걸 만들 수 있을 것 같지 않다.

안 그래도 혼란스러운 머리가 다시 뒤죽박죽이 되어 머릿속이 격렬하게 물결치는 느낌이었는데, 갑자기 밖에서 새로운 남자가 나타나 내 현실 감각을 더욱 엉망으로 만들어 버렸다.

"여긴가? 여기였나!" 하며 들어온 남자는 세탁소의 주인이었다.

터무니없는 꿈을 꾸고 있는 듯한 느낌이 덮쳐 왔다.

왜 이 사람이 여기 있는 건가. 세탁물을 배달하러? 순간 그렇게 생각할 뻔했다.

"저기." 나는 그렇게 말을 꺼냈지만 달리 더 할 말이 없었다.

"위치 정보는, 건물 장소는 가르쳐 줘도 층수까지는 무리거든요. 밑에서부터 계속 뒤지며 올라왔어요. 겨우 찾았네요." 세탁소 주인이 말했다.

"위치 정보요?" 더 이상 뭐가 뭔지 알 수가 없다.

세탁소 주인이 머리를 긁적였다. "이야기가 길어질 텐데요."

"긴 이야기를 들을 여유가 내게 있을지 없을지 모르겠네요." 그렇게 말하면서 석궁과 통로에 쓰러져 있는 의사의 모습을 번갈아, 마치 하늘의 구름을 멍하니 보듯 바라보았다.

세탁소 주인은 일단 집 밖으로 나가 의사의 몸을 끌고 돌아왔다. "누가 보기라도 하면 귀찮아질 테니까 우선은 여기에 둘게요."

관리인은 역시 얼굴을 찌푸리기는 했지만 "당신 아버지 집이니까, 뭐. 마음대로 하셔." 하고 내게 말했다.

세탁소 주인은 우선 "당신 양복에는 발신기가 들어 있어요." 하고 내 몸을 가리켰다.

물론 나는 무슨 말을 하는 건지 알 수 없었다. "양복에요?"

"네. 위치를 알려 주는 발신기가 옷 속에 있죠."

"아뇨, 없어요." 할인할 때 산 것이라고는 해도, 그런 게 들어 있는 옷이었다면 사지 않았다.

"들어 있습니다. 지난번에 당신 양복을 돌려줄 때 부착했어요. 그 전 양복에도."

곧바로 대답할 수가 없었다.

그런 짓을 해도 되는 건가요? 그런 서비스도 하나요? 몇 가지 질문이 떠올랐지만 모두 적당한 것 같지 않아서 아무 말도 하지 못했다. 이윽고 양복 어디에 그런 게 있다고, 하며 호주머니와 옷감을 만져 보았지만 금방은 알 수 없었다.

"멋대로 해서 죄송합니다." 그가 그렇게 말해서 역시 멋대로 당한 건가, 하고 생각했다.

"왜, 왜 그런 짓을?"

그는 희미하게 웃었다. "당신 아버님은 제 은인이었습니다. 저와 제 아들의."

"네?" 은인? 양복 속의 장치와 그게 무슨 상관인가.

"당신 아버님은 저와 제 아들을 지키기 위해 죽으셨습니다."

"죽었다고요? 잠깐만요. 무슨 말인지 전혀 모르겠어요." 나는 낭패스러웠다. 중요한 물건이 휘익 하고 내던져진 것 같다. 그것을 받아야 한다고는 생각했지만 어떻게 받으면 좋을지 판단할 수가 없었다.

"그래서, 하다못해 당신이라도 대신 지키고 싶었어요."

"지킨다고요? 네?" 나는 잠깐만요, 하며 손을 내저었다. 되감기 해서 다시 한 번 설명해 주셨으면 좋겠습니다, 하고 호소하고 싶었다. "그렇다고 양복에 그런 장치까지 하나요? 저기, 그

건 감시잖아요."

"그렇게 대단한 건 아니었습니다." 세탁소 주인의 눈은 약간 붉어져 있었다. "이 의사가 접촉해 오면 좋은 일은 생기지 않을 터라, 경계하고 있었죠. 사실 제가 먼저 움직이는 게 더 좋았겠지만 의사는 저를 경계했기 때문에 이쪽에서 먼저 손을 쓸 수가 없었거든요."

"손을 쓴다는 둥, 경계한다는 둥, 대체 무슨 말씀이세요?"

"오늘 의사가 보기 드물게 밖으로 나올 거라는 연락을 받고, 드디어 무슨 일이 생기는 건가 생각했어요. 당신이 있는 곳을 찾아 여기로 왔죠. 다만, 아까도 말했다시피 층수까지는 알 수가 없어서 구석구석 뒤지고 다닐 수밖에 없었지만요."

"저기, 이건 대체 뭐죠?" 석궁을 가리켰다. 양복의 장치보다 이쪽이 더 받아들이기 어렵다. 아니, 이 의사가 죽어 버린 사실에 더 당황해야 하는 거 아닌가요, 하고 물어봤어야 하는 건지도 모른다.

"이건." 세탁소 주인은 그제야 석궁 장치를 물끄러미 보았다. "저도 몰랐습니다만."

"뭐라고요?"

"당신 아버님이 준비해 두셨을 겁니다." 그는 대비책, 하고 중얼거렸다. "그림 속의 것이 아니라, 진짜 떡."이라고 말한 것처럼 들렸다. 떡이 어쨌다는 건가.

"저기, 아버지는." 뭘 한 건가요. 석궁을 설치한다고 해도, 애초에 일반인이 그런 일을 할 수 있는 것인가.

"반격하기 위해서요." 세탁소 주인이 그렇게 말한 순간, 내 머릿속에는 예전에 아버지가 '당랑지부'에 대해 이야기해 주었을 때가 생각났다. 사마귀가 자신보다 큰 상대 앞에서 도끼 같은 앞다리를 들고 맞서려 한다. 무모한 저항이라는 의미가 아니었나. 때로는 덜컥, 이라고 말했던 건 나였나, 아버지였나.

관리인이 "그러니까 뭐야, 이 장치가 10년 동안 이대로 있었다는 건가?" 하고 말한다.

"아마도요."

"이거, 이거, 대단한데!" 관리인은 감탄하며 석궁을 만졌다. "지금까지 한 번도 흔들리거나 벗어난 적이 없었다는 거군. 혹시 이 맨션을 부수고 다시 짓기라도 하면 어쩔 뻔했지?"

"설마 10년 후에 작동할 거라고는 생각하지 못했겠죠." 세탁소 주인이 말했다.

"대체 뭐가 뭔지 모르겠군."

나는 힘없이 주저앉았다. 허리 아래의 힘이 전부 바닥에 빨려 든 것 같은 느낌이 들 정도였고, 그냥 서 있을 수 없을 듯한 공포감도 있었다.

"저기." 세탁소 주인이 험악한 표정으로 말한 것은 조금 지나고 나서였다. "부탁인데, 여기는 저한테 맡겨 주시겠어요?"

"맡겨 달라고요?" 나는 그렇게 물었고, 관리인도 "맡겨 달라는 게 어떤 의미지?" 하며 눈살을 찌푸렸다.

"전부 다요."

"전부?"

"이 사체는 없었던 게 될 겁니다. 오늘 일은 전부 없었던 일로. 그러니까."

"보지 못한 걸로 해라, 이건가?" 관리인은 나보다 훨씬 눈치가 빨랐다.

"꼭 좀 부탁드립니다."

관리인은 팔짱을 낀 채 입을 다물었다. 그러다 이윽고 "뭐, 난 상관없소." 하며 어깨를 으쓱였다. "집에서 무슨 일이 벌어지든 사생활에 참견할 생각은 없으니까."

그래도 되는 건가? 이게 사생활의 범주를 뛰어넘은 일이라는 건 명백했다. 어떻게 그리 쉽게 물러설 수 있는 건가, 물러서도 되는 건가.

그저 세탁소 주인은 내 당혹스러움은 아랑곳하지 않고 "고맙습니다." 하고 인사를 했고, 애초에 거기서 그가 고맙다는 말을 하는 것 자체가 어불성설이라고는 생각했지만 어찌 됐건 고개를 숙였다. 폐는 끼치지 않겠습니다, 맡겨 주십시오, 하면서.

관리인은 "재미있는 일도 다 있군. 오래 살고 볼 일이야." 하고 만족한 듯 말하더니 집에서 나가 버렸다. 정말 이걸로 다 해결됐다고 생각하는 건지, 개운한 기색마저 있었다.

사람이 죽었는데요? 당신이 사는 이 맨션에서요. 어떻게 그리 차분할 수 있는 거죠?

납득이 안 되었지만 그런 한편으로 어쩌면, 하고 생각하는 자신도 있었다. 여기에서 관리인이 경찰에게 신고하겠다고 했다면 세탁소 주인은 그러라고는 하지 않았을 것이다. 좀 더 강경한 수단을 사용하지 않았을까. 부탁합니다, 하고 말했지만 그 이면에는 강력한 위협이 담겨 있었던 것이다. 애원이 아니라 협박이었다. 관리인은 그것을 눈치챈 건지도 모른다. 즉, 나도 그의 부탁을 들어줄 수밖에 없는 것이다.

둘만 남자, 그가 불쑥 말했다. "더러운 일을 오랫동안 해 왔거든요."

"네?"

"뭔가를 깨끗하게 만드는 일을 하고 싶었어요."

"무슨 말씀이세요?"

"그래서 세탁소를 시작했습니다. 그리고 아무래도 당신이 걱정되어서 근처에 가게를 내게 된 겁니다만."

"죄송합니다. 아까부터 좀 혼란스러워서요. 저기, 정말 이게 대체."

세탁소 주인이 눈을 가늘게 떴다. 주름이 부드럽게 형태를 바꾸었다. "당신과 아버님이."

아버지와?

대체 무슨 말을 하려는 걸까. 의아해하고 있는데 그는 얼굴이 점점 구겨지며 과즙이라도 쥐어짜듯 눈물을 흘리기 시작해서 더욱더 곤혹스러웠다.

"당신과 아버님이 힘을 합쳐 해치웠습니다."

"해치웠다고요?" 그 의사를 말하는 건가? 왜 의사를.

본격적으로 울기 시작한 그가 천천히 고개를 끄덕였다. "협력해서 해치웠어요."

"저기." 감동하는 그에게는 미안했지만 나는 의문부호에 둘러싸여, 칭칭 감겨, 조금도 옴짝달싹할 수 없는 상황이었다. "저기, 아버지는 대체 어떤 사람이었나요?" 비로소 대놓고 물어볼 수 있었다.

그는 그 말에 또 눈을 적셨다. "당신 아버님은." 하고 일단 말을 끊고는 미소 지었다.

"어떤 사람이었죠?"

"당신 아버님은, 당신의 아버지였습니다. 그냥 그뿐이에요."

"휴우."

"그냥, 좋은 아버지요. 맞죠?"

집으로 돌아오는 동안에도 나는 줄곧 꿈에서 깨어나지 못한 기분이었다. 그런 붕 뜬 상태에서 역 안의 인파 속을 걸었고 역을 나오고 나서는 자전거를 탔으니, 사고 나지 않고 돌아온 것은 행운이었는지도 모른다.

"이 일은 전부 잊어 주세요." 하고 말한 세탁소 주인의 목소리가 귓속에서 울린다. "잊어버려도 괜찮습니다."

"잊으라고요?"

"아뇨, 아버님에 대한 건 잊으면 안 되죠." 그는 미소 지었다. "다만, 이 위험한 일은 기억하지 않는 편이 좋아요."

아버지가 구입한 맨션, 죽은 의사, 문을 열자마자 작동한 석궁 장치, 양복 속에 넣은 작은 기계. 그 모든 게 정상적인 범주에서 벗어난 것들이라 쉽게 잊을 수 없었을 텐데, 머리가 그 파격적인 사태를 받아들이고 싶지 않아서였는지 집이 가까워짐에 따라 체험했던 감촉이 몸에서 증발하듯 멍한 느낌으로 변해 있었다.

세탁소 주인과는 맨션에 대해서만 이야기했다. 아버지가 구입한 모양이었지만 매월 관리비가 어떻게 됐는지는 모른다. 그렇게 이야기하자 세탁소 주인은 제가 알아서 처리하겠습니다, 하고 말했다. 뭐라고 대답했는지는 기억나지 않지만 일단 아버지의 계좌, 비밀 계좌가 있고 거기에 예금이 남아 있다면 어딘가에 모두 기부해 달라는 말은 했다.

"아버지는 자살한 게 아닌가요?" 결국 제일 알고 싶었던 그 질문을 마지막으로 떠올렸다.

"아닙니다."

상상 이상으로 단호한 대답이 돌아와서 겸연쩍을 정도였다.

그럼 어떻게, 하고 물어도 위험한 일에 휘말렸다고 애매한 대답만 할 뿐이었지만 "미야케 씨가 스스로 죽을 리가 없죠." 하는 말은 들었다.

"그럼 잘 지내세요." 헤어지기 전 세탁소 주인이 그렇게 말했을 때, 그 세탁소는 더 이상 영업하지 않으리라는 걸 알았다. 다음에 가면 폐점 공고문이 붙어 있을 모습도 눈에 선했다.

집 문의 자물쇠를 풀고 문을 연 순간 맞은편에서 날아오는 석궁의 화살 그림자가 머릿속을 스치며 지나갔다. 물론 그럴 리는 없었다. 그 무시무시한 화살이 인생을 마감하게 만드는 흉기였다면, 이쪽은 정반대였다. 인생을 풍요롭게 만드는 빛줄기, 바로 아들인 다이키였다. 다이키는 활짝 웃으며 달려오더니 어서 오세요, 하며 안겼다.

"할머니 왔어, 할머니."

"응?"

거실에 어머니가 있었다. 아버지에 대해 조사하다가 엄청난 사건에 휘말린 날이었던 만큼 그때 어머니가 내 집에 있는 것에도 무슨 이유가 있는 듯이 느껴졌다. 대체 어떻게 된 거냐고 묻자 "아버님 이야기를 더 듣고 싶어서." 하며 마유가 주방에서 나왔다.

"메일로 설명하려니까 어찌나 답답하던지." 어머니가 그렇게 말했다. "마유에게 직접 그 사람 이야기를 해 주는 편이 낫겠더라."

메일 대신 집에 오면 그건 그것대로 우울한데. 그런 마음이 얼굴에 드러났는지, 어머니가 "왜 인상을 쓰니?" 하고 지적했다.

아버지가 머릿속에 떠오른다. '인상 쓴 거 아닌데. 아마 일 때문에 피곤해서 뺨 언저리가 굳어 있었나 보네.' 하고 겨우 변명하는 모습이 보였다.

"네 아버님은 말이야, 정말 이것저것 많이 힘들게 했단다." 어머니는 다이키를 품에 안으며 아내에게 말하기 시작했다.

불단으로 눈길을 주었다. 아버지가 엄마를 힘들게 했다고? 그 반대가 아니고?

내 생각과는 관계없이 어머니는 옛날이야기들을, 아버지가 어떤 어이없는 실수를 했었는지 그와 관련된 이야기를 몇 가지 재미있게 들려주었다.

"하지만 말이야." 어느 정도 어머니의 이야기가 끝났을 무렵 내가 끼어들었다. 부탁하마 변호인, 하고 등 뒤에서 아버지가 고개 숙이는 것을 느낄 수 있을 정도로 사명감이 들었다. "아버지도 늘 엄마를 신경 썼어. 그게 정말 대단하다고 생각했었어."

"그 사람이? 나한테 신경을 썼다고? 언제?" 어머니가 눈을 동그랗게 뜨며 어이없어해서 오히려 내가 더 어이가 없었다.

"언제라니, 늘 그랬지."

어머니가 웃음을 터뜨렸다. "그런 적 없어. 네 아버지는 늘 마음 편하게, 태평하게 살았거든."

와, 그런가요, 하고 마유가 맞장구를 쳐서 '이의 있습니다!' 하고 손을 들고 싶어졌다. 이의 있습니다! 피고인은 자기 편한 대로 기억을 날조하고 있습니다.

'기각합니다.' 하는 목소리가 등 뒤의 불단 쪽에서 들려오는 듯해 나는 쓴웃음을 지었다. 당신 변호를 하고 있잖아요.

"그런데 어머니, 아버님과 어떻게 만나셨어요?"

"글쎄, 하도 오래돼서." 어머니는 고개를 갸웃거렸다.

"그렇게 중요한 걸 잊어버리셨어요?"

"옛날 일이잖니." 하고 어머니는 되풀이해서 말하고 나서 덧붙였다. "친구 소개로 만났던 것 같은데."

"그랬지?" 하고 여기에는 없는 아버지에게 묻는다. 맞아, 하고 아버지가 대답하는 게 상상이 되었다.

풍뎅이

비가 내리고 있었다. 나는, 건물 뒷문으로 나와 땅바닥의 물 웅덩이를 피해 가면서 종종걸음으로 큰길을 향해 갔다. 그렇게 생각해서 그런 건지 위험한 일을 할 때 비 오는 경우가 많은 것 같다고 생각했다. 비를 몰고 다니는 사내가 달라붙어 있는 게 아닐까 의심하고 싶어질 때도 있다.

시계를 보고 약속 시간에 제때 도착할 수 있을 것 같아 안심했다. 왼팔에 통증이 느껴졌다. 옷이 찢겨 있고, 아래 살갗에서 피가 배어 나온다.

벅찬 상대일 거라고 사전에 그 의사에게 들은 것치고는 그리 벅찬 느낌이 아니었는데, 상대가 익숙지 않은 격투기와 낯선 칼을 능숙하게 사용하는 바람에 쉽게 처리하지 못했다. 이 정도 상처로 끝난 걸 고마워해야 할지도 모른다.

구두가 물웅덩이를 밟아 물방울이 튀었다.

언제나 어두운 진창 속을 걸어왔다. 어린 시절부터 친하게 지내는 사람도 없었고, 고개를 숙인 채 뒷골목을 걷는 나날을 보내 왔다. 학교를 정상적으로 다니지 못했기 때문인지 아니면 눈초리가 사나웠기 때문인지 변변한 회사 생활도 못 해 봤고, 겨우 자리를 잡았다 싶으면 사람들 우는 모습이나 피 묻히는 일, 즉 법률에 위반되는 업종뿐이었다.

질척거려 걷기 힘든 길뿐이구나, 하고 생각했지만 옆을 보면 다른 사람들은 모두 포장된 길을 걷고 있었다.

계속 이 상태일까. 떠오른 의문을 곧바로 지워 낸다. 계속 이대로일 게 뻔했다.

넓은 길로 나온 후 상점가로 들어갔다. 우산이 없었기 때문에 지붕이 있는 게 고마웠지만, 자신이 있는 곳에만 비가 내리는 게 아닐까 싶은 기분도 들었다. 포장도로를 걷고 있어도 발밑이 질척거리는 듯한 느낌밖에 없었다.

종종걸음으로 걸어가는데, 불쑥 손이 뻗어 왔다.

"이것 좀." 하고 말하는 이의 손에는 전단지가 들려 있었다.

고개를 들자 같은 또래인 20대 초반으로 보이는 여성이 있었다. 받아 들 생각은 없었는데, 나는 어느 샌가 전단지를 손에 쥐고 있었다.

그대로 말없이 지나치려 했다. 그러자 "아, 거기 피가." 하며 내 왼팔을 가리킨다.

"피요? 아아, 괜찮아요."

"피가 나는데, 괜찮을 리 없을 것 같은데."

그런가?

"어두운 표정을 하고 있는데, 무슨 일 있었나요?" 자신이 무슨 일을 하는지 다 알면서 물어보는 것인가 싶어 경계했지만 그렇지는 않은 듯했다. "아뇨, 별일 아니에요."

"무서운 표정을 하고 있어서요."

"그래서요?"

"뭔가 즐거운 생각을 해 보면 어때요? 그럼 약간은 편한 표정이 될지도 모르는데."

그 서글서글한 분위기에 몸이 뻣뻣해지는 것 같았다. "즐거운 일 같은 거, 생각나지 않는데." 하고만 대답했다. "즐거움 같은 것과는 인연이 멀어요." 편한 인생이 아니다.

"그래요?" 그녀의 목소리는 부드럽게, 지극히 자연스럽게 내 귀에 들어왔다. "나쁜 사람처럼 보이지는 않는데."

역시 웃을 뻔했다. 이렇게 나쁜 놈이 어디 또 있을까, 하는 라벨을 붙여 전시할 수 있을 만큼 무거운 죄를 범해 왔다는 사실에는 자신이 있었다.

"사람 보는 눈이" 없군요, 하고 말하려는데 그녀가 "그럼, 그거 쓰세요. 할인권이에요." 하며 내 손을 가리켰다.

내려다보니 '키즈 파크 개장'이라고 적혀 있다. 유원지 같은 곳일 것이다. 어린아이와 함께 가면 할인해 주는 모양이어서 쓰게 웃지 않을 수가 없었다. "가족은 없는데요."

"아아, 그렇구나." 흥미가 있는지 없는지 알 수 없는 목소리로 말한다. "하지만."

"하지만, 뭐죠."

"좋은 아버지가 될 것 같은데."

자신의 인생과는 너무나 인연이 없는 걸 들이미는 것 같아서, 나는 그 말에 망연해졌다. 그리고 조금 있다가, 지금까지 뱉어 본 적 없는 따뜻한 숨을 내쉬었다.

그래요, 그래, 웃는 게 더 좋아 보여요. 그렇게 말하는 여성을 찬찬히 바라보고 말았다.

악스 AX

1판 1쇄 발행 2018년 6월 15일
1판 3쇄 발행 2018년 7월 25일

지은이 이사카 고타로
옮긴이 김해용

발행인 양원석
본부장 김순미
편집장 김건희
책임편집 지소연
디자인 이혜경디자인
해외저작권 황지현
제작 문태일
영업마케팅 최창규, 김용환, 양정길, 정주호, 이은혜, 신우섭
　　　　　　유가형, 임도진, 김양석, 우정아, 정문희, 김유정

펴낸 곳 ㈜알에이치코리아
주소 서울시 금천구 가산디지털2로 53, 20층 (가산동, 한라시그마밸리)
편집문의 02-6443-8879   **구입문의** 02-6443-8838
홈페이지 http://rhk.co.kr
등록 2004년 1월 15일 제2-3726호

ISBN　978-89-255-6371-8 (03830)